《作家笔下的鼓山》编委会

闽都文化丛书

福州闽都文化研究会
福州市鼓山风景名胜区管理委员会 编

作家笔下的鼓山

海峡出版发行集团 | 海峡文艺出版社

图书在版编目(CIP)数据

作家笔下的鼓山/福州闽都文化研究会,福州市鼓山风景名胜区管理委员会编. —福州:海峡文艺出版社,2025.3

ISBN 978-7-5550-3942-6

Ⅰ.Ⅰ217.2

中国国家版本馆 CIP 数据核字第 2025PV0847 号

作家笔下的鼓山

福 州 闽 都 文 化 研 究 会
　　　　　　　　　　　　　　　　编
福 州 市 鼓 山 风 景 名 胜 区 管 理 委 员 会

出 版 人　林　滨
责任编辑　林可莘
出版发行　海峡文艺出版社
经　　销　福建新华发行(集团)有限责任公司
社　　址　福州市东水路 76 号 14 层
发 行 部　0591－87536797
印　　刷　福州约瑟弗文化发展有限公司
厂　　址　福州市仓山区浦上工业区 B 区 47 号楼二层
开　　本　720 毫米×1010 毫米　1/16
字　　数　240 千字
印　　张　16.25
版　　次　2025 年 3 月第 1 版
印　　次　2025 年 3 月第 1 次印刷
书　　号　ISBN 978-7-5550-3942-6
定　　价　60.00 元

如发现印装质量问题,请寄承印厂调换

前　言

天造一座石鼓名山。

鼓山耸立于闽江边，主峰丸峛峰海拔998米，崔嵬峭拔，高出天表。相传山巅有一巨石平展如鼓，每当风雨大作之日，石鸣隆隆，似闻钲鼓，在山谷间久久回荡，故名鼓山。丸峛峰上镌有"天风海涛"的题刻。站在这里，可东眺东海波涛，西瞰福州城区。"眼中沧海小，衣上白云多"正是鼓山绝顶峰上的生动写照和独特感怀。

鼓山是福州城区东面的天然屏障。20世纪中叶，老一辈革命家朱德委员长登临鼓山时，欣然赋诗："鼓山高耸闽江头，面貌威严障福州。纵有台风声猖獗，从来不敢到闽侯。"文学家郭沫若游览鼓山后也留下一首五律："节届重阳日，我来访涌泉。清风鸣地籁，微雨湿山川。浮岭多松柏，依崖有杜鹃。考亭遗址在，人迹却萧然。"鼓山为中国佛教名山，这里坐落着有1200年历史的涌泉寺，为闽刹之冠，是全国重点寺庙之一，历代高僧辈出。寺院建在海拔455米的鼓山山腰，依山偎谷，槛廊相接，有大小殿堂25座，梵宇庄严，气势恢宏。寺院内收藏的历代佛经、佛像雕版13375块，驰名国内外。而寺院旁的灵源洞四周峭壁上则布满了历代名人的摩崖题刻，始刻于北宋，延伸至当代，汇集了篆、隶、行、草、楷各种书体，形成一道瑰丽壮观的书法艺术长廊。

鼓山集峻拔挺秀的山水景观和深湛的人文景观为一体，就像一本厚重

圆瑛法师与福州两座古刹 ……………………… 唐 颐 101

古月禅师传奇 …………………………………… 少木森 106

圣箭堂铁树缘 …………………………………… 邱泰斌 112

青松白石还依旧 ………………………………… 马海燕 117

灵源洞天

石刻的"鼓山别记" …………………………… 山 雨 125

百年前的"繁花游" …………………………… 万小英 134

穿越时空的灵源碑刻 …………………………… 云 外 139

李纲：寻盟访鼓山，风物宛如昨 ……………… 危砖黄 147

左宗棠：忘归石上证三生 ……………………… 穆 睦 154

人事几乘除，离合那可料

　　——探访末代帝师陈宝琛的鼓山题刻 …… 张浩清 164

处益高见益远，造益深获益富

　　——读吴海《游鼓山记》 ………………… 余 干 173

水声的感悟

　　——读《鼓山灵源洞听水斋记》 ………… 余 干 176

胜地寻幽

白云洞天 ………………………………………… 林 山 181

鼓山之巅 ………………………………………… 鹿 野 188

一个人的白云洞 ………………………………… 葛伟望 192

山中看水 ………………………………………… 曾建梅 195

孤独登山不寂寞 ………………………………… 陈志平 198

邂逅玄武岩 ……………………………………… 潘健挺 201

树上之兰 ………………………………………… 青 色 204

春游磨溪 ………………………………………… 林 娟 207

石鼓情缘

弦歌犹响起魁岐
　——福建协和大学百年祭 ……………… 伍明春　211

远洋鼓山边 ……………………………… 李善旺　217

王审知和鼓山半岩茶 …………………… 孟丰敏　222

郭沫若在福州的手书题刻 ……………… 张　斌　227

弘一法师的闽地情 ……………………… 杨国栋　232

山水行吟

雨中鼓山 ………………………………… 郭　风　239

鼓山 ……………………………………… 蔡其矫　240

铿锵的伟岸 ……………………………… 潘　秋　244

磨溪的寂静 ……………………………… 伊　路　246

游鳝溪断想 ……………………………… 沈用大　248

携友登鼓山 ……………………………… 卓斌青　250

后　记

后　记 …………………………………………………… 252

岁月回响

闽游滴沥（节选）

郁达夫

一

周亮工的《闽小记》，我到此刻为止，也还不曾读过；但正在托人搜访，不知他所记的究竟是些什么。以我所见到的闽中册籍，以及近人的诗文集子看来，则福州附廓的最大名山，似乎是去东门外一二十里地远的鼓山。闽都地势，三面环山，中流一水，形状像是一把后有靠背左右有扶手的太师椅子。若把前面的照山，也取在内，则这一把椅子，又像是面前有一横档，给一二岁的小孩坐着玩的高椅了。两条扶手的脊岭，西面一条，是从延平东下，直到闽侯结脉的旗山；这山隔着江水，当夕阳照得通明，你站上省城高处，障手向西望去，原也看得浓紫细缊；可是究竟路隔得远了一点，可望而不可即，去游的人，自然不多。东面的一条扶手，本由闽侯北面的莲花山分脉而来，一支直驱省城，落北而为屏山，就成了上面有一座镇海楼镇着的省城座峰；一支分而东下，高至二千七八百尺，直达海滨，离城最远处，也不过五六十里，就是到过福州的人，无不去登，没有到过福州的人，也无不闻名的鼓山了。鼓山自北而东而南，绵亘数十里，襟闽江而带东海，且又去城尺五，城里的人，朝夕偶一抬头，在无论什么地方，都看得见这座头上老有云封，腰间白墙点点的魁奇屏障。所以到福州不久，就有友人，陪我上山去玩；玩之不足，第二次并且还去宿了一宵。

鼓山的成分，当然也和别的海边高山一样，不外乎是些岩石泥沙树木泉水之属；可是它的特异处，却又奇怪得很，似乎有一位从神话里走出来的艺术巨人，把这些大石块、大泥沙，以及树木泉流，都按照了多样合致的原理，细心堆叠起来的样子。

　　坐汽车而出东城，三十分钟就可以到鼓山脚下的白云廨院门口；过闽山第一亭，涉利见桥，拾级盘旋而上，穿过几个亭子，就到半山亭了；说是半山，实在只是到山腰涌泉寺的道路的一半，到最高峰的屴崱——俗称卓顶——大约还有四分之三的路程。走过半山亭后，路也渐平，地也渐高，回眸四望，已经看得见闽江的一线横流，城里的人家春树，与夫马尾口外，海面上的浩荡的烟岚。路旁山下，有一座伟大的新坟，深藏在小山的怀里，是前主席杨树庄的永眠之地；过更衣亭、放生池后，涌泉寺的头山门牌坊，就远远在望了，这就是五代时闽王所创建的闽中第一名刹，有时候也叫作鼓山白云峰涌泉院的选佛大道场。

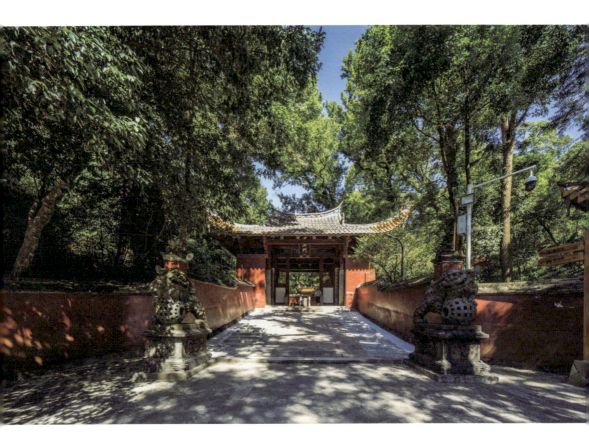

无尽石门

涌泉寺的建筑布置，原也同其他的佛丛林一样，有头山门、二山门、钟鼓楼、天王殿、大雄宝殿、后大殿、藏经楼、方丈宝、僧寮客舍、戒堂、香积厨等，但与别的大寺院不同的，却有三个地方。第一，是大殿右手厢房上的那一株龙爪松；据说未有寺之先，就有了这一株树，那么这棵老树精，应该是五代以前的遗物了，这当然是只好姑妄听之的一种神话；可是松枝盘曲，苍翠盖十余丈周围，月白风清之夜，有没有白鹤飞来，我可不能保，总之以躯干来论它的年纪，总许有二三百岁的样子。第二，里面的一尊韦驮菩萨，系跷起了一只脚，坐在那里的……第三个特异之处，真的值得一说的，却是寺里宝藏着的一部经典。这一部经文，前两年日本曾有一位专门研究佛经的学者，来住寺影印，据说在寺里寄住工作了两整年，方才完工，现在正在东京整理。若这影印本整理完后，发表出来，佛学史上，将要因此而起一个惊天动地的波浪，因为这一部经，是天上地下、独一无二的宝藏，就是在梵文国的印度，也早已绝迹了的缘故。此外还有一部血写的金刚经，和几叶菩提叶画成的藏佛，以及一瓶舍利子，也算是这涌泉寺的寺宝，但比起那一部绝无仅有的佛典来，却谈不上了。我本是一个无缘的众生，对佛学全没有研究，所以到了寺里，只喜欢看那些由和尚尼姑合拜的万佛胜会，寺门内新在建筑的回龙阁，以及大雄宝殿外面广庭里的那两盏由海军制造厂奉献的铁铸灯台之类，经典终于不曾去拜观。可是庙貌的庄严伟大，山中空气的幽静神奇，真是别一个境界，别一所天地；凡在深山大寺，如广东的鼎湖山、浙江的天目山、天台山等处所感得到的一种绝尘超世、缥缈凌云之感，在这里都感得到。名刹的成名，当然也不是一件偶然的事情。

一九三六年三月在福州

二

《福建通志》的山经里，说鼓山延袤有数十里长，所以鼓山的山景，绝不至只有几处；而游览的人，也绝不是一个在山上住几天就逛得了。

岁月回响

5

不过涌泉寺是全山的一个中心，若以涌泉寺为出发点而谈鼓山，则东面离寺只有里把路远的灵源洞、喝水岩，以及更上一层的朱子读书台，却像是女子脸上的脂粉花饰，当能说是一山的精华荟萃的地方。

到灵源洞的山路，是要从回龙阁的后面经过，延山腰的一条石砌小道，曲折而向东去的。路的一面，就是靠小顶峰的一面，是铁壁似的石岩；在这一排石岩里，当然还有些花草树木，丛生在那里，倒覆下来，成了一条甬道。另一面，是一落千丈的山下绝壑了；但因为在这绝壑里，也有千年老的树木生长在那里；这些树顶有时候高得和路一样平，有时候还要高出路面一二丈长，所以人在这一条路上走路，倒还不觉得会发什么寒栗，仿佛即使掉了下去，也有树顶树枝，会把你接受了去，支住你的身体似的。不过一种清幽、静谧的感觉，却自然而然地在这些大树、绝壁、深壑里蒸发出来，在威胁着你，使你不敢高声地说一句话。

山径尽处，是一扇小小的门；穿门东望出去，只是一片渺渺茫茫的天与海，几点树梢，或一角山岩，随你看的人所立的角度方位的变移，或有会显现一下，随即隐去，到了这狭狭的门外，山路就没有了。没有路，便怎么办呢？你且莫急，小门外的百丈谷中，就是灵源洞底了；平路虽则没有，绝高绝狭的下坡石级，自然是有的。下了这一条深深的石级，回头来一看高处，又是何等耐人寻味的一幅风景！石级的狭路，看过去像是一条蛇的肚皮，回环曲屈，夹盘在绿的树、赭黑色的岩石的中间。在这层层阴暗的石树高头，把眼睛再抬高几分，就是光明浩荡的一线长天了。你说这景致，还不够人寻味吗？

下了石级，我们已经到了灵源洞底了，虽说是洞，但实际却不过是一间天然的石屋。平坦的底，周围有五六丈方广，当然是一块整块的岩石。而在这底的周围、中部，以及莫名其妙的角落里，都有很深很深的绝洞，包围在那里。下石级处，就是一条数丈深的石洞，不过在这石洞上面，却又架着一座自然的石桥。站在这石桥上，朝西面的桥下石壁一看，就看得见朱夫子写而刻石的那一个绝大的"寿"字，起码总要比我们人高两倍、宽一倍的那一个"寿"字。

洞的最宽广处，上面并没有盖，所以只是一区三面有绝壁、正面是

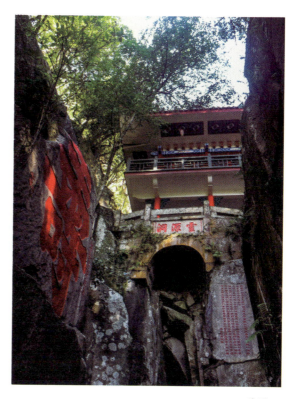

灵源洞

深坑的深窝。岩石、岩石、再是岩石；方的、圆的、大的、小的，像一个人的、像一块屏风的、像不知什么的，重重叠叠、整整斜斜；最新式的立体建筑师，叠不到这样的适如其所，《挑滑车》的舞台布景画，也画不到这样的伟大。总而言之，这一区的天地，只好说是神工鬼斧来造成的，此外就没有什么别的话可讲了。可是刻在这许许多多石头上的古代人的字和诗，那当然是人的斧凿；自宋以后，直到现代，千把年的工夫，也还没有把所有的石壁刻遍；不过挤却也挤得很，挤到了我不愿意一块一块地去细看它们的地步。

　　洞的北面靠山处，有一间三开的小楼造在那里；扶梯楼板，有点坏了，所以没有走上去。小楼外的右边，有一块高大的岩石立着，上面刻的是"喝水岩"的三个大字。故事又来了，我得再来重述一遍古人脑里所想出来的小说。

《三山志》里说:“建中四年(783),龙见于山之灵源洞;从事裴胄曰,神物所蟠,宜建寺以镇之。后有僧灵峤,诛茅为台,诵《华严经》,龙不为害,因号曰华严台,亦以名其寺。”照这记事看来,寺原还是洞古,而洞却以龙灵,所谓华严台、华严寺,也就在这洞的东边。不过“喝水岩”的三字,究竟是不是因这里出了龙,把水喝干了,于是就有此名的?抑或同一般人之所说,喝水之喝,是棒喝之喝,盖因五代时神僧国师晏,诵经于此,恶水声喧轰,叱之,西溅乃涸,迸流于东涧,后人尊敬国师,因有此名?我想这名目的由来,很有可以商量的余地。现在大家都只晓得坚持后一说,说是经国师晏一喝,这儿的涧里的水就没有了,并流到了东涧,但我想既要造一个故事出来,何不造得更离奇一点,使像安徒生的童话?一喝而水涸,也未免太简单了吧?

经过这灵源洞后,再爬将上去,果然是一个台,和一个寺;而这寺的大殿里,果然有一条水,日夜在流,寺僧并且还利用了这水,造了一个小小的水车,以绳的一端,钓上水车,一端钓上钟杵,制成了一个终年不息的自然撞钟的机械。而这一条水的水质,又带灰白色而极浓厚,像虎跑、惠山诸泉,一碗水里,有百来个铜子好摆,水只会涨高,决不会溢出。

在这寺门前的华严台——不知是不是——上,向西南瞭望开去,已经可以看见群峰的俯伏,与江流的缭绕了;但走过石门,再升上一段,到了山头突出的朱子读书台去一看,眼界更要宽大,视野更要辽阔。我以为在鼓山上的眺望之处,当以此为第一;原因是在它并不像屴崱峰的那么高峻,去去很容易,而所欲望见的田野河流山峰城市,却都可以在这里看得明明白白。

我的第二次上鼓山,是于黄昏前去,翌日早晨下来的;下山之先,也攀上了这一处朱夫子读书的地方。同游的人,催我下山,催了好几次,我还有点儿依依难舍,不忍马上离去此二丈见方的一块高台。坐上了山轿,也还回头转望了好几次,望得望不见了,才嗡嗡念着,念出了这么几句山歌:

夜宿涌泉云雾窟，朝登朱子读书台。

怪他活泼源头水，一喝千年竟不回。

实在也真奇怪，灵源洞喝水岩前后左右的那些高深的绝洞里，竟一点儿流水也没有，我去的两次，并且还都是在大雨之后，经过不久的时候哩。

鼓山的最高峰名屃峰，或名大顶峰、卓顶峰，状如覆釜，时有云遮；是看日出、看琉球海岛的胜地，我不曾去。大顶峰北下是浴凤池；据说樵者常见五色雀群，饮浴于此。池之南，有石门矼立；应真台、祖师岩、涌泉窦、甘露松、白猿峡、香炉峰，都在石门之右。浴凤池右下，走过数峰，达海音洞，洞口宽大，有好几张席子好铺；其中深不可测，时闻海音，所以有此名称。白云洞在海音洞下，由黄坑而登，只有一里多的山路，险巇峻峭，巨石如棋散置路上。听老游的人说来，鼓山洞窟，当以白云洞为第一；但这些地方，我都还不曾亲到，所以夸大的话也不敢说；迟早，总再想去一趟的，现在暂且搁在一旁吧。此外的一天门、二天门、三天门、狮子峰、钵盂峰……峰……岩之类，名目虽则众多，但由老于游山者看来，大约总是大同小异的东西，写也写不得许多，记鼓山的文字想在此终结了……

一九三六年三月末日

初 访 福 州

汪曾祺

鼓山顶有大石如鼓，故名。或云有大风雨则发出鼓声，恐是附会。山在福州市东，汽车可以一直开到涌泉寺山门，往返甚便，故游人多。福州附近山都不大，鼓山算大山了。山不雄而甚秀，树虽古而仍荣，滋滋润润，郁郁葱葱。福州之山，与他处不同。

涌泉寺始建于唐代，是座古刹了。但现在殿宇精整，想是经过几次重建了。涌泉寺不像南普陀那样华丽，但是规模很大，有气派。大殿很高，只供三世佛。十八罗汉则分坐在殿外两边的廊子上，一边九位。这种布局我在别处庙里还没有见过。

寺里和尚很多，大都很年轻，十八九岁。这里的和尚穿了一种特别的僧鞋，黑灯芯绒鞋面，有鼻，厚胶皮底，看来很结实，也很舒服。一个小和尚发现我在看他的鞋，说："这种鞋很贵，比社会上的鞋要贵得多。"他用的这个词很有意思——"社会上的"。这大概是寺庙中特有的用词。这个小和尚会说普通话。

涌泉寺有几口大锅，据说能供一千人吃饭，凡到寺的香客游人都要去看一看。锅大而深，为铜铁合铸，表面漆黑光滑，如涂了油。这样大的锅如何能把饭煮熟？

寺东山上多摩崖石刻。有蔡襄大字题名两处。一处题蔡襄；一处与苏才翁辈同来，则书"蔡君谟"。题名称字，或是一时风气。蔡襄登鼓山，大概有两次，一次与苏才翁同来，一次是自来。蔡襄至和三年（1056）以枢密直学士知福州，登鼓山或当在此时。然襄是仙游人，到福州甚近便，是否至和间登鼓山，也不能肯定。我很喜欢蔡襄的字。有人以为"宋四家"（苏黄米蔡），实应以蔡为首。这两处题名，字大如斗，端重沉着，

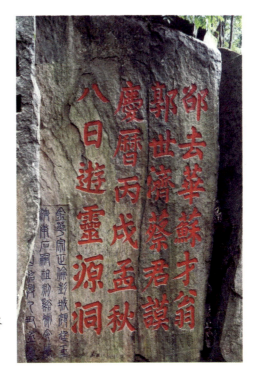

"邵去华、苏才翁、郭世济、蔡君谟，庆历丙戌孟秋八日游灵源洞"题名

与三希堂所刻诸帖的行书不相似。盖摩崖题名别是一体。

西禅寺是新盖的，还没有最后完工，正在进行扫尾工程，石匠在敲凿石板石柱，但已经提前使用，和尚开始工作了。一家在追荐亡灵。八个和尚敲着木鱼铙钹，念着经，走着，走得很快。到一个偏殿里，分两边站下，继续敲打唱念，节奏仍然很快，好像要草草了事的样子。两个妇女在殿外，从一个相框里取出一张八寸放大照片，照片上是个中年男人，放进铁炉的火里焚化了。这两个妇女当然是死者的亲属，但看不出是什么关系。她们既没有跪拜，也没有悲泣，脸上是严肃的，但也有些平淡。焚化照片，祈求亡灵升天，此风为别处所未见，大概是华侨兴出来的。但兴起得不会太早，总在有了照相术以后。

后殿有一家在还愿。当初许的愿我也没听说过：三天三夜香烛不断。一个大红的绸制横标上缀着这样的金字。也没有人念经，只是香烟袅绕，烛光烨烨。

右二：汪曾祺，右一：黄文山

　　寺北正在建造一座宝塔，十三层，快要完工了，已经在封顶。这是座钢筋水泥结构的塔。看看这座用现代材料建成的灰白色的塔（塔尚未装饰，装饰后会是彩色的），不知人间何世。

　　寺、塔，都是华侨捐资所建。

　　福建人食不厌精，福州尤甚。鱼丸、肉丸、牛肉丸皆如小桂圆大，不是用刀斩剁，而是用棒捶之如泥制成。入口不觉有纤维，极细，而有弹性。鱼饺的皮是用鱼肉捶成的。用纯精瘦肉加茹粉以木槌捶至如纸薄，以包馄饨（福州叫作"扁肉"），谓之燕皮。街巷的小铺小摊卖各种小吃。我们去一家吃了一"套"风味小吃，十道，每道一小碗带汤的，一小碟各样蒸的炸的点心，计二十样矣。吃了一个荸荠大的小包子，我忽然想起东北人。应该请东北人吃一顿这样的小吃。东北人太应该了解一下这种难以想象的饮食文化了。当然，我也建议福州人去吃吃李连贵大饼。

1990 年

鼓 山 极 顶

俞元桂

"鼓山高耸闽江头"，顶峰常有白云缭绕。在闽北，它何足称雄，只是坐落在这可以远眺沧海的地方，就不能不使人有高山仰止之想了。我客居榕城有年，鼓山不知游过多少次，去的是位于山腰的涌泉寺和喝水岩，它们以丛林的壮丽和丘壑的幽清知名，顶峰就未尝涉足，叫我高兴的是，依赖朋友帮助，竟得到一次游赏的机会。

一些旅游指南，介绍鼓山之所以得名时，往往这么写，"据传因山巅有一巨石，其形如鼓"。这个远望像桃尖模样的顶峰，确实是一座硕大的岩石，或许说是许多巨型岩石的集聚体，斜面、平凹或间隙覆盖着沙土之处，蔓生着浅绿的、叶端微呈枯焦的茅草，墨绿叶丛簇拥着的深黄小野菊，和稀疏低矮的小松树，因土层过薄，风势过猛，它们失去了良好的成长条件，但仍昂然挺立，搏斗着四面来风。我心中不禁涌出敬意，在这么寂寞而艰难的环境里，它们还是拼尽全力展现出坚韧的品格。游客的心态显然复杂得多，留传下来的摩崖刻石便是明证。有刻着"鼓顶""高与天齐"的，表达了一股壮怀，一种居高临下的自得心境；有刻着"振衣"的，出处是左思的《咏史》，"振衣千仞冈，濯足万里流"，表示了遁世高蹈的倾向；有刻着"欲从未由"的，大概站在高山之巅动起了飞升的意念，可又飞不起来，不禁发出这般慨叹；有刻着"天风海涛"的，只是静静地体验大自然的脉息，在与之契合的片刻中得到乐处。我欣赏这后一种，既不志得意满，又不消极避世，大概算是老年人的一种健康心境吧。"欣于所遇，暂得诸己，快然自足，曾不知老之将至。"类似于《兰亭序》中所说的这么一种境界。我们提倡老有所为，在其中穿插着片段的优游，这也是不可或缺的呵。

　　山巅，太阳高照，山下低空仍漫着一层薄雾。向西北眺望，鹫峰山脉延伸开来的峰岭、丘陵、山地漫涌而来，因高空白云舒卷，在阳光映照下，染成了一道道老苍、深蓝、浅翠等多色调、多层次、连绵起伏的山的屏风，这是仰望或平视所无法看到的壮丽景象。俯瞰左边的山峦，深厚而凝重，由土黄沙壤上的绿色植被画出的一重重赤褐带着浓绿的弧形线条，勾画着它们多变而有节奏的轮廓。中国山水画中挥写山的纹理和阴阳向背的做法，确实是一种传神之笔。涌泉寺和灵源洞，隐藏在山半的参差绿树之间。眼下的乌龙江和闽江（白龙江），像两条灰白色的闪光飘带，逐渐靠近马江会合，逶迤东去，出海口迷蒙泛白，海天混成一片灰雾。江中到处浮现着不同形状的沙洲，江面也变窄了，想得到这是大自然在起劲地为福州市造地。横陈在脚下的大地上的一切，田畴、村落、水泊、桥梁、公路、楼房，这些人造的第二自然，像美丽的图案，是人间的仙境，看去是那么熟悉，而又那么神奇、朦胧，阳光穿不散地表的薄雾，叫我有雾里看花之憾。有人说，晴天无片云时，可以远眺闽江口外烟波，山下景物历历在目，我今天已无缘消受了。

　　此时，我脑海里袭来许多诗词佳句："青山遮不住，毕竟东流去""青山依旧在，几度夕阳红""江山如此多娇"……许多名句中所体现的沧桑之感、代谢之悲、漂泊之叹、自负之辞、报国之志，不一而足。登临江山，总会使你得到一些感悟，生出一些感喟，万千好句是写不尽的。最使我萦怀不置的是王安石的"不畏浮云遮望眼，只缘身在最高层"一联，这是荆公未居高位时自抒抱负之作。我今天的应景，登高望远，确可统观全局，但有些地方并不能完全看清楚。身在高层，却颇畏云遮雾罩，必须尽力避免，望远还得有一定的主客观条件；何况今日的城市，多为自身排放的废气所包裹哩！眼前景物，给我以一种前所未有的感受。

　　想着，想着，不禁失笑了，自放于山水之间，却要执意去联想人事，可见热心处世的读书人要获得"快然自足"的境界，实在不太容易。

　　　　　　　　　　　　　　　　　　　　　　　　1990 年

秋 行 漫 记

黄文山

　　向往鼓山之心，由来已久。有一个时期，我住在东郊。每天早晨开窗，只觉翠色撩人，那一脉青山，似乎触手可及。后来搬到市中心，终年蜷居在隘迫的街道里，两耳充溢着喧嚣的市声，山野的诱惑，便愈加强烈起来。

　　今年国庆后几天，有朋友自远方来，朋友是专攻文物的，闲谈间说起鼓山涌泉寺的历史，不觉燃起了游山的兴致。看日历，第二天恰是旧历九月初九重阳节，古时人们登高怀亲的日子，于是欣然相邀登山。

　　公共汽车可以直达半山腰的涌泉寺，但我们到山下后舍车就步，从古道上山。登山自"闽山第一亭"始。这是一座古朴、简陋的小亭。亭眉上挂着朱熹手书"闽山第一"的横匾。亭畔有一石桥苍然横卧，石砌的古道就从桥上蜿蜒入山。这条石径始建于五代后梁开平年间（907—911），路面已被朝山人的脚底磨得光滑如砥。但由于维护得好，虽历尽千年风雨，还保持着完整、通畅。古道长约7里，共有石阶2100多级，几乎每隔一里就有一座小亭，供游人歇足。蜿蜒的山路串着这一座座古亭，就像是一条被谁扯断的数珠，随意抛在绿意蒙蒙的山坡上。给游人增添了不少情致。人一旦从城市的尘烟中解脱出来，进入深山，真好像返归大自然，变得特别轻松活泼。而这野趣则是乘车者无法领略的。

　　我们几乎是一鼓作气越过了1000多级石阶，来到半山亭。附近古洞奇岩，俯仰皆是，令人应接不暇。垒垒岩石，千姿百态，有的形如舟船，停泊在草波树浪之中；有的状似猛虎，乘着风势，腾挪欲下。这些岩洞各有一些有趣的传说，而且无不浸润着神话的色彩，使寂寞的古岩有了生机。有一处景致叫作"蟠桃林"，看形状酷似三颗巨桃。而下首则有

蟠桃林

一"曼倩岩"。曼倩是东方朔的别号,东方朔乃汉武帝时一位幽默大师,不知怎么成仙后倒变作偷儿,据说他曾偷过王母娘娘的蟠桃。因此岩壁上题着这样一首诗:"谁种蟠桃树一丘,开花结果几千秋。山中王母年年宴,仙果须防曼倩偷。"读罢聊博一哂。但有些传说,剥去那层迷离的外衣,依稀可见当年开发鼓山的历史。我们循蹬来到达摩洞,洞甚深广,可容数十人。洞中有一座石灶,相传鼓山开山祖师灵峤和尚初入山时,与弟子在此住宿煮食。可以想见当年灵峤师徒在茅封草长的荒山野岭中艰苦草创的情景。

离达摩洞,下行不远,便又回到原来的那条古道。我们听到了汽车喇叭声,涌泉寺就在附近了。

山上天气乍晴乍阴。刚刚还是阳光朗照,此刻却云气氤氲,楼亭俱失。我们踏着朵朵云彩,飘然进了涌泉寺的山门。面前一道粉墙嵌着座月亮门,那便是兰花圃。"兰花圃"三字清新秀逸,是朱德委员长1962年游览鼓山时的亲笔题书,吸引了不少游人驻足而观。

当我们转出围墙时，眼前豁然现出一派雄奇的景象：嵯峨的大殿仿佛正浮在云海中，那朱墙红瓦、飞檐翘脊在云雾中迭隐迭现，愈显得气势恢宏。寺前两侧各有一座宋代的千佛陶塔，塔高约 7 米，八角九层，共贴有佛像 1000 多尊。在 900 多年前能够陶制这样高大精美的双塔，怎不令人赞叹！这时微风轻飏，塔上铃铎皆鸣，一时令人不知身在何境。我们坐在石阶上欣赏着寺门前那一副对联："尘外不相关，几阅沧海几桑田；胸中无所得，半是青山半白云。"不觉陶然于此时这缥缈的仙境中。

朋友指着面前这座大殿说，1000 多年前，这儿还是一口深潭。他娓娓地讲起了开辟鼓山的一段有意思的历史：唐朝中叶，正是我国佛教盛行时期，袈裟、僧鞋无所不往。而当时还是人迹罕至的福州鼓山，很自然地便成了僧人的目标。唐德宗建中四年（783），灵峤和尚声言鼓山黑龙潭有毒龙作怪，地方官员裴胄便请他带弟子前往念经驱龙。后来又奏请在驱龙的地方建寺。鼓山就这样皈依了佛门。到了公元 908 年，闽王王审知建福州城，同时在鼓山上大兴土木，填潭建寺，并到闽侯雪峰山拜请神宴和尚来鼓山住持。此后，由于历代帝王的提倡，寺庙不断发展，最盛时期僧众多达千余人。"喏，"他指着寺门匾额上"涌泉寺"三个镏金大字说，"那就是清朝康熙皇帝御笔钦颁的。"

这时云情雨意渐来渐浓，疏疏落落的雨水滴在我们的脸上、肩上，仿佛在催促我们快进寺门。

展现在我们面前的是一座规模宏大的佛教宫殿：巨大的天井，长长的廊庑，巍然高耸的殿堂一座连接一座，两旁还簇拥着偏殿楼室近 30 处。整座寺院共占地 25 亩。寺院的主体大雄宝殿的建筑尤其雄伟、富丽。正面六根花岗岩石柱撑起三重飞檐，到处涂朱绘金，一片金碧辉煌。大殿正中供着释迦牟尼三世佛塑像。三尊佛像从莲座至头部高二丈，几达屋顶。它们都在香烟缭绕中寂然端坐，但面部表情又有着细微的变化。三世佛中管今世的释迦牟尼面带慈悲，似要给予人们更多的宽怀；管前世的饮光如来，嘴角含着淡淡的笑容，像是告诉人们过去的一切皆空；管来世的慈隆即世仿佛刚刚悟出什么真谛，微启双目，正从冥思中惊醒。

塑像刻画细腻、表情丰富，体现了我国近代雕塑风格和高超的工艺技巧。这样精致、壮观的如来群像在各地庙宇中并不多见。

朋友告诉我："涌泉寺不唯其大，而且藏有许多件世之稀珍，像缅甸贝叶经和释迦牟尼白玉石卧佛像等物。它还是我国保存佛教经书最多的寺院之一。这里的藏殿保存各种经书两万余册，其中最宝贵的是657册用血写就的《大乘般若波罗蜜多经》《佛说四十二章经》等经书。这需要刺血人长期不吃盐，血不凝固才能供书写。所需时间之长，用血量之多，可想而知。拥有这样卷帙浩瀚的经书，涌泉寺真称得上是一座佛教图书馆或是佛教学院了！这里出过许多广有学问的和尚。清光绪年间住持妙莲，曾为慈禧太后垂帘听政时的'国师'，近代住持古月师和圆瑛大和尚更是名闻中外，中华人民共和国成立后圆瑛首任全国佛教协会主席。可见涌泉寺在国内外佛教界的地位，它不仅甲于闽刹，而且还是全国五大禅林和十大名刹之一呢！"

除了大型佛像和珍贵的经书外，寺里还拥有许多各地少有的巨物。大雄宝殿一只木鱼竟长达两米。而香积厨内有四口宋代巨锅，其中最大的一口直径167厘米，深80厘米，可容20担水，一次能煮500斤米，供千人食用。令人叹为观止。我们还去钟鼓楼看了那口清代巨钟。钟用金银铜铁合铸而成，重约两吨。钟上铸着全部《金刚般若波罗蜜经》，共有汉字6372个。撞钟僧人每念108遍"阿弥陀佛"，撞钟一下，嗡嗡的钟鸣经久不绝，振聋发聩，远送十里之外。

看到巨钟，我不由得想起一个传说。说是开山长老向老龙借地建寺时，骗老龙五更还地。到大殿建成后第一次打五更钟，霎时风雨大作，殿陷一角，长老就将十三橱御赐藏经填平龙潭。从此鼓山再不打五更钟。这个传说是否也反映了当年在这里建寺的困难呢？涌泉寺地下原为深潭，地质复杂，而位置又突出，因此易受自然力量的损害。据史实记载，涌泉寺诸殿都曾多次毁后重建。明崇祯十五年（1642）台风将大雄宝殿吹倒，明崇祯十六年再建。清光绪八年（1882）又重建。涌泉寺也是在和自然斗争中不断发展起来的。

从灵峤禅师赤跣入山到晚清这样宏伟的规模，其间900多年。历代僧人不倦的努力和工匠无穷的智慧构成了这一部动人的鼓山开发史。中华人民共和国成立后，政府又拨出巨款，多次整修涌泉寺，还开辟了盘山公路，修建了餐厅、招待所。涌泉寺不仅是宏丽的佛教之宫，而且成了游览胜地。

大凡名山名刹，总会受到大自然特别的恩遇，显示一些奇迹点缀其间。涌泉寺方丈室前便有这样3株千年铁树。铁树开花本来世所罕见，但这3株铁树，老干遒枝，神姿勃发，连年开花，历千年而不衰，蔚为奇观。圆通殿前还有一株近200年的老桂树，树高3丈余。我们来时正值开花时节，繁花满枝。花香逾堂越殿，给暮气沉沉的古寺，带来一丝生气。但最奇的却是一处大自然自身创造的艺术杰作，那就是灵源洞。

步出涌泉寺山门，随着曲径回环，尽处是一扇仄仄的石门，门外便是百丈深谷。仿佛有谁用巨斧劈开一道深涧，陡壁如削，危岩欲倾。而石径则在相逼而来的巨岩下陡然直落，通向洞底。洞边古木参天，荫翳幽深。奇岩怪石像经过艺术巨匠精心叠垒，而人工创造和自然景致结合

"东南碑林"——鼓山摩崖石刻

得又是那样融洽、生动。洞上横跨着一座唐代石桥"蹴鳌桥",却似天然生就。桥上藤若网络,苔痕斑斑,愈显得苍老古拙。相得益彰的是桥下一个巨大的"寿"字。这是福建省最大的石刻,字高3米多,宽2米多,真令人怀疑是用怎样的巨笔写就。

此时微雨已住,露出一角晴空。我们循着石阶走下去,仿佛正走进一个天然的"古代书法展览会"。路旁的四面绝壁上布满了石刻,有朱熹、蔡襄、李纲、赵汝愚等文人、书法家的题吟达300多处。各个年代、各种流派的书法艺术,共处一壁,争妍斗艳,而又衬以天然形胜,格外瑰奇夺目。

我在这座灿若星斗的书法宝库前流连低回,赞叹着大自然和人工共同创造的奇迹。"还有更奇的呢!"朋友指着一处"喝水岩"的题刻,笑着说,"传说五代时神晏和尚在这里诵经,因恶泉声喧哗,便挥动禅杖大喝一声,从此泉水便改道了。"

这座山,到处是神话,到处是诗一般的传说,我简直着迷了。于是我们拾级去寻找那被神晏和尚叱走的流泉。转过山嘴,便见一座古雅的小亭兀然临于崖畔。进去一看,竟是个茶榭,游人满室,桌上飘逸着岩茶的清香。随着一阵当当的钟声,我们发现铜钟下一个金属龙头正在汩汩地往外吐水。原来泉水跑到这儿来了!有趣的是,龙头泉和杭州虎跑泉恰是一对,都是优质矿泉水,都具有比重大、浮力强的特点。我们看到一些游人正在做"杯水浮钱"的游戏,泉水注入杯中,满而不溢,平搁一枚硬币不会下沉。泉水清冽甘美,因此游人都喜欢到这亭上来品尝一杯龙泉水冲泡的"半岩茶"。刚才在游十八洞、涌泉寺乃至灵源洞时,总觉得好像少了一样重要的东西,而现在终于在这里找到了,那就是这道灵泉。人们说水是大山的精灵,这注活泼的流泉竟使得整座鼓山也随着生动起来。

难怪,僧人们要将寺院取名作"涌泉"了。

1982 年

雾中的鳝溪

宋祝平

昨夜还落着很大的雨，到快天明时雨止了，天地间却又拉开网一样的雾。约好今天到东郊的鳝溪玩，既然没说改期，那就索性走进雾中去，看看雾中的鳝溪吧。

鳝溪算是福州的一个景点，可我们谁也没去过，一路询问，终于问到了通往鳝溪的路。走到郊野时，白茫茫的雾竟像乳汁一般浓。人被包裹着，分不出远近、深浅、虚实，只觉得空间似乎无限大，又似乎无限小。山是青的吗？不知道。田野是绿葱葱的吗？不知道。那雾里鸡啼的村庄在哪儿？不知道。鳝溪快到没有？还是不知道。雾呵，雾呵，世界被你弄得混混沌沌，只有你是存在的。

路旁隐隐约约地现出一位在塘边洗菜的妇女的身影。我问她："大姐，鳝溪还有多远？"她微侧起脸，扬了扬下巴，用乡音说："路走透了，就是。"便转过脸去，不再说话。透，是要我们走到底。这字里似乎有启示，又含着哲理。

我们在雾海里摸索前行，终于走上一座缭绕着水雾的小桥。桥下一泓在乱石中寻路的小溪也是白蒙蒙的。自忖这该是鳝溪了，且踏着水中的石头往上游去寻觅鳝溪的美，也寻觅一个可以落脚的去处。前方仿佛盖立着一团黑影，拨开雾障走近了，是挂在溪边巨石上的一株老榕树。它的虬根牢牢地抓着大地，却把伞一样的树冠横伸出去，遮住大半个溪面。树下错落的岩石自然地堆成石洞，既可以避风，又能躲雨，还有支过野灶的残迹。憩息在石洞里，又给雾遮着，仿佛到了世外，生出一种安宁温馨的感觉。四周静极了！静，也是一种美好的享受。不过，我们还是谛听到婉转的鸟鸣，还有身边潺潺的水声。忽然有几滴冰凉冰凉的水珠，带着一种山野间特有的清甜洒到我们炙热的脸庞上。又下雨了？啊，原来是凝聚在老榕树叶片上的雾水，顺着墨绿色叶子一滴一滴地落下来。它终于使人忍不住打破世界的静谧，不约而同地叫了一声："美！"

这就是鳝溪之所在吗？我们置身于浓雾里，看不见山，看不见颜色，也看不见溪水从何方流过来，又流到何处去，无法比较，不能鉴别。不过，在雾中我们寻到这么一处充满幽趣的洞天，已经很兴奋，觉得此行不虚。而同行的画家却不满足，起身又沿着溪边石头铺成的小路走进雾里。不一会儿，便从前方传来她惊喜地呼叫："路还没有走透呢！"

我们追着她的声音寻去。溪谷里有风，把雾吹淡了。只见她亭亭地立在镌刻着"鳝溪"的岩石前方，面对溪水凝思起来。是什么东西触动了她艺术的灵感？不知道。只是，这里的溪面豁然开展，许多墨黑的、褐赤的如台、如扇、如镜的巨大岩块，平铺在溪底，清澈的溪水或从岩块旁边悄悄地绕过去，或从那石缝里轻巧地钻过去，或者索性撒开来从岩块上漫过去，石头变得晶莹，溪流显得更清亮。而轻纱似的薄雾又分别给它们抹上一缕一缕的银白。像画，像是一幅明快淡雅的水粉画。

对于画家的眼力，我们表示钦佩，并且准备就在这儿支起野灶生火。画家却突然又改变主意。也许是出于她对于美的执着追求，或许是美对于她有一种我们感受不到的引力，她又踮起脚，丢下我们沿着溪边的小路往前飞跑。前方，是一道峡谷，溪水被两山夹峙着也变成涧水。而山风越发强劲，扫光谷中的雾气，也吹散画家的长发。我们看她轻盈地从这块岩石攀上另一块岩石，一直跑到山脚的悬崖下才停住。可能，那就是路的尽头。溪水从那悬崖上跌下来，形成一条小小的人形飞瀑，发出涛声似的轰鸣，溅起雨一般的水花。而她，半侧着身，用肘撑着头，斜卧在飞瀑下隆起的一方岩石上仰望着，一动不动，仿佛身心都融入山水中。真美！可惜我不会画画，否则，我一定把这一切都画下来，那一定是鳝溪美之精髓。

我们学着画家，也各拣一块岩石静静地坐下来，让心灵在山水的纯净质朴中净化。画家这时却来打扰我们，叫我们看悬崖上刻着的"龙首"两个红字，问："你们说，路走透了吗？"不知道。那就攀到悬崖上再看看吧。而崖上的景色，一时竟使我们看呆了。溪水在哪儿？难寻了。溪谷里全部是从大山倾泻而下的圆形的、方形的、多边形的大石头，像是一条滚滚而来的褐灰色的石头的河。不，是石龙。溪水就躲在石龙的鳞片中汩汩地流。大自然气势磅礴的创造，我们领略了、叹服了。

雾，并没有散去，还在我们面前的大山顶上徘徊、游荡、踌躇。它们一忽儿浓，一忽儿淡，把大山化成了一层、两层、三层……再一忽儿，它们又从山顶上密集地压下来，先是大山的层次消失，后留下一个淡淡的轮廓。紧接着，大山便全部迅速地隐去不见，被浓雾淹没了。这就是朦胧的美、美的朦胧吗？我们不得不同声叫"绝"！

现在，到底走透了没有？我们仍然不知道。但是，我们却不得不归去了。这时候，画家似乎意犹未尽，拢了拢被风吹散的头发，侧过脸，俏皮地问我："你觉得鳝溪的美在哪儿？"我笑着说："大概是雾吧。""还有呢？"我摇摇头。她狡黠地一笑，眨眨眼说："你瞧，石头铺成的小路又向被雾罩着的大山里伸去，那路一定还很长很长。路要走透呵，还需要我们不停步地往前探索、寻觅、追求，你不觉得这也是一种美吗？"

说对了，我们走进雾中的鳝溪，再从鳝溪的雾中归来，竟带着这美之真谛。

1983 年

鼓山轶事

延 青

一、鲁迅"手书"名山牌匾　抚衙石狮坐镇扬威

从 1973 年起，20 年来千万中外游人游览了福建省级风景名胜区之一的福州鼓山。他们或从旅行车大巴士里出来，或下缆车或徒步登山，走过停车坪，前方就是掩映于松林的牌坊亭及一对石狮。趋近仰望，亭额镌于一块青石的"石鼓名山"4 字竟是鲁迅手笔，有识者疑窦丛生。

鲁迅先生曾在厦门留下足迹：1926 年 9 月 4 日抵达，1927 年 1 月 16 日离去，前后均乘海轮，从未途经福州。他生前也从未萌生给名山古刹题写榜书的逸兴，那么这 4 个字的来历呢？

1971 年底，日本东京华侨总会副会长甘文芳率团来福州观光，日程之一是参观涌泉寺。于是当时的市"革委会"外事组选调配备干部，借用包括黄骏霖先生在内的教授、专家，加入鼓山管理处，开始了整修寺庙及文物清点普查、抢救充实工作。这次外事促内事的接待过后，东南亚、非洲、欧美的若干国家，接踵又有几批团体或个人的考察观光者莅榕。

形势逼迫，为使涌泉寺的建筑组群更富整体感，管理处决定新建山门外的牌坊亭一座，1973 年由城门建筑社施工落成。可是，亭上横匾请谁写呢？但当时，既没有人出面推举，也没有哪位书法家敢毛遂自荐，百般无奈下只好定一个万全之策，请美工检索《鲁迅手稿》，东拼西凑、临摹放大 4 个字。因为鲁迅的手笔无可争议。

牌坊亭建好，恰巧位于福州东大路的福建省立医院主楼装修完毕，开始清场。为盖那座主楼，原址——清代镇闽将军署里外好几对石狮子废弃了。有两对干脆被推入基坑，至今埋在主楼下边；还剩一对侧卧建

筑现场，朝夕待毙。这一对以白花岗岩石凿刻，估计是清代初年的作品，线条粗犷、威猛雄劲的石狮万分有幸，被抢救出来运上鼓山。

然而，寺庙规矩能不能摆设石狮，引起僧尼一番争论。最终，以江苏扬州大明寺、陕西西安大慈恩寺、镇江焦山定慧寺等建于南朝、唐代的一批古刹山门、大殿拥有石狮为例，并以涌泉寺本身天王殿屋顶两侧墙头也有清光绪三十四年（1908）的泥塑彩绘狮子为证，说服了持不同意见者。将军署石狮从此安放在山门外把守永驻，衬托牌坊亭，发挥了文物的积极作用，为名山古寺第一景观增添历史、文化的意蕴。所以，鼓山及涌泉寺劫后振兴的史篇，应该自1971年底写起，这在全国来说也许是特例。

二、孔子圣龛移植古刹　迁塔安装喜获陶铃

"文革"初期，鼓山涌泉寺虽然张贴了国务院颁布的重点文物单位保护公告，但仍然遭受不同程度的破坏，其中第三殿——大法堂的用整株檀香木雕刻贴金的观世音坐像被肢解，24诸天被敲烂，大小佛像荡然无存，仅剩一大间殿堂空空如也。

为了充实陈列，1972年外事组向省博物馆商借一尊高约1米的铜铸女相观世音立像（这是石叟派精品，石叟是明末清初江苏工匠，擅长以五金铸造佛像，铸工精细，风格独特）。但偌大空间安放一尊佛像，仍显过于空旷，才决定拆迁今福州市少年宫原孔庙内的孔子圣龛。

圣龛原建于清雍正年间，自木雕泥金龙柱、雕云纹雷纹花卉框架，至青石打磨的多边形基座，一一编号拆卸，原拆原装之后供上观世音，配置得天衣无缝，僧尼合十称庆。如今，佛像已更易，圣龛依然在。观音龛拥有盘龙双柱，在佛门来说委实罕见，不知游客注意到否。

涌泉寺从后梁开平二年（908）建寺以来，千余年未曾构建佛塔，不能不说是憾事一桩。这个缺陷，今已由天王殿前一对烧制于宋元丰五年（1082）的"千佛陶塔"弥补，产生良好效应。

"千佛陶塔"为省级文物保护单位，原矗立在福州城门乡梁厝村宋

国宝"千佛陶塔"

代初建的龙瑞院。双塔采用陶土分层雕塑烧制空心累叠，均八角九层，
结构相同，高约7米。塔形仿木构楼阁式，是研究宋代建筑的实物佐证。
每座塔表贴塑小佛像1038尊，八角塔檐另塑僧人、武将各36尊，悬陶
铃（风铎）72枚。可是这对宝塔于1941年福州第一次沦陷期间，遭日
本侵略军架梯击断塔刹，盗走镇塔物品；并经漫长岁月的风吹日晒雨淋，
表层严重风化剥蚀，佛像大量残缺，塔铃全无，塔身倾斜，时有倒坍毁
灭之虞。

　　既抢救文物又装点鼓山，经报批，千佛陶塔于1972年逐层拆卸，
连同基座一起运抵鼓山后安装复原。其中一塔施工拆至底层，工人从中
心孔洞意外捡拾一枚900多年前工匠随手丢弃、稍有残缺的塔铃，给修
复工作带来喜悦。于是以这枚塔铃为蓝本，又请美工仿塑福州南门兜五
代崇妙保圣坚牢塔（乌塔）上边的僧人、武将，并塑出塔刹，一并交长

乐县陶瓷厂翻烧，供给装修。考虑到日后更有效地保护陶塔，将空心的塔腹砌上砖头、填进水泥，改成实心砖轴，外表调刷棕色水泥。闪耀着古铜光泽、形似宝铜、全国稀有的陶塔，给名山平添了"双塔耸峙"一景。附带说一句，原福州文庙门前的一对辉绿岩青石雕刻、造型生动的石狮，据说是福州南后街蒋元诚石雕作坊的精品，也于同年迁上鼓山安置在天王殿前。

现在，上山的游人身临天王殿斜陛，无不对陶塔、石狮一见钟情，纷纷拍照录像留存纪念

三、藏经殿焚毁《延祐藏》　冶炼炉抢出观世音

1936 年，郁达夫先生在《闽游滴沥》中提到涌泉寺宝藏着一部经典："这一部经文，前两年日本曾有一位专门研究佛经的学者，来住寺影印……现在正在东京整理。若这影印本整理完后，发表出来，佛学史上，将要因此而起一个惊天动地的波浪。因为这一部经，是天下地上，独一无二的宝藏，就是在梵文国的印度，也早已绝迹了的缘故……"

"这一部"所指，据梵辉上人生前晤谈，即 1929、1936 年间，先后有日本常盘大定博士及其助手龙池清等到达鼓山涌泉寺、怡山西禅寺，进行"南中国佛教史迹调查"，认定是最精彩而宝贵的一部——元延祐二年（1315）福建建阳县报恩寺刊印的一种《大藏经》，通称《延祐藏》。鼓山的藏本为一部分，总数 762 卷（其中约 50 本是补抄本）。它之所以弥足珍贵，在于全国各地都已散失殆尽，成为孤本。

这部令日本学者惊赞的珍宝《元藏》，可能已毁于 1966 年。据 1972 年僧众回忆，"文革"一开始，有十多位红卫兵闯入藏经殿，抬出一橱《宋本藏经》在殿外天井焚毁。按鼓山原先未见"一橱宋藏"，当时请普雨、明惠、修缔等几位老僧协助清点复核，劫后鼓山尚存清康熙、乾隆间的《御颁藏经》，计《明朝南藏》《清朝梵本》《书本藏》《日本叙藏》等经书计 20346 册，此外还有明清两代及近代鼓山印刷的各种经书 7586 册，清代手抄经书 225 册，刺血书写的经书 657 册，以及 7 册

缅甸《贝叶经》，不见《延祐藏》。这762卷宝藏无疑毁于劫火了！

涌泉寺东侧风景片的涌泉亭，又称龙头泉亭，恰好初建时间也是元延祐二年（1315）。这说明当时福建"行中书平章事"荣禄大夫吴国公亦黑迷失那位蒙古人对佛教的笃信，刻印经书、兴建寺庙。

涌泉亭于"文革"初期同样遭受破坏，不仅楹联、牌匾，连古铜钟、观世音塑像悉数捣毁，只剩下一所空旷的佛堂，相伴从元朝起一直涌泻的一股伏流——清纯甘洌的龙头泉。

1972年，正当修复涌泉亭又苦于缺少佛像时，市"革委会"外事组突然接到福州冶炼厂工人的匿名电话，通报"炉前有一尊铜佛可能是文物"，行将销熔。好几个同志风风火火赶到厂里，经鉴定，佛像背部有清晰的铭文，记载是明万历十二年（1584）铸造的男相观世音坐像，重40公斤，立即折铜价购买。一位普通工人，为保护文物有如此胆识，颇不简单。

这尊佛像请进涌泉亭石龛，比例尺寸适合，天造地设，好似原先配置一般。接着，又向市"破四旧"仓库物色借出一口明末崇祯年间的铜钟，悬于龙头泉之上，安装钟架、水轮、牵引线、钟杵，恢复定时"水冲轮转、一杵撞钟"装置……今日游客，恐怕都不解上述故事了吧！

近年来，经省内外佛教界人士参观考察，认为头戴僧帽的铜铸男相坐像观世音十分罕见，是佛门珍品。

四、僧妙莲清末受御赐　圣箭堂"文革"增铁蕉

涌泉寺方丈室称"圣箭堂"，缘何有此尊号？

按我国汉传佛教禅宗，大约在唐朝至五代陆续实现了达摩"一花开五叶"之偈，即一个禅宗，繁衍出沩仰、临济、曹洞、云门、法眼五脉。六祖慧能，曾弘法于广东曹溪南华寺。曹洞宗发源于曹溪，于唐末传入福建闽侯象骨峰（今雪峰），创寺于唐咸通十一年（870），开山祖师为义存。跨越38年，至后梁开平二年（908），闽国主王审知邀雪峰神晏到鼓山开山。神晏将离，其师义存以"一支圣箭直射九重城去了"，比喻、

涌泉寺内景

鼓励神晏受命，所以鼓山"方丈"史称"圣箭堂"，所以涌泉寺大雄宝殿镌石楹联标明脉络上承曹溪。

　　早年圣箭堂檐下，左右威武地陈列红漆泥金的木质刀、枪、矛、戟等十八般兵器，那是清末涌泉寺住持妙莲，晋京受那拉氏慈禧所赐的半副"御用銮驾复制品"，妙莲同时获赏"黄袍黄伞"及"清御藏"一部的殊荣。这些文物，除御藏今存于藏经殿，"黄袍黄伞"早已随妙莲圆寂时火化，"复制銮驾"可惜毁于那个特殊时期。妙莲还于清光绪十一年（1885）赴南洋弘法，增进文化交流，在马来西亚的槟城创建极乐寺——涌泉寺在海外的廨院，募金重修涌泉寺，他不失为近代对鼓山颇有建树的高僧。

　　圣箭堂前有个东西宽、南北窄的天井，过去仅植两株雌铁树，现在

｜岁月回响｜

则有3株——中间多了一株雄铁树。铁树生长缓慢，是地质史中生代遗留下来的古老裸子植物，学名凤尾蕉、凤尾松、铁蕉。干如圆柱，茎布鳞片，叶生茎顶。叶长大后坚劲，羽状分裂似凤尾。雌花丛生，颜色金黄，瓣布绒毛。籽实略带椭圆，朱红。雄花如松球，呈锥状，金黄色。

圣箭堂确实原只两株铁树，相传分别为神晏、王审知手植。当然这是传说，因为涌泉寺在明永乐六年（1408）、嘉靖二十一年（1542）两度焚毁，历史上有人留下"一夜狂飙嘘烈焰，千年古迹化飞灰"的诗句，残垣断壁，狐兔出没，不可能存活两株铁树。它们是古木，但并非千年古木，传说显然是为了猎取名人效应。

1972年，重整鼓山的同时，福州怡山西禅寺被毁后改作工厂。鉴于抢救文物，市"革委会"外事组决定，将西禅寺遗存的法器、经书、碑碣，连同1株古雄铁树运上鼓山保护。

这株铁树带土球重约2吨，吊运至天王殿斜陛卸下，十多位搬运工以巨木架起斜面，绞车盘、钢索拉、圆木垫、铁棍撬，过殿堂、穿廊庑、上台阶，整整两天才安种落土。西禅文物"文革"后已归还，唯铁树缘结鼓山留下，平添两寺的一段佳话。

五、匾额楹联毁损殆尽　茶园山田恢复农耕

涌泉寺原先拥有数以百计，用檀、楠、樟等木质雕刻、泥金的匾额、楹联，其中包括始于明末的胜景联、寺庙联，不乏名人佳作，文化品位、文物价值很高，然而在"文革"之风掠过之时，几乎全遭摘卸，付之一炬。幸免触动的仅天王殿前康熙御笔"涌泉寺"匾，及大殿"饮光如来""大雄宝殿""慈隆即世"3匾。被毁而可以稽查的，有弥勒座前清初王庭珍撰写，寓庄于谐的一副60字长联（收录《鼓山志》及国内长联专辑）：

日日携空布袋，少米无钱，却剩得大肚宽肠；不知众檀越，信心时用何物供养。

年年坐冷山门，接张待李，总见他欢天喜地；请问这头陀，得意处是什么来由？

据悉，劈匾烧联的同时，现场有人甚至摩拳擦掌要捣毁佛像。经僧众劝阻，他们改以"打倒阎王，解放小鬼"为由，钻进天王殿左右神龛，将四大天王践踏的彩塑妖魔一一敲除，留下涌泉寺天王翘足悬空的奇怪现象。

那么，如今高挂寺内的其他旧匾呢？都是1972年清点阶段从寺外发现，未及烧掉而重新收拾的文物；如法堂右梁的宝蓝色衬底贴金的大匾"宝珞庄严"便是一例。匾身上款为"嘉庆九年岁次甲子（1804）仲秋吉旦重修"，下款署衔"镇守福州将军庆霖，台清府知府庆保同敬立"。此匾无声地晓喻游客，台湾是祖国的神圣领土，清政府自1684年起在台南设府，称台湾府，隶属福建省。而庆霖、庆保，满族人，前者长兄，后者是十三弟。

重整后开始接待工作的涌泉寺，1972年尚有僧尼40多人。他们组织起来，坚持"一日不作，一日不食"的佛门农禅规制，投入行政、生产或管理，上年纪的则集中养在老人堂。生产方面，恢复了山垄田的水稻种植，复垦了水晶山坡地茶园。

据《鼓山志》，鼓山茶叶历史上种于灵源洞之后"茶园"，由茶农培育，虽"产不甚多而味清冽，王敬美督学在闽，评鼓山茶为全闽第一，武夷、清源不及也"。按王世懋（1536—1588），字敬美，江苏太仓人，明嘉靖年间进士，曾任太常少卿等职，与其兄王世贞同为明代文学家。

鼓山茶称半岩茶，条索细短，汤色洁亮而浅翠米黄，鲜爽甘醇，以龙头泉水冲沏倍觉素雅，别具清淡的禅味，一向由寺庙馈赠施主、接待游人，明代徐㷿、谢肇淛及现代郁达夫先生品尝后都以诗文描叙肯定。1973年春天，僧尼及时采摘，夜以继日在香积厨精拣、杀青、揉捻，焙出约一担绿茶以飨中外宾客。

六、万块雕版东南居首　库房文物满目琳琅

如同北京柏林寺，在清雍正年间开雕经版并印刷《清龙藏》，至今保存我国释藏唯一的约7.8万块木刻雕版，涌泉寺历史上也是一所佛教出版机构，其开雕时间比柏林寺更早，今日还保存万块雕版。

经过1972年多次集中、分拣、列架、清点，涌泉寺幸存明末、清初佛经及佛学著作雕版3613块，清朝及近代新旧刻佛经等雕版7696块，各种佛像、书画雕版66块，总计11375块。刻工严谨，相当一部分仍可付印。其中一部为佛学的代表性著作之一——《大方广佛华严经疏论纂要》，是清康熙七年（1668）涌泉寺住持、高僧道霈（1614—1702）的著作，计120卷，装订48册，雕版2425块，基本上完好。另据朱维幹教授《福建史稿》载，"鼓山涌泉寺有宋刻《法华经》。30多年前，曾在苏州展出。作者亲眼看过"，但这次清点并未发现鼓山宋刻《法华经》或雕版。

华罗庚教授1973年夏莅涌泉寺，听到《华严经疏论篡要》曾于1928年由弘一法师（李叔同先生）出资翻印几十部分赠日本大禅院，使东瀛佛教界盛赞"鼓山是庋藏佛典古版之宝窟"，特地参观陈列室，抚摩了原版，嘱咐"所有雕版应该一块块防腐处理，杀灭蛀虫，妥善保存；不然，将来愧对子孙"。据悉，涌泉寺雕版存贮量，今可列为东南诸省寺院的第1位。

涌泉寺原斋堂顶上，是一大间库房，估计"封闭"的年月久远，一任任副寺僧、库头僧未必验收移接，没有供检索的清册，一架架大橱尘封、一件件文物杂处。历经清点，1972年整理出一批文物，简介如下。

书画类，有明末清初张瑞图的大幅行书真迹；工艺美术类，有明代或清代象牙雕"持扇消夏"老人1尊，清乾隆年间葡萄藤根雕女相观世音1尊，清初石叟派以五金浇铸的关云长立像1尊；器皿类，有明朝宣德年间铜香炉两个；印章类，有估计系清朝的白玉"敕赐鼓山涌泉禅寺印"1方；文书类，有清乾隆、嘉庆、道光、光绪及现代，200多年间涌泉寺的租佃契约及收租簿14册，其中有清光绪三十一年（1905）涌泉寺

涌泉寺内所存的万余块雕版

僧众与山下坑门、上坂两乡械斗，向闽县、侯官县、福州府、福建按察司呈递的双方诉讼文本，还有历史上的化缘簿53本……

以上文物的各方面价值，不言而喻。单就根雕来说，按福建工艺美术史料，清乾隆年间有长乐人（一说连江人）孔氏，入山挖掘疤块斑驳的天然树根，依势度形，稍加雕琢，配上手足，构成天然树根木雕工艺品。涌泉寺发现的这件藤根雕，高约30厘米，底宽约12厘米，十指纤细，掌腕张曲有致，以白玉琢成镶配。据同时发现的清乾隆年间账本的翔实记载，系施主某某人奉献，足证并非赝品。这一福州根雕、木刻的创始期作品，显得十分宝贵。

七、扣冰古佛舍利失落　郭老题诗镌上石门

如果从宏观上察看，涌泉寺东侧的灵源洞景区及西南侧的十八景景区，不妨称之为天然的寺庙园林。灵源洞开辟较早，十八景推算在清乾隆之后才逐步形成，至清道光年间经福州人、盐商魏杰出资修整定名，所以乾隆版《鼓山志》未见十八景的完整记载。

十八景的首景取菩提达摩（？—536）面壁修禅的故事，命名"达摩面壁"，俗称达摩洞。洞内有一泓细泉，洞外耸一片立岩，岩上镌刻十八景名称。"文革"前，达摩洞一向由一两名老僧留驻，供奉达摩塑像及舍利塔，并以茶水花生糕点接待游人。塔内封存的舍利子，系中华人民共和国成立前从酒泉寺辖区南面——牛坑的古僧藏骨塔中掘出的，据1972年涌泉寺法师普雨回忆，说那是扣冰辟支古佛的舍利。

这位古佛何许人？他是福建历史上"从人到神"的又一典型。参看清董天工《武夷山志》卷18《方外·佛》介绍，唐代"扣冰古佛姓翁，号藻光，崇安吴屯里人"，10岁出家，杖锡云游，"冬月扣冰而浴，故号扣冰，曾栖止武夷之桃源洞，后结庵将军岩"，应五代"闽王延钧聘，至福州，郊迎隆礼，因诚曰：'愿王以百姓为念，勿多杀。'"延钧送居鼓山，"翌日说法留偈而化"。他生于唐武宗会昌四年甲子（844）二月初八日，宋时尝累封"灵感法威慈济普照大师"。现在武夷山市吴屯乡建于唐末的古刹瑞岩寺，仍供奉这尊扣冰辟支古佛。

"文革"时期，由于动乱十八景一带的僧众遁入大庙，达摩洞也在劫难逃，佛像及舍利塔均毁，幸山上驻军某部加以利用，才保住这一难得的岩洞景观。

灵源洞景区虽一直保持着宋朝的整修格局，但"文革"初期也毁了听水斋、水云亭，破坏了所有扶手、栏杆。1972年起先后修复，并对灵源洞上下、磴道左右的省级文物保护单位——鼓山摩崖题刻描绿涂丹。

鉴于景区内"石门"尚有闲壁一方，经报批将1962年11月8日郭沫若《访涌泉寺》五律二首的第一首，请冯焦生（现福州工艺美校教师）等人依郭老书写的条幅原作，勾摹镌刻。按这是中华人民共和国成立后鼓山新添的首段摩崖题刻，诗曰："节届重阳日，我来访涌泉。清风鸣地籁，凝雨湿山川。浮岭多松柏，依崖有杜鹃。考亭遗址在，人迹却萧然。"

郭老的诗精练、精确地描绘了鼓山小阳春的特定气候、植被，古建筑和风光，郭老的书法精妙苍劲，为鼓山"碑林"增加了新的光辉。

八、释迦宝塔揭开秘密　斋公手迹吐露心声

　　福州老前辈肯定记得，中华人民共和国成立前不少人上鼓山，虔诚地花钱请知客僧到藏经殿点燃一支小蜡烛照明，踮起脚从"释迦牟尼灵牙舍利佛塔"的竖形小隙窥视，自报所见塔中舍利子的色彩，再由僧人判断休戚。因此，郁达夫先生在《闽游滴沥》中，提及"一瓶舍利子，也算是这涌泉寺的寺宝"。此塔高仅两米多，矗于缅甸玉石雕刻的释迦牟尼圆寂佛（俗称卧佛）身后。

　　舍利，是梵文 Sarira 的音译，意译为身骨，指死者火化后的残余骨烬。就佛门来说，通常指释迦牟尼的遗骨或佛舍利。相传释迦卒于公元前 486 年，弟子阿难等焚其身，有骨殖如五色珠，光莹坚固，名曰舍利子，后有八国国王分取舍利，建塔供奉。另据元代《馏绩霏雪录》，"舍利按佛书'宝利罗'或'设利罗'，此云'骨身'，又云'灵骨'，有 3 种色：白色骨舍利、黑色发舍利、赤色肉舍利"。作为佛教文化瑰宝的释迦舍利，在我国，仅知有一枚释迦的手指骨，于公元 172 年由印度高僧护送入境，迄今珍藏在陕西省扶风县法门寺。那么，涌泉寺释迦塔内秘密封藏的究竟是什么呢？

　　1972 年，鼓山管理处会同文化文物工作者从塔后开启，取出的是一只宽 6 厘米、高约 12 厘米的六角形纯白透明水晶瓶。瓶中凿一圆柱形小孔，深约 4 厘米，中间贮几十粒舍利子，其外观似细砂石，分别为粉红、浅黄或白色，大小均只有半粒米，形状较圆。接着，发现瓶下有一石盖，揭开石盖，出现石槽。槽中安放三层套函：第一层是一个明代成化年间的青花小瓷盂。掀盖，中间又有一只银质小盂；再掀银盖，中间还套一只纯金小盂；最后掀开金盂小盖，贮着六七十粒舍利子，其外形、大小、色泽与水晶瓶中的雷同无异。石槽底部，还藏着一块手掌大的扁平六面体黑色广东端石。石边铭文落款是清顺治末鼓山涌泉寺住持道霈。石面镌刻极精美的小楷铭文，记叙这些舍利的来历。大意是某某施主敬献，原先供奉于江苏扬州一座佛塔。该塔于顺治二年（1645）清兵攻破扬州，屠城 10 日时遭毁，舍利曾贮于铁函安放塔刹而幸存，被那位施主辗转喜

获……自此，300 年前的文物重见天日；但这到底是否舍利，是否释迦的舍利，难于进一步考证。塔中另有一块巨大的动物牙齿状化石，即所谓"灵牙"。

涌泉寺之所以成为闽刹之冠，有其名山、古刹、高僧的多方面因素。自有清一代至近现代，可以历数元贤、道霈、道安、大心、兴隆、古月、妙莲、虚云、圆瑛等许多高僧。他们传承曹洞宗风，为鼓山及涌泉寺留下不少业绩，如今山上寺内的不少文物都足佐证。

同时，无可讳言，中华人民共和国成立前的涌泉寺也蒙上阶级社会的阴影。1972 年，发现原明月楼底下一排类似地窖的潮湿阴暗的房间，是寺内斋公的旧集体宿舍，他们是寺庙中从事生产劳动的最底层群众，由田头僧约束管理。鼓山的斋公，就在这生活条件极劣的残破墙壁上，用墨汁画了好几只向往自由的"飞鸟"，且写道："我吃长斋没六亲，只为天堂地狱分。""家中父母年又老，身中无钱难回家。""我苦是我苦，你乐是你乐，苦乐不相同。"这些发于肺腑的悲叹是历史上涌泉寺的另一面写照。

1993 年

涌泉寺大殿

鼓山试笔（三篇）

章 武

雨中，换一个视角

家居福州，匍匐在鼓山脚下不觉已有十度春秋。

我总是抬起头来仰望鼓山——在下班的路上，自行车流，朝东。

或在云里，或在雾里，或在绛紫色的夕照之中，松林间，一抹红墙，似有晚钟悠悠传来，可惜听不见。我的耳边全是尘世喧嚣的市声。

我登鼓山，总在晴朗的日子。阳光、汗珠，连树叶、花瓣和蝴蝶的翅膀都是透明的。

一日，雨霖铃。忽发奇兴，冒雨登山。

雨中，游人极少，却发现树特多。浓浓淡淡，重重叠叠，熙熙攘攘，似擎巨伞伴我登攀。

山洪暴发，擂石如鼓。山的心脏，我的心脏，一起砰砰激跳。

到了涌泉寺，骤雨初歇，余兴未尽，又往寺后山道攀缘。

一片松林，静极。仰望树梢，每一根松针上都噙着一滴雨珠，无数雨珠，似满天繁星闪烁。

走出松林，循路至山巅，俯视福州城，却还笼在一片雨云下方。猛地一阵动风从闽江口登陆，雨云如帘幕由东向西渐次拉开，城内三山及万家楼阁俨如一座巨大的舞台，一幕壮丽的人间戏剧正在风雨锣鼓声中演出。

我以超越尘世的目光静静观赏。

忽想起平日，我也来去匆匆，在那舞台的一隅。我扮演的是什么角色呢？

山半，有座石碑

人到中年，常感万事力不从心。犹如登鼓山，到了山半，便不得不坐下来歇息。

从山脚到山巅，路随峰转，曲曲弯弯，2000多级石阶，长达7里。先人每里设一亭，凡九亭。如今这是第四亭，坐落半山，号"半山亭"。

倚亭柱，思绪如满山松涛翻卷。

毕竟过了不惑之年，腰肢和腿脚都不如以前灵便了。右腹胀胀的，莫非胆石症又发了？

抬起倦眼，望不尽路上的路、林上的林、云上的云。套用哈姆雷特一句台词："上，还是下？这可是个问题。"

原先走在我前头的那一群人的背影早已融入一片翠薇，我落后了。原先跟在我背后的一群年轻人，藏着太阳帽，背着吉他，像一朵朵彩云从我身边飘了过去。他们的步履，轻盈、敏捷、富有弹性；他们全身，从头发梢到脚后跟都放射出无穷的青春活力。他们中的一位小姑娘，甚至回眸掷给我一个微笑，微笑中有三分怜悯、七分揶揄："怎么，就这样停了下来？"

瞬间，他们的背影又在前头的拐弯处消失了。我又落后了。而后来者的人声、笑语，从山道下方又步步追了上来。一种危机感和恐惧感紧紧攫住了我。不能犹豫，不能彷徨。我咬紧牙关站了起来，唯有向上。

当我重新起步时，猛发现亭侧立着一块石碑，碑上青苔斑驳，字迹分明："欲罢不能。"

缺陷也是一种美

北方的山，无遮无拦，光明磊落，有一种爽朗、豁达的男性美。南方的山，云封雾裹，林掩水绕，像女子一般羞怯而温柔。

鼓山的喝水岩，在南方是个例外。它有石，有林，唯独缺水。听不见潺潺的水声，望不见如练的飞瀑。只有双峰间裂开一条深涧，涧中石头嵌然相累，终年干涸。

据说原先有水。五代时开山祖师神晏在此独坐诵经，因恶泉声喧哗干扰，挥动禅杖大喝一声，从此泉水消匿，万籁俱寂。前人有诗叹道："重峦复岭锁松关，只欠泉声入坐间。我若当年侍师侧，不教泉水过他山。"

然而，也有人对此不以为然。千仞石壁上，就赫然刻有4个大字："无水亦佳。"

坐石上小憩，揣摩再三，顿时有所悟：金无足赤，人无完人，山川景物亦不能十全十美。有时，保留一些缺陷，反而使其优点更臻突出。

比如此处，因无水，更显其林之翳、石之奇、境之幽。

那夹涧石壁，刀劈斧削，留下前人300多处石刻，真草篆隶，各得奇妙，天造地设的天然碑林，一佳也。

那涧中怪石，光洁明润，玲珑活泼，如禽如鱼，如床如椅，可以骑，可以坐，也可以拥之仰卧，温顺可亲，二佳也。

更有满山松林，遮天蔽日，挡住了夏日的炎威，滤掉了尘世的喧嚣，以轻柔的絮语抚慰游人悠然入梦，三佳也。

"无水亦佳"，诚然，信也。

恍惚间，我的思绪竟超越时空，飘向了古希腊——

断臂的维纳斯，无臂亦美！

1988 年春

岁月回响

39

涌泉寺的佛经

胡善美

福州鼓山涌泉寺为闽刹之冠，是全国重点佛寺之一。涌泉寺收藏丰富的佛教经典，不仅在国内很有名气，而且对日本、东南亚等国家和地区也有很大的影响，其刊刻佛经的辉煌历史，也令广大游人及研究者深深赞叹！

涌泉寺钟楼东南侧的藏经殿，是存放佛经的殿阁。它由明崇祯九年（1636）福州"五贤"之一的曹学佺（1573—1646）始建，清顺治十六年（1659）重建，康熙间重修。殿为歇山顶，面阁五间，四面风火墙，殿前为庭院，三面有厢廊环抱，门扉窗格，古色古香。

据说，建寺之初，闽王就"命工缮写经书"，但具体是什么年代，已难以考证。藏经殿内藏康熙五十三年（1714）圣祖玄烨钦差副都统王应虎护送入寺供奉的经书，有乾隆七年（1742）高宗弘历御赐的藏经7240卷。它们是《明朝南藏》《明朝北藏》《清朝梵本》《书本藏》《日本叙藏》等经书20346册，以及本山僧人著作等共计2万多册。还有来自印度、缅甸的贝叶经7册，刺血写的经书9部657册。

藏经殿有两副楹联：一是"梵箧西来开象教，名经东际守龙威"；一是"永镇山门如玉带，长辉海宇此殊函"。佛教经典从西方传来（古天竺在我国西方）。《佛祖统记》："西天求法，东土译经。"就是赞颂唐玄奘（602—664）在我国开创了佛教。《智度论》："五千阿罗汉于诸罗汉中最大力，以是故言如龙如象。水行中龙力大，陆行中象力大也。象的良者曰龙象。"龙象也是指修行勇猛有最大能力者，象教就是指佛教。经书传到东方，以龙虎之姿，风云际会，显示出佛教经典的盛况。而福建第一大江闽江，犹如玉带环腰，永远镇守着涌泉寺的山门，能使海天长久生辉的，是存放着经书的特殊箱柜——藏经殿。

用贝叶写的佛经叫贝叶经，古代印度人多用贝叶写佛经，所以称佛经为贝叶经。贝叶是贝多罗树的叶子，经过水沤、压平、修剪等处理，以代纸书写佛经，再以丝条将一片片贝叶联串成册，精致美观。

《大慈恩寺三藏法师传》卷六："丁卯，法师方操贝叶，开演梵文。"《宋史·天竺国传》："僧道圆自西域还，得……贝叶梵经四十夹来献。"在我国，如涌泉寺有贝叶经的佛寺是为数不多的。

藏经殿一副楹联的上联说："御赐钦颁真贝叶以载妙谛加我涌泉空色相。"意思是这贝叶经书是皇帝颁赐的，贝叶经登载玄妙的真理，给我涌泉寺，使我佛精神长存。

涌泉寺血写的经书，有雍正十二年（1734）百代住持象先禅师"闭门兀坐"刺血写的；有光绪元年（1875）仲冬，完慧刺血、克定书写的《佛说二十四章经》；有光绪三十二年（1906）端阳华能刺血、信士王谷楷写的《大乘般若波罗蜜多经》等。

刺血楷书佛经，需要花费很长时间及大量的鲜血，这就要求供血的人，长期不吃盐，才能保持血液不凝固。这种精神难能可贵。鲜血配以金粉，色泽金红，为防止虫蛀，还得加以适量的明矾，非一般朱墨可比。涌泉寺的这 657 册血写经书，字迹圆润，笔法秀美，堪称珍品。

藏经殿还有一部清嘉庆二十五年（1820）最后一任台湾知府言尚昆写的《金刚经》。言尚昆是福州人，写完这部佛经，就到台湾上任去了。

涌泉寺的法堂，曾藏有元刊本《毗卢大藏》。它是延祐二年（1315）由福建行中书省平章事（相当于省长）亦黑迷失（蒙古人）发起，在建阳县后山报恩寺刊印的《大藏经》。由于种种原因，原计划没有完成，只刻就《般若》《宝积》《华严》《涅槃》四大部，亦称《延祐藏》。由于全卷未能完工，所以只印刷了 37 部。至民国期间，全国只有鼓山涌泉寺和山西太原崇善寺保存。鼓山涌泉寺的《延祐藏》计 762 卷，其中约 50 卷为补抄本。

据林子青的《弘一法师年谱》载，1929 年弘一法师（李叔同）50 岁，"四月，由慧纯居士陪同，离厦取道泉州赴温州。道经福州，游鼓山涌泉寺，于藏经楼览彼所雕《法华》《楞严》方册，精妙绝伦；又发现清初道霈禅师所著《华严经疏论纂要》刻本，叹为近代所希见。因倡缘印布二十五部，并以十数部赠予扶桑诸古寺及佛教各大学"。

苏慧纯居士是泉州晋江人，早年信佛，曾在南洋经商，与佛教界有往来，是弘一法师的好友。这次伴弘一法师在涌泉寺住了20多天，大部分时间在翻阅藏经。这是他游历名山名刹养成的良好习惯。

1930年10月2日，弘一法师致夏丏尊居士的信中说，《华严经疏论纂要》"旧藏福州鼓山，久无人知。朽人前年无意之中见之，乃劝苏居士印二十五部（以十二部赠予日邦）。按吾国江浙旧经版，经杨洪之乱，皆成灰烬，最古老唯有北京龙藏版，大约雍正时刻。今此《华严经疏论纂要》为康熙时版，或为吾国现存之最古之经版，亦未可知也"。

《华严经疏论纂要》是清初鼓山涌泉寺住持道霈（1614—1702）禅师所著的《大方广佛华严经疏论纂要》。这是他以10年时光，悉心在唐朝佛教名著《华严疏钞》《华严经论》的基础上，重新删节订正而成的中国佛学经典代表性著作之一，共120卷，分装48册，仍未收录藏经的巨著。

内山完造（日本冈山人）在《弘一律师》回忆文中写道："这时律师（弘一法师）说，'还有一种叫《华严疏论纂要》的书，正在印刷中。这书，只印二十五部，想把十二部送给日本方面。将来出书以后，也送到尊处。'……据说，律师曾在福建鼓山发现这古刻的板子。这板子在现存的经典中，是很古的东西。日本的《大正大藏经》也没有收录的。由此可见这经典的珍贵了。"

现已查明，弘一法师交由内山分赠扶桑的《华严疏论纂要》12部，分别藏在京都东福寺、黄檗山万福寺、比睿山廷历寺、大和法隆寺、上野宽永寺、京都妙心寺、东京帝国大学、京都帝国大学、大正大学、东洋大学、大谷大学和龙谷大学。1979年以日本宝积寺住持吉井鸠峰为团长的"古黄檗拜塔友好访中团"访问福州时，还以十分感激的心情，提起了半个世纪前赠书日本的事。

1936年2月9日和14日，著名文学家郁达夫二访鼓山涌泉寺。他在这年 3 月写的《闽游滴沥之二》中说，涌泉寺的"特异之处"，是"寺里宝藏着的一部经典。这一部经文，前两年日本曾有一位专门研究佛经的学者，来住寺影印，据说在寺里工作了两年整，方才完工，现在正在东京整理。若这影印本整理完后，发表出来，佛学史上，将要因此而起一个惊天动地的波浪。因为这一部经，是天上天下，独一无二的宝藏，就是在梵文国的印度，也早已绝了的缘故。"

郁达夫指的"这一部经文"，就是《华严经疏论纂要》。涌泉寺的藏经真是声震天下，盛名远播。

日本昭和四年（1929）春，日本常盘大定博士带了几个人来我国做"南中国佛教史迹调查"，到了鼓山涌泉寺和西郊怡山的长庆寺（西禅寺）。他们自以为日本藏的经书多，在涌泉寺一看，大吃一惊，至少有四五十部佛教经典著作他们没有。在事实面前，他们不得不赞叹，这里是"中国的第一法窟"。

常盘大定不但全面核对了涌泉寺和长庆寺藏经的目录，还把日本所没有的《大正藏》和《大正续藏》等有关佛典，逐册逐页拍照带回日本，影印流通，并且写了《支那佛教史迹纪念集评解》一书，在东京印行。

日本昭和七年（1932），常盘大定的助手、任职于日本外务省文化事业部的龙池清，又来鼓山涌泉寺和怡山长庆寺，花了一年多时间研究佛经，写出《鼓山怡山藏逸佛书录》，于昭和十一年（1936）2 月，发表在《东京东方学报》第 6 册。他提到，当时鼓山的藏经达 4 万卷。

抗日战争爆发，日本侵略军逼近福州。政府当局让沿海各地重要文物向内地山区迁移保藏。涌泉寺圆瑛法师紧急组织力量，把元代的《延祐藏》，明代的《南藏》《北藏》，明清两代刺血写的佛经以及国内罕见的珍贵版本，装了 20 多箱。经与尤溪县联系后（联系人为詹宣献），于 1939 年 7 月由圆瑛法师亲自护送，用船把它们运到尤溪西部的纪洪乡（今管前乡）三峰寺秘密保存。

不出所料，福州沦陷期间，一个日本军官带着两个卫兵闯入涌泉寺"礼"佛，自称是研究佛经的"学者"，装得很正经，谦谦有"礼"，谈吐"风雅"，要"参观"寺藏佛经。守寺和尚不得不打开藏经殿，这军官足足翻了两个小时，问："还有佛经藏在什么地方？"寺僧回答："没有了，都在这里。"日本军官感到捞不到什么，便没有追问下去，灰溜溜地下了山。抗日战争胜利后，圆瑛法师把20多箱佛经由尤溪运回。但据1957年清点，原有762卷的《延祐藏》仅存600多卷，损失的大多是补抄的50卷。根据当时负责人普雨僧师意见，仍放在法堂，作为特藏品。

1966年，一场浩劫席卷全国。破"四旧"前夕，中共福州市委领导曾打电话询问："各佛寺有哪些重要文物，需要力加保护？"那时任职于福州市文物部门的王铁藩先生，特别强调要保护涌泉寺的佛经。经过"文化大革命"十年浩劫，涌泉寺普雨、明惠、修缔等几位长老清点复核，只存康熙、乾隆的"御颁藏经"，计《明朝南藏》《明朝北藏》《清朝梵本》《书本藏》《日本叙藏》等经书20346册，以及明清两代及近代鼓山印刷的各种经书7586册，清代手抄经书225册，刺血书写经书657册和7册印度、缅甸贝叶经，而《延祐藏》已不见踪影，无疑已毁于劫火。但是与全国许多佛寺佛经荡然无存相比，可以说是不幸之大幸！

从宋朝开始，鼓山涌泉寺便刻印经书，至明清两代成为全国出版佛学著作的重要中心之一。这里刻印的高质量经书闻名遐迩，遍及全国各地及东南亚、日本等各大佛寺。北京的柏林寺以雕印"清龙藏"享誉佛学界。那里至今保存着我国释藏唯一的七八万块木刻雕版，但它仅开始于清朝雍正年间，而作为中国佛教史上重要出版中心之一的涌泉寺，虽然保存的佛经雕版只有一万多块，但开雕刻印的时间较北京柏林寺，至少要早上一两百年。

涌泉寺宋代刊刻的佛经有《佛说观无量寿佛经》《仁王护国般若波罗蜜多经》和《佛顶尊胜陀罗尼经》等，许多刻印的佛典在中国佛教史上具有重要的意义。

宋淳熙五年（1178）涌泉寺所刻的《古尊宿语录》4卷，收集了37家禅师言行，对他们的行迹、拈古、偈颂、奏文与帝王的对答等，都有比较详细的记述，弥补了其他灯录的不足。正如萧萐父、吕有祥在《古尊宿语录·前言》中所说："不仅可以把握禅宗盛期之梗概，亦可观禅宗主要代表人物的思想全貌。它是研究禅宗特别是禅宗盛期必不可少的

涌泉寺藏经殿

思想资料。"嘉熙二年（1238）涌泉寺又刊刻了6卷《续古尊宿语录》，收集了81家禅师的言行。

　　清末广东岭南举人观本，后出家为虚云弟子，1932年参学涌泉寺时编就《鼓山疧藏经版目录》，弘一法师知道后十分高兴。观本法师通过李圆净居士恳请弘一法师赐序。于是1934年12月，弘一法师在泉州开元寺尊胜院为它写了序。他写道："昔年余游鼓山，览彼所雕《法华》《楞严》《永嘉集》等楷字方册，精妙绝伦……又复检彼钜帙，有清初刊《华严经》及《华严疏论纂要》《憨山梦游集》等，而《华严疏论纂要》为近代所稀见者。余因倡缘印布，并以十数部赠予扶桑诸寺……彼邦金知震旦鼓山为疧藏佛典古版之宝窟。"

　　涌泉寺印刷的佛书还有《释迦如来应化事迹》《净土诸上善人咏》《圣箭堂述古》等。据《鼓山涌泉寺经版目录》载，涌泉寺共刻佛典359种，其中明刻184种，清刻195种，民国刻45种，年代不明的35种。至民国，涌泉寺尚有完整无缺的经版188种（其中方册145种、梵册43种）。

｜岁月回响｜

经过"文革"浩劫，1972年对涌泉寺经版多次集中、分拣、上架、清点，幸存的明末、清初佛经及佛学著作雕版3613块，清代及近代新旧佛经等雕版7696块，各种佛像书画雕版66块，总计11375块，刻工严谨，相当一部分至今仍还付印。

据查，"近代所稀见"的《大方广佛华严经疏论纂要》，有雕版2425块，基本完好。据福建师大朱维干教授《福建史稿》（上册）载："鼓山涌泉寺有宋刻《法华经》。30多年前，曾在苏州展出，作者亲眼看过。"但在1972年清点时，没有发现鼓山出版的《法华经》及其雕版。

1973年夏，我国著名数学家华罗庚教授来到涌泉寺，听到《大方广佛华严经疏论纂要》曾于1928年由弘一法师出资翻印分赠日本禅院，特地参观了这古版宝窟陈列室。他高兴地抚摩原版，并谆谆嘱咐："所有雕版应该一块一块防腐处理，杀灭蛀虫，妥善保存。不然，将来愧对子孙。"据说，20世纪80年代初，有一外国学者来涌泉寺考察，曾开价上万美元欲购一块精工雕刻的经版，我方婉言拒绝。

2013年

千佛陶塔的前世今生

闻 斋

塔，古诗文中多称"浮图"，也译作"浮屠"（梵文 Buddhastupa），起源于印度，在公元 1 世纪左右随着佛教传入我国。据说，佛在涅槃后火化，留下的舍利由弟子放在塔内供奉，故后世常建塔珍藏舍利，也有藏经卷的，逐渐演变为重楼飞阁的建筑，成了较大佛寺的标志。平面有正方形、圆形、六角形、八角形等，层数一般为单数，最高 13 级，多用木、石、砖等材料建造。因常用珍宝装饰，俗称宝塔。中国的佛塔，有楼阁式、密檐式、喇嘛式、金刚宝座式、亭阁式等不同造型。

涌泉寺自建寺以来，千余年未曾构建佛塔，不能不说是憾事一桩。这个缺陷，后为天王殿前东西对峙耸立的两座"千佛陶塔"所弥补。

千佛陶塔原置于闽侯县城门镇梁厝村（今属仓山区）宋初建的龙瑞寺。东边一座叫"庄严劫千佛宝塔"，西边一座叫"贤劫千佛宝塔"。塔名都取自佛教用语，谓两座塔中之造像为过去与现在千佛，以供养瞻礼、敬塔敬佛。两塔均仿木楼阁式结构，九层八角，高 6.83 米、座径 1.2 米，双层须弥座，宝葫芦塔刹。用陶土分层雕塑烧制，榫卯拼接而成，自下而上逐层缩小，塔身施绀青色釉，远望似细瑞的蜡炬冲天，近看又像铜铸的多节宝铜。东塔壁贴有捏塑坐佛 1038 尊，西塔有佛像 1122 尊，八角塔檐另有佛像 72 尊。塔檐翘角下悬挂的 72 枚风铎（陶铃），既可以惊走飞禽、防止玷污，又给寂静的古刹增添一分生气。塔座饰舞狮、侏儒力士和莲瓣图案等，形象逼真，雕工精致。

宋淳熙梁克家的《三山志》，竟然未提先于此将近一个世纪建造的这对陶塔，可能是疏忽，也可能他修史前未到过龙瑞院。明、清两代地方志，对该塔也都付之阙如。清光绪年间，谢章铤曾在《赌棋山

岁月回响

庄诗集》中留有一首《龙瑞双塔歌》，为是塔之仅见题咏者。诗前加小引一段："……唐中叶建塔在寺庭，高过佛殿之半，合瓷泥为之。瓦檐、佛像、花卉皆作绀色，上以铁釜覆之，共九层、八角，角广二尺有奇，下有志云'元丰二年造'。闻诸故老云，昔有贾客泛舟西洋，令洋人为此，载之以归，非中土物也。明倭寇至其地，将毁之，火光迸发，惧而止。今其基犹有刀斧痕。塔久视似有欲倾之势，然左望则倾右，右望则倾左，不知何故也。"（梁厝人、中科院院士梁守磐推测，陶塔会"动"，可能是人们的视线错觉所致。）

　　1941 年福州第一次沦陷期间，日本侵略军窜进龙瑞院，架梯上塔，击断塔刹，砸开顶端铁釜（即覆盆），盗走镇塔物品，从此这两座塔的整体形象被破坏了。加上漫长岁月的风吹日晒雨淋，表层严重风化剥蚀，佛像残缺，塔铃全无，塔身倾斜，时有倒坍毁灭之虞，但因当地村民视之为风水宝物，所以历千年仍能遗存至今。为抢救文物且装点鼓山，1972 年，时任市"革委会"外事组组长的蔡学仁，主持召开村老农座谈会，讲明利弊、晓之以理，终使村民同意搬迁。后经报批，于当年用半年时间逐层拆卸，连同基座一起运抵鼓山后安装复原。其中一塔拆至底层，工人从中心孔洞意外捡拾一枚 900 多年前工匠随手丢弃、稍有残缺的塔铃，给修复工作带来喜讯。于是以这枚塔铃为蓝本，又请美工仿塑福州南门兜唐代坚牢塔（乌塔）上边的僧人、武将塑出塔刹，一起交长乐县陶瓷厂翻烧，供给装修。考虑到日后更有效地保护陶塔，将空心的塔腹砌上砖头，填进水泥，改成实心砖轴，外表调刷成棕色。

　　用陶土烧制的塔，多为中秋节陈列之用，高度一般在 1 米以下，接近 7 米的大型陶塔国内还没有。闽侯县雪峰寺大雄宝殿前，曾有一对宋代烧造的青绿色陶塔，形制与千佛陶塔相同，可惜在清末民国间相继倒塌，部分破片今藏福州市博物馆。现存的千佛陶塔已成孤例，因此前人曾错误断定它们的烧造年代与生产地点。如前文所引谢章铤谓传为西洋所造，或认为宋代本地所造，或说是明太监郑和从西洋带回，讲法不一。1972 年迁移陶塔时洗刷青苔，发现东塔题识 10 行计 79 字、西塔题识 14 行共 126 字，两端题识均刻在一块面积相同的陶版上，高约 6 厘米，下

千佛陶塔

端广约 38 厘米。正书，字径约 2 厘米，刻痕不深，难以摹拓。郑丽生先生曾细加辨识，采就全文，始显于世，揭开了陶塔神秘的面纱。从铭文中得知，陶塔建造的确切时间是宋元丰五年（1082）。东塔为龙瑞院寺僧募建；西塔系闽县永盛里（今城门镇梁厝村附近）当地人郑富与妻子谢氏舍造。两座塔都是当地陶工高成烧制的。

　　这两座陶塔高大精美，沐风栉雨已近千年，实属全国罕见，是珍贵的历史文物。1983 年列入省级文物保护单位，2001 年 6 月 25 日国务院公布为第五批全国重点文物保护单位，保护范围为塔基外延 20 米。它的存在，说明福建古代陶瓷业何等发达，烧陶工人的技艺何等高超！它们的细部仿古代木构楼阁形式，又为研究宋代建筑提供实物佐证，曾为郭沫若先生所赞赏，认为全国稀有。同济大学建筑系陈从周教授在《闽中游记》中说："山间前有新移北宋陶塔二，秀美如杭州闸口白塔，国宝国宝。"郑丽生先生曾作《元丰陶塔歌》：

> 石鼓山门气象雄，浮屠突兀峙西东。年前移从龙瑞院，位置得所增崇隆。搏泥冶埴精雕塑，九层八面相玲珑。檐牙高拱门户辟，金玲宝铎交丁冬。层层各有佛造像，诸天八部契遭逢。狮子绕座常卫护，力士威猛鼎能扛。两塔分别有题识，纪年可考书元丰。其一芯勾所募建，四众瞻礼充法供。其一居士所舍造，祈厘荐祉愿功宏。形制相若出一手，匠人高成称良工。以陶为塔饶别致，与石砖木迥不同。九百年光一弹指，备历劫簸经雨风。琉璃易碎竟不坏，独留瑰异存闽中。载籍图经失记录，参稽邦献苦无从。偶检《赌綦山庄诗集》，题咏乃见江田翁。言昔有客贾海外，携将窣堵载归艨。倭奴入寇肆摧毁，火光迸发剑凶锋。刀斧之痕犹仿佛，欲倾不倾漾碧空。我以陶塔本闽产，尚有一双在雪峰。传亦出自西洋作，三宝太监施梵宫。五十年前始坠圮，曩曾入寺寻遗踪。其塔殆亦为宋物，土缶居然埒石幢。吁嗟乎，自来物以罕见珍，陶塔于今直凤麟。通宵路上高标矗，幸得瓦全未丧沦。不可思议不可说，成亏隆替宁前因。于一毫端现宝刹，坐微尘里转法轮。禅栖楢帖犹能记，眼底云烟白发新。

顺便提及，福州孔庙大门两侧的一对辉绿岩青石南狮，原是晚清福州南门外兴安会馆之物，足揽小狮，口衔滚球，造型生动，刻工精细，相传是清代惠安石雕艺人南后街蒋源成的杰作（亦传为崇武五峰石雕匠宗师李周的代表作），但被遗弃在圣庙路市电台后院，也于同年迁上鼓山，安置在天王殿前。狮子为百兽之王，寺前放置石狮，威严无比，显示寺庙的庄严肃穆。

2013 年

灵源洞摩崖石刻小札

魏 键

灵源洞是一条20多米长、南北走向的山涧，属地理学上的"谷中谷"，自然风景基本保留宋朝的整体面貌。由于断层裂涧、峭岩出露且定向排列、错落有致，形成独特的景观，似神工造出、如鬼斧劈来，使历代达官显贵、文人雅士、名家巧匠得以在此一显身手。他们利用这天然的石壁，或记叙游踪，或托物言志，或赋景抒情，而且几乎无石不刻，非常集中。明万历三十六年（1608）谢肇淛编纂的《鼓山志》写道："宇内名山铭刻之多，未有逾是山者。入灵源洞里许，削壁林立，殆无寸隙。"这里荟萃了自宋以来的题刻276段，其中宋刻近百段、元刻12段、明刻31段、清至今百余段，以宋代名书法家蔡襄、宋宗室丞相赵汝愚、理学大师朱熹、民族英雄李纲、著名词作家张元幹和当代郭沫若等题咏最为著名。除了篆、隶、行、草、楷诸字体外，还有匾刻、梵文字刻等。同时各类文体兼备，有题名刻、题诗刻、题联刻、题赋刻、题文刻、题偈刻等。巨者擘窠大字，小者犹如印石，风格多样、争妍斗丽，犹如一座巨大的书法艺术宝库，被誉为"东南碑林"。清闽县南台人李家瑞《停云阁诗话》云："喝水岩在灵源洞内，石刻甚多，故何午楼秀才有'古今名作皆林立，顽石如何不点头'句。"因此，这里成为最吸引游客的地方，也是人们欣赏书法、品味诗趣、研究历史的好去处。

如果将登山古道边的摩崖石刻视作恢宏乐章的前奏曲，那么灵源洞的摩崖石刻则是这部乐章激越澎湃、辉煌雄壮的高潮。据《鼓山志》记载，鼓山最早的摩崖石刻，是北宋苏舜元所书"才翁"题名，刻在龙头泉之右，笔简而妙，可惜已湮没无寻。苏舜元，字才翁，宋代名书法家之一，豪放不羁，庆历年间任福建提点刑狱。他在福建的题署极为少见，有记载可稽的只有福州鼓山、罗源走马岭、长乐燕岭三处。《宋史》称其尤善草书，惜闽刻中未见有作草书者。苏舜元的弟弟苏舜钦也是大书法家，号称狂草"无出其右"的《怀素自叙帖》，开头部分便是他补写的，足见其功力。

鼓山现存年代最早的一段石刻是：

邵去华、苏才翁、郭世济、蔡君谟，庆历丙戌孟秋八日游灵源洞。

整幅题刻高 310 厘米、宽 190 厘米，共 24 个字，分列 4 行，每行 6 字，字径 40 厘米，真书，刻在灵源前左侧道旁岩壁上。这一段题刻是磨去旧碑重刻的，至今还残留旧迹。

蔡襄，字君谟，为宋代四大书法家之一。《宋史》载："襄工于书，为当时第一。"这方题名是蔡襄首度出知福州的次年（1046）陪同上司——福建水陆计度转运使邵去华、福建提刑观察使苏才翁和福建武臣提刑郭世济来游览鼓山时书写的，时年 36 岁。此外，被认为是蔡襄手书的灵源洞石刻还有"忘归石""国师岩"和"凤池山"。

灵源洞洞壁上可见一正书"寿"字，高 4.15 米，宽 3.05 米，是福建最大单字摩崖石刻，旁署"晦翁"两小字。明末王应山在《闽都记》中说"朱子凿'寿'字甚钜于洞中"，此后，人们一直根据署名认为系朱熹所书。但疑点很多，近来不断被质疑。

真正朱熹的题名，刻在过石门后的山道左壁上：

淳熙丁未，晦翁来谒鼓山嗣公。游灵原，遂登水云亭，有怀四川子直侍郎。同游者：清漳王子合，郡人陈肤仲、潘谦之、黄子方，僧端友。

这方行草一气呵成，笔势迅疾，给人们留下潇洒飘逸、超脱清新的深刻印象。碑文说，他于淳熙十四年丁未（1187）来鼓山拜访涌泉寺第三十五代住持元嗣（即嗣公，福州程氏子），并游了灵源洞、水云亭，而且想起一年多前从知福州任内调任四川制置使的赵汝愚，同游的有王

某某等五人。赵汝愚十分赞同朱熹学说且到处推扬。朱熹也感知遇之恩，两人结为莫逆之交。后来，赵汝愚被政敌排挤出知福州；朱熹亦因受谤辞去江西提刑的任命，于淳熙十四年（1187）匆匆来到福州拜望赵汝愚，不料早此一年赵已调往四川担任制置使兼知成都府去了。朱熹为表达对赵的怀念，率领弟子王子合等人，特地到鼓山拜谒赵推荐的涌泉寺住持元嗣，又登上赵倡建的水云亭。三年后，赵汝愚再度担任福州知府。次年（绍熙二年辛亥，即1191年），他又登上鼓山，看到朱熹题刻大受感动，在石门西向用行书写下一首七律并有署名：

几年奔走厌尘埃，此日登临亦快哉。

江月不随流水去，天风直送海涛来。

故人契阔情何厚，禅客飘零事已灰。

堪叹人生只如此，危栏独倚更裴回。

绍熙辛亥九月二十日，赵子直同林择之、姚宏甫来游，崇宪、崇范、崇度侍，王子充、林井伯不至。

与朱刻并列，互相辉映，表达了他与朱熹之间的高谊隆情。崇宪、崇范、崇度皆赵汝愚子，王、林则是朱熹的门人。鼓山的宋刻，字体多肥厚凝重，独此瘦削劲拔。相传这是鼓山现存最早且最妙的诗刻，历来也被推为游鼓山的绝唱。此诗的颔联高华、雄伟，千古传诵，在鼓山题咏中尤为上乘。诗中的"故人"指朱熹，"禅客"指元嗣，因为这时元嗣已逝世年余了。后来，朱熹复游鼓山，将其中的"天风""海涛"两

朱熹题刻与赵汝愚题刻中间仅隔一方石刻

个词组合在一起，亲笔题写并镌刻在鼓山绝顶峰的磐石上，且建"天风海涛亭"。《福建通志·金石志》引明杨升庵（慎）集云："赵汝愚诗'江月不随流水去，天风常（应作直）送海涛来'，朱文公（熹）爱之，遂书'天风海涛'四字于石。"说明此款石刻的来历，可作根据。此四字至今犹存，各地摹刻或仿刻的很多。有人称赵汝愚的这首七律，名人、佳作、精书、妙刻，谓为"四绝"。

在灵源洞西向、蔡襄手勒"忘归石"榜书侧，有段楷书题名：

> 莘老、德孺、景述元丰己未岁季秋戊子日同游。

莘老，孙觉字，江苏高邮人，治平进士，宋史有传，称其以忤王安石出外任，知苏州，元丰元年（1078）以右司谏直集贤院知福州。按范纯粹，字德孺，苏州吴县人，北宋政治家、文学家范仲淹子。疑即此人。后此一年，莘老、德孺在侯官卧龙山又有同游题名刻石。

在石门至水云亭间的左壁岩石上端，刻有一段李纲的题名：

> 昭武李纲伯纪邀华阳王仲嶷丰甫、建溪吴岩夫民瞻、临川陈安节巽达、淮海周灵运元仲游鼓山灵源洞。丰甫之子升叔明，伯纪之弟经叔易、纶季言，甥张津、子知同来。绍兴元年五月二日。

清郭柏苍《竹间十日话》云："鼓山石门左刻石，则公领客来游，定为公笔。"李纲（1083—1140），字伯纪，号梁溪，福建邵武人，北宋政和二年（1112）进士，靖康初一度出任宋高宗赵构的右丞相，主张抗金，为一代名臣。"纲居相位仅七十日，其谋数不见用。"李纲一生两次到闽，晚年携两子回福州，初居南台天宁寺松风堂，后移城内东山，故得游鼓山而题此刻。9年后病逝于福州楞严精舍，谥忠定，葬今闽侯县荆溪镇光明村大嘉山南麓沙溪（亦称中房村湖里）。绍兴元年（1131）夏天，李纲作《游鼓山灵源洞次周元仲韵》诗，说的便是这段摩崖石刻里记载的事。

在石门之右，有一段何澹等人的题刻，共86个楷字：

嘉泰壬戌重阳，括苍何澹约浚仪赵公迥、金华杨潜修登高故事。上"天风海涛"，酌酒赋诗，咸谓一时之胜，恨未志诸石也。越明年，复以是日偕静海施康年、古汴赵公介来游。阴云解剥，风日和美，极海山之壮观，抚泉石而忘归。

壬戌为南宋嘉泰二年（1202），这段文字是在"越明年"即嘉泰三年（1203）刻的。何澹，字自然，浙江丽水括苍人，时任福州知州，还戴了颇为显赫的头衔——"资政殿大学士、金紫光禄大夫"。朱熹、赵汝愚与何澹系同时代人。何澹在政治上极端反对朱、赵。他是以投靠赵、朱的政治反对派韩侂胄、力主禁止朱熹理学而当上福州知州的。之所以还要装出附庸风雅的姿态，只是要让"不知（内情）者，以为他仰慕于忠定（汝愚）、文公（朱熹）矣"。也就是说，要讨好一下对忠定、文

鼓山摩崖石刻

公极具信仰的福州人，来一番政治上的"作秀"，令人领教了古代倭人的两面派手法。

在龙头泉南向，有陈宓等楷书题记：

> 莆阳陈宓师复，建安谢汲古深道、黄应酉说之、真德秀景元，清源留元刚茂潜，以开禧丙寅五月三日同游鼓山。历灵源，摩挲苍崖，纵览奇观，诵浚仪相国之诗，载瞻晦庵先生遗墨，慨然兴感，一酹而归。

陈宓，字师复，俊卿子，莆田人，知南康军、南剑州，有惠政，官至直秘阁主管崇禧观，时知安溪县事。刘克庄后村云："复斋字愈大愈奇，可至二三尺，小楷行书端劲秀丽，寸纸流落，人争宝藏，至今后生辈结笔运字，十人九作复斋体。"是刻当宓所自书。谢汲古、黄应酉皆嘉泰二年（1202）进士。真德秀，本姓慎，以避孝宗讳改，始字实夫，一字景元，学者称西山先生，浦城人。宋史入儒林传，称其登庆元五年（1199）进士第，授南剑州判官，继试中博学宏词科，入闽帅幕，召为太学正，嘉定元年（1208）迁博士。是刻纪年南宋开禧二年丙寅（1206），正其除太学正之时。官至参知政事兼侍读，谥文忠，著有《西山文集》等。文中的"俊仪相国之诗"，即指愚斋水云亭诗刻。

在灵源洞东向，有常挺等人的楷书题名：

> 咸淳改元后中秋四日，东轩常挺解温陵印来游此山，男清子侍。自城来会者陈斗应、林文仲、徐武叔、至叔、宾叔、国生、林椿、张以富、林壮孙，时赵希拟、王荣偕焉。

常挺（1205—1268），字方叔，号东轩，连江城关东岳铺（今东门兜）人，唐观察使常衮十八世孙，嘉熙二年（1238）进士，历知漳州、泉州，权礼部尚书，迁吏部尚书，授同知枢密院事，封合沙郡公，拜参知政事，卒谥少保。时知泉州初解印。

石门南向，有宋绍兴十九年己巳（1149）张元幹与友人游鼓山的题刻：

> 锡山袁复一太初自富沙如温陵，道晋安东山，登白云峰、访临沧亭，尽览海山之胜。郡人张元幹仲宗、安固丘铎文昭、莆阳余祉中锡、晋陵孙子舆同来，泰初仲子嘉猷侍。绍兴己巳十月戊辰，丹阳苏文瓘粹中题。上官石镌。

张元幹（1091—1161），字仲宗，自号真隐山人，又号芦川居士，永福（今永泰县）嵩口月洲人（《辞海》等多种书籍称其为长乐人）。宋靖康元年（1126），为李纲的僚属，积极抗金。绍兴元年（1131），秦桧当权，元幹不屑与奸佞同朝，辞官归乡，寓居福州。他是宋代豪放派词人代表之一，卒后归葬闽之螺山。袁复一，字太初，无锡人。时官福建提举平公事，从建瓯到泉州，经福州东山，登鼓山白云峰和临沧亭，与张元幹等六人同游。

这是鼓山重要的题刻。张元幹在福州生活了20多年，足迹遍及今闽侯、永泰、连江、福清等处。他喜游名山胜迹，鼓山、鳝溪等地都有他的游踪。

> 郡人郑寀同周圭、王璞、郑自牧、张疆、方应泽、刘自、黄士廙游灵源洞。弟宦、甥上官晟、子旂侍。淳祐戊申四月既望。

"喝水岩"题刻左边的这段文字，记载了宋淳祐八年（1248）四月十六日闽东进士郑寀、刘自、张疆等人同游鼓山的事。这是一次闽东在榕新老进士、举子的盛会。郑寀，字伯亮（一作戴伯），号北山，福安县穆阳西铭人，宋绍定二年（1229）进士及第，初官隆兴府推官，执法公正、不畏权贵，淳祐七年（1247）官端明殿学士、同金书枢密院。这是他仕宦生涯最辉煌的一个时期，携同道以登临，何尝不是人间乐事一桩。透过古朴苍劲的文字，穿过700多年不泯的风雨，我们仍能想象当年他们春风得意地同游鼓山、憩灵源洞、刻石纪游的动人情景。

龙头泉和白猿峡（石门）之间的岩壁上，有南宋宝祐元年（1253）郑应开的一方楷书诗刻：

> 两峰峻上半天开，一水争奔急雪来。
> 眺远直疑沧海近，洞灵曲拗涌泉回。
> 慨思南北江山异，更陟嵯峨宇宙恢。
> 眇眇愁余歌石鼓，漫磨枯墨洒苍苔。

元兵消灭金国后又出动大军，南宋朝廷濒临灭亡，浙江处州人郑应开流亡到福州，感到前途渺茫，带着悲观失望的情绪来游鼓山，写下这首诗并刻在岩壁上。

在灵源洞东向，有宋太祖第四子、秦王德芳九世孙、闽安镇官赵與潦宋淳祐九年己酉（1249）《晏国师喝水岩》楷书诗刻。首句"古砖出唐井，豫谶国师名"，记述一个知者甚少的传说。《闽中逸事》等野史笔记载：唐会昌年间，全国大除佛教，鼓山寺庙也在劫难逃，山上僧人四散。此时有山民在灵源洞旁掘井三丈深，挖到一块古砖，上刻"僧晏兴法"四字，众皆不解其意。过了50多年，闽王王审知在闽执政，迎请神晏法师主持鼓山涌泉寺，果应古砖之谶。

元代在鼓山题刻的，有至正八年（1348）官江浙行省参知政事的朵儿只班善卿、刘濬等14人陪同隶书题名。在石门左南向，镌焦公等行书题名。

明代首先在鼓山题名的，是李素等六人。在石门北向摩崖上，明嘉靖三十九年庚申（1560）二月十九日有郭汝霖楷书诗刻《灵泉》：

> 禅迹久磨灭，灵泉独莹然。玉虹时下饮，珠洒海云边。

郭汝霖，字时望，号一厓，江西永丰人，嘉靖三十二年（1553）进士，授吏科左给事中，上"平倭十事"。奉使册封琉球王，馈金不受，官至南太常卿。著有《使琉球录》《石泉山房集》。时奉使封琉球国途中过闽，

"航海待渡"而留刻。

清代，佟国鼐第一个在灵源洞刻诗，题为《涌泉寺礼佛偶成》：

> 云势吞山山欲封，松涛阁雨雨偏浓。
> 灵源洞口迷前路，喝水岩头悟旧踪。
> 梵宇初修无量法，天风远送上方钟。
> 尘缘未尽忽生灭，岁峛应寒岭半峰。

佟国鼐，满族，辽东人。顺治间官福建巡抚，有善政。在石门东侧，有清"光绪乙酉暮春，湘潭黄波"的隶书诗刻《陪湘阴相国游鼓山》：

> 岁峛峰头雨乍晴，忘归石上证三生。
> 潮声浩瀚来沧海，云气飞腾下郡城。
> 题咏尚留唐宋字，登临不尽古今情。
> 叨陪上相开双眼，一览乾坤万里明。
> 忽从天半会群英，洞口神仙亦笑迎。
> 出岫闲云随变幻，在山泉水自澄清。
> 茫茫瀛海何时晏，落落晨星几点明。
> 一夕便传千古迹，他年勒石纪功成。

"湘阴相国"，系左宗棠。左宗棠（1812—1885），清末洋务派和湘军首领，字季高，清道光举人，曾随曾国藩襄办军务，编练"湘军"与太平军作战。同治间任闽浙总督，上书创办船政。后调任陕甘总督，光绪初督办新疆军务。光绪十年（1884）马江中法战后，复以东阁大学士、军机大臣、派充钦差大臣督办福建军务，未几卒于福州，年74岁，此游距其殁仅三个月。涌泉寺曾藏有宗棠塑像，形容逼肖，神情生动，出于闽工高手，今不知尚在否。黄波为左宗棠僚属。

在灵源洞西壁上，方芳佩的楷书"溪山清净"，是唯一女性在此题刻的苍劲大书，笔力中透出一种修炼过后的佛家清静。方芳佩，字芷斋，号怀蓼，又号凤池，浙江钱塘人，系女书法家，有《在璞堂吟稿》传世，随夫巡抚汪新来福州。乾隆甲午（1774）春日率子女游鼓山，见山青草绿、溪流澄澈，有感遂题。

灵源洞有甲戌冬月林森的楷书题刻"同朽"，没有纪年。据查，明代有永乐九年（1411）举人林森（连江县人），民国有国府主席林森。若为后者的题刻，"甲戌"当为民国二十三年（1934），此刻似他的书法，但不能确定为其所书。

中华人民共和国成立后至20世纪70年代，鼓山增加了4处摩崖石刻，最后一次是郭沫若游鼓山时题写的五律。1979年，也就是郭老逝世后的第二年，经当时的福州市革委会同意，作品保留单位涌泉寺与景区管委会，决定将该诗镌刻在鼓山石门西向的摩崖上。

2013年

鼓 山 幽 趣

刘 江

从杭州乘火车去福州，谈及游山玩水之道，同座的一位年轻人振振有词："杭州有西子湖、灵隐寺、虎跑泉，还有保俶塔，可福州有什么呢？"望着他一脸不屑的神色，我真有点为福州鸣不平。我想告诉他：福州有三山——于山、乌山、屏山，有闽刹之冠涌泉寺，并且也有一个西湖。可这些我也只是从书本上知晓的，究竟如何，怎好妄谈？我只装作漫不经心地说："福州有个鼓山，听说还不错。"

眼下，我真的直奔鼓山而来了。急匆匆地，仿佛急于要印证对陌生旅伴的许诺。

鼓山，位于闽江口北岸、福州市东郊，素以"石鼓名山千岩秀，灵源胜迹一泉幽"而闻名遐迩。其方圆1890万平方米，海拔969米，为福州天然屏障。据说，古时山巅有巨石如鼓，每当风雨交加，间有鼓声大作，于是以鼓名之。

鼓山最著名的自然是被誉为"闽刹之冠"的涌泉寺了。车抵寺前，山上花木的葱茏和古刹的古雅庄重联袂扑入视野。浓浓的绿意顿使人产生贴近自然的快慰，而殿堂的辉煌又在人的意识里注入了虚幻的色彩。下得车来，同游的小周没有领我去拜伏于大雄宝殿里的释迦牟尼膝下，却先让我观看了寺前的一眼泉水——罗汉泉。关于泉的名称，小周说，大概是当年罗汉开掘了此泉，尔后就只好以罗汉名之了。此泉不大，亦无甚奇处。正纳罕间，小周指着泉旁的两株树说道："看，这可是鼓山一绝——痒痒树！"说着，只见她顽皮地伸手轻轻抚触那嶙峋的树身。果然，我发现整株树像奇痒难忍似的晃动起来。是幻觉吗？不像，我伸手试了几次，竟然屡试不爽。好生奇怪的树哟！

涌泉寺

　　戏耍了一阵，才去看涌泉寺。小周告诉我，这寺建于五代后梁开平二年（908），迄今已有1000多岁了。山门上悬挂的"涌泉寺"三字匾额，是康熙皇帝亲笔题写。这时，我注意到寺前耸立的两座佛塔比较特别，细观之，其高约7米，八角九层，每座塔身都塑有1038尊佛像，小巧玲珑，精美别致。塔的色调为什么呈咖啡色呢？原来，这是两尊陶塔，系宋元丰五年（1082）用陶土烧成的，经历过900多年风雨的洗礼，至今仍完好无损，足见古人制陶技艺的高超。

　　游览寺庙的程序大致相近，涌泉寺的25座殿堂自然无法细述。值得一提的是保存着2.79万册古版佛经及2000多册手抄经书、血经、贝叶经的藏经殿。这里从宋代时就已开始刻写经书，在全国乃至海外都影响极大。更让我快慰的是，在寺中我第一次看到了铁树开花，铁树在方丈室前的小院里，共有3株，二雌一雄，树龄均已在千年之上。据传其中的一株是"开闽王"王审知亲手所植，一棵是涌泉寺开山祖师神晏所植。根粗叶大的铁树，显得苍老而有朝气。怪的是，这几株铁树不似别处的那般倨傲，而是年年都要开花的，而且花期很长。我兴冲冲地摄下了它们的姿影。

漫步鼓山，有许多古木惹眼，树干大多苔藓斑驳，树冠呢，也多硕大惊人。除常见的松柏之外，有古桂、古枫、古樟等，还有许多叫不上名字的花木，它们各展英姿，各放异彩，组合成错综复杂而又井然有序的生态环境，使古寺之情调古雅凝重，使游人心境纯净而旷达。试想，若没有这些默然无语的花木朋友，鼓山之幽何来？鼓山之趣不是更无所依托了吗！自然总是在人们需要的时候挺身而出，而理性的人们绝不会忘怀这种无私的恩惠，进而产生出与自然同化的宏愿。在鼓山的"灵源深处"，在素有碑林之称的摩崖题刻荟萃之地，从古往今来文人墨客所题留的遗迹墨宝上，我找到了这种物我相融的佐证。所有题刻中，宋代四大书法家之一蔡襄所题的"忘归石"最为动人。不仅字体浑厚，风格遒劲，其命意也超然不群，游人于山回路转之际，宠辱皆忘，心静身轻，观之思之，自当深有感慨。在忘归石旁伫立良久，我陶醉于自然之母的怀抱中。

归路上，微风阵阵，林荫四合，万籁悄然，唯有耳畔回响着不知名的鸟的叫声……

1986 年

名刹高僧

石鼓名山

邱泰斌　郑　方

东海之滨，台湾海峡西岸闽江入海口，有一座驰名中外的石鼓名山。

"地出灵泉润海表，天生石鼓镇闽中。"清代福州知府李拔曾经这样赞叹鼓山，也高度概括了其山水的灵性与雄秀。

鼓山，曾经沧海桑田，是大自然的神来之笔。它雄峙于海西名城、福建省会福州城东郊，离福州市中心仅7.5千米，年逾亿年，海拔近千米，是国家级风景名胜区。景区规划总面积49.7平方千米，分为石鼓、鼓岭、磨溪、凤池—白云洞、长田—鳝溪、南洋—安溪六大景区。鼓山绝顶峰，又名屴崱峰，大顶峰，状若覆釜，常年多为岚气笼罩，"眼中沧海小；衣上白云多"，又为天气晴雨表，"鼓山戴帽，三日泥道"。这里以前曾是福州观海看日出的最佳处，又是福州古代官员祈雨处。峰顶有块直径盈丈的巨石，形状如鼓，相传每当风雨大作，有隆隆鼓声传出，鼓山因此得名。石鼓名山是有福之州的一道美丽的天然屏障，一尊雄秀的守护神。

古人认为：中国疆域主要山脉形似三条巨龙，其中鼓山鼓岭山脉为龙脉，位属南龙。南龙自五岭东趋闽之渔梁，南散为闽省之鼓山，而后过峡抬头而为台湾岛；闽都近海，当气蓄待发之时，呈蛟龙出海之势。因此，鼓山自古以来就备受崇尚龙文化的中华民族尊崇。晋尚书部、学者、文学家郭璞《迁州记》中以"右旗左鼓，全闽二绝"首现，并以之"稳首东日，高山镇寨"而尊称为有福之州的"镇山"。

涌泉寺的晨钟暮鼓，轻抚着山岚间梦一般的灵动；喝水岩的摩崖石刻，镌刻着历史飞云逐月的悠远；白云洞轻纱一样的白云，给人以超尘脱俗的惬意；还有鼓岭的清凉美妙，鳝溪的灵水，古道的脚步，屴崱峰的迷雾……这一切构成了鼓山多侧面立体的美。鼓山有雄浑伟岸的刚，鼓山也有曲径通幽的柔，自然景观和人文景观完美地互融，历史和现代时空的交错，凝结成了鼓山难以言说独特的美。那儿有300多风景名胜点，15处文物保护单位，2处世界级模式标本原地古树群，2400多种被子植物……

晋代郭璞，五代闽王王审知，南宋大儒朱熹、丞相李纲、文学大家陆游、曾巩、辛弃疾，明清爱国名将戚继光、郑成功、左宗棠等历史名流显宦，都与鼓山结下了不解之缘。特别是中华人民共和国成立后，许多党和国家领导人都曾先后光临过鼓山，有的甚至是这里的常客。

鼓山是一座禅意绵长的山。

"涌泉共龙泉一脉，石鼓与法鼓齐鸣。"千年古刹涌泉寺坐落在绝顶峰西南侧海拔455米的山腰处，距今已有近1300年的历史。最早可追溯到唐建中四年（783），福州太守请灵峤禅师诵经降龙，兴建华严台。五代闽王王审知于公元908年发动填潭建寺，诚邀雪峰寺神晏国师来山主持，此后世尊其为第一代祖师。清康熙三十八年（1966），皇帝御笔钦颁"涌泉寺"泥金横匾。寺院依山而建，巨柱矗立，宏伟肃穆，整个古建筑现有大小殿堂25座，基本上保持了明清两代的建筑风格和布局，形成了"寺藏山深处，山隐古寺中"的独特古建筑特色，让人生出"进山不见寺，入寺不见山"的奇妙感觉。每当春回大地，进寺举目眺望，纤尘不染，万象呈样，心平气定，令人心旷神怡，流连忘返。

天下寺庙都大同小异，涌泉寺的"小异"却有"大不同"。一是寺院前的一对八角九层千佛陶塔，迄今已900多岁，为珍稀国宝；二是相传为祖师神晏和闽王王审知手植的千年铁树，岁岁开花；三是藏经殿里的秘藏，有舍利子、佛牙和多达657册的"血经"，至今存有历代佛经雕版11375块，古版佛经9000部，堪称一座佛经宝库。鼓山这座八闽首刹，为台湾四分之三佛教寺院的法脉源头，被列为国家重点汉族地区佛教寺庙。台湾国民党荣誉主席连战先生、民进党主席宋楚瑜先生等都先后登临过鼓山。2006年与2011年涌泉寺均举行大型法会，海峡东岸赶来参加的名僧法师分别多达600位和800位之众。"宝珞庄严"，这块由清

千年古刹涌泉寺

朝福州将军庆霖、台湾知府庆宝两兄弟敬献，悬挂于涌泉寺后殿法堂右上方的匾额，足以说明闽台文化源远流长，见证了闽台一家亲。

鼓山是一座文化大观的山。

精美的石头会说话。600多件上乘独特的晶洞花岗岩摩崖石刻，使鼓山处处可入画，步步皆诗境。

喝水岩至灵源洞不足200米的山道两旁，展示古代名人真迹的摩崖石刻竟达200多件。其中现存最早的"榜书"，是蔡襄的"忘归石"；最大的榜书，是朱熹的"寿"字；最妙的律诗，是宋代官至右丞相的赵汝愚的七律："江月不随流水去，天风直送海涛来。"大理学家朱熹被这一妙句的气度所感染，特摘取其中"天风""海涛"四字，刻到鼓山绝顶尽崛峰的石壁上去，传为佳话。

鼓山十八景园是典型的岩洞地貌景观，早在唐代建中年间，灵峤禅师初入山时，曾在达摩洞坐禅面壁诵经。清代康熙年间涌泉寺96代住持道霈法师带领众僧，在十八景佛窟镌刻了88个佛名，成为目前全国规模最大的佛名摩崖题刻。

鼓山历代书法作品，生动巧妙地演绎成了可触可摸的"大地艺术""天人合一"的今古奇观，组成了世所罕见的"东南碑林"，外界惊羡地称其为跨越千年的、不同时代共同打造的"中国书法摩刻长廊"。

鼓山因摩崖石刻而生动，摩崖石刻因鼓山而入神，山与石互相增姿添色！

鼓山是一座激情登临的山。

从"闽山第一亭"开始，千年盘山古道蜿蜒直到涌泉寺，全长约3.5千米，有2000多级石阶。古道始建于唐代后期闽王之手，为王道龙道也是平民之道，充满着神奇神秘之感，宽约2.5米。这是一条充满人情味和亲和力的古道，是迄今为止福州地区6条古道中保存最好、利用率最高的一条，并形成了千年的登高文化。古道每隔一段台阶，就设一截平坦路面，让你缓一缓气；每隔一段路就立一座跨道凉亭，供游人遮阳休憩或躲风避雨。

古道两旁，大树参天，尤其是其中有一种鼓山特有的油杉，其实用价值、审美价值和认知价值三者集于一身，十分难得。道旁的峭石上留有宋代以来名人雅士、文人墨客的题刻100多幅。

千年以来，络绎不绝的登山者在古道上留下坚毅步履的同时，也洒下了不知多少汗水。登山是一项运动，也是一种文化；登山不仅需要毅力，更需要勇气和激情。鼓山的路是一条气喘吁吁的路，也是一条充满激情的路，一条让人乐此不疲的路。鼓山用绿色的臂膀和柔柔的山风，迎接着一批又一批的游人。登山文化的真谛，其实就是健与美的完美结合。人们在登山的过程中练就强壮体魄的同时，也在名川大山的胜景里陶冶美的情操。

鼓山是一座清凉迷人的山。

鼓岭平均海拔800米，重峦叠嶂，林深崖险，云雾缭绕，被公认为"尘俗莫侵"的"悠然清福地"，为中国第一个由外国人发起建设的西式别墅避暑度假社区，曾被西方誉为中国四大避暑胜地之一，至今还保留有不少别墅胜迹和文化遗址。

在一个叫宜夏别墅的回廊前，当年国际友人栽下的两株树苗已长成参天大树，别墅古树今犹在，当年屋主何处寻？避暑胜地鼓岭，留下了多少悬念，多少神秘？

鼓岭柳杉王公园因一株高30米、径围约10米、直径3.2米的"柳杉王"而得名，柳杉王如今已有1300多岁。

鼓岭的牛头寨是戚继光当年安营扎寨镇守福州的关隘。关隘的悬崖边，栩栩如生的牛头巨石，仿佛在向游人诉说着戚家军当年的辉煌故事。

隐藏在深山密林间的柯坪水库，碧水涟涟，波光潋滟，犹如一颗美丽的宝石，镶嵌在鼓山的青山绿水之间。

现任中国国家主席习近平，1992年帮助美国加德纳先生遗孀伊丽莎白圆了夫君重返中国鼓岭梦的情景，与2012年春在美国讲述的中国"鼓岭的故事"，历历在目，萦绕耳畔，感天动地，影响深远。

如今，鼓岭整体改造提升工程大大提速，海西首府的鼓岭国家旅游度假区正在精心打造。

鼓山是一座峰雄水秀的山。

凤池——白云洞景区不在人间，而在天上，以其奇异独特的白云、山岚、岩峰和洞穴而著称。凤池山西侧峭壁上有一天然的岩洞，洞顶一片巨石覆盖，洞内常有"白云混入，咫尺莫辨"。坐在白云洞的万丈悬崖之上的一块仅十余平方米的石台上喝茶观景，面临悬崖峭壁，脚下白云缭绕，放眼美不胜收的福州市一览无余，使人不禁有超尘脱俗，飘然欲仙之感。

磨溪，是地质断裂带的代表性水景，整个溪流成一条直线，十分罕见，难怪磨溪所在的峡谷又被称为"宝剑峡"。又因古时候沿溪边遍设水磨坊而闻名，至今这里还保存有传统磨坊的遗迹。景区内溪流曲折迂回，两岸峰高壁峭，沿着溪流进山，如入世外桃源，人在石上走，水在石下流。溪畔奇峰怪石林立，令人称奇叫绝。

鳝溪是鼓山风景名解区内溪流中水量最为充沛，长度最长的溪流。溪永曲折、晶莹剔透，反衬出群山俊秀凌空，一片碧绿。极目溪谷两侧，遍布以松树林为主的植被，草木蔚秀。溪流直泻而下，直扑山涧，形成了许多优美、壮观的瀑布和瀑布群。这里还有纪念闽王的白马王庙，经常举行闽台民间信仰活动。

鼓山古木参天，岚烟笼罩，被誉为天然氧吧和长寿区。百年以至千年以上的古树名木有 1600 多株，众多的植物郁郁葱葱，万顷松声入耳，林海波涛与山石、建筑相映成趣；鼓山的水清澈碧绿，或飞瀑，或成潭，映衬出无比灵性与盎然绿意。特别是 2010 年至 2011 年冬春，台湾同胞捐赠了 2000 多株梅花；鼓山风景人把新梅园、古梅里打造成"两岸相怀，以梅会友"的桃花源、仙人境。

山人即仙人。美丽迷人的鼓山把多姿多彩的自然和人文景观化作温情奉献给世人，孩童们在林间戏耍中得到无限童趣，少男少女们在大山的怀抱里品尝纯真的初恋，老人们在青山绿水间寻觅甜美的往事。大自然与人的和谐，天人合一的理想，在鼓山如诗如画的山水间得到了最好地诠释。

登临绝顶，壁立千仞，日月同辉，天风海涛！"海到无边天作岸，山登绝顶我为峰！"这首相传为左海伟人林则徐所作的大气磅礴的诗，无疑为大鼓山、大鼓岭的发展和前景做了很好的注释！

2011 年

山 水 神 韵

陈慧瑛

秋高气爽的 8 月末，我到榕城，住晋安区新紫阳酒店，夜深不寐，卧枕翻书，至三更方入睡。朦胧中，竟步入山中，迎阶而上，见石洞有达摩面壁香烟缭绕；洞右侧，一巨岩直插崖谷，题诗曰："孤高一片石天然，恰似猿栖古洞旁。慧性也知清净好，名山独守听谈禅。"又听得隆隆有声如槌天鼓。恍然醒来，乃知是一枕南柯。细细想想，此山当是鼓山，此峡当是山间十八洞天中的"仙猿守峡"。自 12 年前最后一次鼓岭游至今，转眼又猴年！莫非山神、野猴也思念我？于是，重谒鼓山、涌泉寺之心，油然而生。

鼓山在福州市鼓山镇东南，山高 998 米，相传因山巅有巨石如鼓，每风雨大作，便簸荡有声，故名。汉代郭璞在《迁城记》里赞之："右旗左鼓，全闽二绝。"宋代朱熹称之："闽山第一。"由白云、狮子、钵盂、驻锡、香炉及主峰屴崱六峰组成，占地近 50 平方公里，四季林木常青、苍松滴翠、奇葩流红、岩秀谷幽，有峰、峡、岩、洞及溪、涧、瀑、泉共 300 多处，名胜古迹遍布全山，自宋朝至今，皆为游览胜地，是福州"十佳"风景区之一。

我与鼓山，虽阔别多年，毕竟是老友，8 月 31 日晨，出城十来公里，轻车熟路，转眼便到山下。纵然名山风景万千，"弱水三千，我只取一瓢饮"，情有独钟处，除绝顶峰、仙猿守峡外，也就是灵源洞、喝水岩、古道十亭、十八洞天中数景，以及其他山川难以比拟的诸多摩崖石刻。

绝顶峰即屴崱峰，西望郡城，远近村落如棋如画；东睨沧海，大小岛屿如螺如髻，天风浩荡，烟波浩渺，前次来游，见山崖石壁留下了历代官员、文人墨客诸多诗赋，元朝帖木儿的《登屴崱峰》"绝顶一声长啸罢，海天空阔万山低"，明嘉靖福州才子林世璧的联句"眼中沧海小，衣上白云多"，生动地描摹了绝顶雄峰的浩然大气，令人过目不忘。

古道依山涧而修。沿古道由下而上，北边是深涧，南边是悬崖峭壁。飒飒秋风里，攀山望水，我依次过第一亭、东际亭等，至半山亭，由一小径折入，便见达摩洞，有达摩金身塑像及高达6.6米巨幅"面壁"摩崖石刻。相传唐代鼓山涌泉寺灵峤法师初入山时，即在此煮食。有林尚铭题诗："小洞悠悠日暮登，盘桓鸟道郁千层。岩头古佛无人识，疑是当年面壁僧。"颇具禅意。

达摩洞前面右侧，是如灵猿的仙猿峡。相传，达摩禅师的肉特别香甜，要是能吃上一口，便可与天地同寿。为此，峡门之下，常有狼啸鹰翔，都想来食达摩肉。猿猴本有灵性，又参了达摩的禅经，法术了得，自告奋勇，风餐宿露地守住峡口，不让野兽飞禽伤害达摩，久而久之，化为石猿，这便是我梦中忠诚守峡的仙猿了。

达摩洞上方，有一片巉岩峭壁，凿岩为阶，蜿蜒而上，称"玉石云梯"，云梯尽头，有一巨岩凌空伫立，如苍鹰亮翅，人称老鹰岩。立岩头，可俯瞰福州全景。最难得的是，足下闽江如带、小浦纵横，涨潮时分，如雪的潮水穿行碧绿的水稻田间，字迹分明一笔不缺活灵活现地排出"福""寿"二字，真可谓天地奇观！难怪清朝诗人魏杰赋诗云："远浦潮生字字明，图开福寿自天成。西方古佛称无量，东海神仙亦有情。"

一路走来，竟到灵峤岩。这是当年灵峤法师讲诵《法严经》的地方，山形逶迤腾挪，如龙行虎跃。在"龙腹"处，有降龙洞，龙头径对灵峤岩，有如与一群佛家子弟一起，听灵峤讲经，人们称之"神龙听法"——龙潜大海是自然规律，但神龙居然飞到鼓山上听法，那是何等神奇景观！

降龙洞之左，有伏虎洞，洞顶有巨石横空出世，酷似猛虎之首，此虎缩爪藏足，做俯首皈依状，"虎背"上有石如书卷，故称"伏虎驮经"，也是天造地设之作！

至于"慈航架壑""老鹤巢云""仙人寄迹"等山岩洞穴，无不形神毕肖，且都与佛结缘。

我最喜欢的是——水云亭边山崖上题刻着"铁石梅花"的灵源洞。

"东南碑林"——鼓山摩崖石刻

灵源洞两峰相依成峡，跨峡而建的灵源庵如一道飞虹，横卧喝水岩上。喝水岩东边的水云亭，亭旁的崖壁倒是终年涌泉不绝，后人在泉口雕一龙头，泉水就从龙口奔涌而出，水云亭因此也称"龙头泉亭"，这脉泉水很神奇，水装满杯而不溢，若将一片铜钱轻放水面，铜钱也不下沉。清末当过宣统皇帝老师的陈宝琛先生，在喝水岩上建"听水斋"并写诗："听惯田水声，时复爱泉响……"其实，此情此景，也只是"此时无声胜有声"了！但灵源洞两侧，荟萃了自宋以来摩崖石刻200多方，约占鼓山现存653方国宝级摩崖石刻的三分之一，拥有朱熹、蔡襄等名人的墨宝，且楷、行、草、隶、篆诸体具备，犹如一座天然石刻书法宝库，被世人美誉为"东南碑林"，这可真是不可复制的旷世文化瑰宝！

　　鼓山是一座有文化的山，它是历经近7000万年发育形成的闽都山水文化最典型的代表。诸如宋朝的朱熹、赵汝愚、李纲，清朝的魏杰、陈宝琛，近代的严复、庐隐、郁达夫等以及历朝官宦、高僧大德，都在鼓山留下了他们诸多的诗文、摩崖墨宝以及不寻常的足迹。

但毋庸讳言，鼓山文化是从佛教文化、神仙文化开始。宋代福州知府赵汝愚有感题诗："几年奔走厌尘埃，此日登临亦快哉。江月不随流水去，天风直送海涛来。故人契阔情何厚，禅客飘零事已灰。堪叹世人只如此，危栏独倚更徘徊。"湖海落拓、禅心清寂，是鼓山才足以寄托情怀！民国九年（1920），近代思想家严复回家乡福州，到鼓山避暑，住在陈宝琛的"听水斋"里，为灵源洞写了一首诗："幽绝灵源洞，清游得未曾。摩崖纷往记，说法自神僧。阁接闻思近，斋犹听水声。何当新雨后，据石看奔腾。"纵然诗人是中西合璧的新潮人物，到了鼓山，也不能不想到高僧神晏的讲经说法。鼓山文化的佛韵禅风，由此可见一斑！

俯瞰涌泉寺

所以，鼓岭点滴山水，都是人间一段禅！鼓山一沙一石一花一树，都承千古文脉滋养！

提到鼓山，无人不知涌泉寺，那是鼓山吉祥的明珠，万古千秋，护佑着晋安以至有福之州的风调雨顺、百姓安康。

凡游鼓山，必谒涌泉寺，这是我几十年的惯例。

是日，来至山门亭，又见"无尽山门"牌匾和楹联："净地无须扫，空门不用关。""净地不用扫"是一种境界，"空门不用关"是一种情怀，在中华大地数不尽的名山古刹中，涌泉寺的山门独具一格。

涌泉寺位于鼓山之上，前望香炉峰，后倚白云峰，建于唐建中四年（783），占地约 1.7 公顷。据《榕城考古略》介绍："有龙见于山之灵源洞，从事裴胄曰：'神物所播，宜寺以镇之。'后有僧灵峤诛茅为屋，诵《华严经》，龙不为害，因号华严台，亦以名其寺。"传说建寺之初，灵峤向龙借地，并承诺："借地一席，时还四更。"老龙想，一席之地，又四更即还，有何不可呢？谁知灵峤祭起一袭袈裟往天上一丢，刚好遮住白云峰，半座山成了阴影，于是便在阴影内建寺，又令不准敲四更钟，不敲四更钟，还地的时间就未到，寺庙就永远屹立在白云峰上。可是不知过了多少年，有个小和尚不信"四更钟"的说法，偏偏在四更敲钟，结果把老龙敲醒，老龙记起还地之事，便兴风作浪，吐水成瀑，要冲垮寺庙。说时迟，那时快，灵峤和尚忙把《华严经》塞进老龙大嘴里，让老龙不能吐水，才保住了寺庙，从此寺称"华严"，为后来涌泉寺的前身。这传承千年的故事，为涌泉寺披上了一层神秘的面纱。

唐会昌五年（845）武宗李炎大除佛教，华严寺被毁。五代后梁开平二年（908）闽王王审知填潭为寺。乾化二年（912），奏赐紫衣，赐号定慧大师，禅寺称"国师馆"。宋朝时，宋真宗赐额"涌泉禅院"，1407 年改称涌泉寺。至明朝，该寺曾两次毁于火灾，后来相继修复、扩建。

现在的涌泉寺基本上保持着明清的建筑风格。寺依山偎谷、灵气氤氲，万木荫庇、四季葱茏，槛廊连缀，25 座大小殿堂簇拥着大雄宝殿。大雄宝殿巨柱耸立，飞檐凌空，巍峨壮丽。

涌泉寺的另一特色是，见山不见寺，进寺不见山。此寺本在山中，访寺行香道上，一路青山相伴。但走进山门，踏上长数百米清净无尘、石灯笼引路的漫漫石板道，唯见翠树掩映，不见山影流岚。是日，涌泉寺大知客会朝法师到山门口迎我，我问寺庙方丈普法大和尚在否，会朝法师告诉我："云游去了，我来接待！"

会朝法师是一位上海佛学院毕业的80后青年僧人，眉清目秀、清奇俊朗。他带领我按佛门规矩参拜礼佛，一殿殿走来，行至地藏殿，是日为农历七月二十九日，正好是地藏王菩萨生日。地藏王是我最崇敬的菩萨之一，他以"安忍不动，犹如大地，静虑深密，犹如秘藏"而得名。我深幸有缘，能在名山古刹为地藏王菩萨庆生。

我知道涌泉寺有"三宝""三铁"闻名遐迩，但以前总是行色匆匆，无法全部一饱眼福。此行一是虔心专程而来；二是天赐其便，是日风和日丽，寺中又几无游人，清寂雅静；三是有大知客指引讲解，于是，终于有幸一一参访拜谒。

涌泉"三宝"，指的是陶塔、血经、雕版。

涌泉寺门口，矗立着一东一西两座庄严秀丽的陶塔，东边名"东方劫千佛宝塔"，西边名"贤劫千佛宝塔"。这对宝塔，平面八角九层，是我国现存的最大陶塔，原立于福州南郊城门龙瑞寺，1972年移至今址。此塔建于北宋元丰五年（1082），采用上好陶土烧制，连门窗、立柱、塔檐、斗拱、橼飞、瓦陇等，也都是用陶土分层烧制，然后拼合累叠而成，上施釉呈紫铜色，远看如同两座铁塔。每座塔的塔壁，均塑有佛像1036尊，塔檐塑有佛伽、力士72尊，塔顶有葫芦形宝瓶、塔基塑有金刚力士、狮子和各种花卉，各层檐角都有镇檐佛，真可谓富丽堂皇！我们来到陶塔下，听叮当声声如环佩，抬头一望，秋阳下，塔檐上的风铎，在如水清风里摇曳生姿，那是令人忘忧的天上的音乐呀！

血经，是僧人刺血写成的经书。涌泉寺中珍存着557册血经书，那是清光绪年间，华能和尚刺血、信士王谷楷书《大乘般若波罗蜜真经》；定慧大师刺血、克定书写《佛说四十二章经》等。我看放置玻璃柜中的血经，虽皆为红色，但色泽不同。咨询会朝法师，方知要写成血经，需要很长的时间和大量的鲜血，为了不让鲜血过早凝固让字迹鲜红清亮，有的和尚几乎不吃盐，因为吃了盐刺出来的血易凝固，且写出来的字颜色锈红暗淡。数百册血经书，需要的是常人难以企及的虔诚佛心和非凡毅力，血经的难能可贵处，也在于此。

涌泉寺的第三宝有两种说法：一是雕版，一是佛牙舍利。这两件宝物，涌泉寺都不可或缺。所幸，两件宝物我都参拜了。

从宋朝起，涌泉寺就开始刻经、印经，至清康熙年间，涌泉寺成了全国出版经书的重要场所之一，截至1932年，共刻经书359种，大都精美绝伦。1929年，弘一法师来寺，见后大加赞叹，誉为"庋藏佛典古版之宝窟"。寺中的藏经阁，目前尚存各种佛像、书画板片11375块，堪称一座佛经宝库。其中，《华严经疏论纂要》一书共120卷，是清康熙七年（1668）涌泉寺住持道霈，花费10年时间，在唐朝古佛学著作《华严书钞》《华严经论》的基础上，重新删节订正而成，是我国佛学著作中的稀世珍宝。

在藏经殿正中，有一座释迦如来灵牙舍利宝塔，舍利塔中的琉璃瓶中，贮藏着78颗舍利子和1节象牙化石，会朝法师告诉我，据说这是一位居士的祖先在家乡修塔时意外发掘出来的灵物，后来，居士把它们捐赠给了涌泉寺。

涌泉"三铁"，指的是铁树、铁锅、铁丝木。

涌泉寺方丈室前的院子里，有三株千年铁树，树高约3米，围径约2米，一雄二雌，灵气独钟，岁岁开花，雌树黄花似绒球，雄树花型如绒塔，是目前国内已知栽培最早的铁树。

涌泉寺铁树原本"种植最难长，每年只长一二叶，向来不开花。"涌泉寺方丈至今历135代，第130代的中国近代禅宗泰斗虚云大师，与铁树最有缘。1930年，虚云大师在寺中为信众讲《梵网经》，方丈室丹墀两株铁树忽然开花，花大如盆，须瓣若凤尾，远近来参观者络绎不绝。虚云特地为此赋诗："优昙钵罗非凡品，随佛示应现金花。世间彩凤称祥瑞，现则吉祥喜可嘉。兹山丈室两铁树，人言此卉向无葩。定是主林神拥护，故将仁寿放流霞。"虚云大师开创了千年铁树开花史，从此，涌泉寺铁树年年放花如锦，至今已逾80春秋。我边听铁树传奇，边与铁树合影，在灿灿秋光里，恬然安享一段美妙如醇的吉祥时光。

斋堂是僧人用餐的地方。"一锅煮千人饭，粒米大如须弥山。"这是涌泉寺的一大特色。

过钟楼，沿廊庑而上，走过殿、堂、楼阁，我们来到斋堂。斋堂里最引人注目的，是靠墙的四口建造于宋代的巨锅，大小不一，最大的一口口径达 1.67 米、深 0.8 米，称"千僧锅"。大铁锅煮斋饭，一个僧人持叉子，一个僧人地下送柴火，3000 斤柴火烧热锅，水沸大米撒下锅，那一种叱咤风云的磅礴气势，我只在宁波隋朝古刹天童寺见识过。

在大雄宝殿的三圣佛——弥陀佛、观世音、大势至菩萨背面，安放着一张看似普通实则非凡的供桌。这张供桌由铁木和花梨木合制而成，称"铁丝木"，桌面长 3 米、宽 0.5 米、厚近 1 米，重达 500 斤，清康熙五年（1666），海外华侨弟子高宁慈捐赠。铁丝木供桌有四个特点：遇火难着，入水即沉，阴潮晴干，不易腐蚀。我用手细细抚摩桌面，还是秋老虎施威季节，手心却感到丝丝透凉，触感如同玉石一般。据说，寺中僧众常以此供桌的变化，来预测出行天气，以决定是否得带雨具——铁木干爽则天气晴好；铁木潮湿则即将下雨。因此，这张铁木供桌，又有"晴雨表"之称。

涌泉寺，佛语禅机、造化天然、传奇瑰丽，魅力千秋。除非你不来，来了你就忘不了。

鼓山是有诗之山、有佛之景；涌泉寺是有佛之灵，有福之境。山水相依、僧俗同福，这便是鼓山和涌泉的神韵与诱惑！

2016 年 9 月 18 日

廨 院 寻 古

林思翔

　　盛夏时节，我们来到鼓山脚下的缆车站。正是暑期旅游季，一节节缆车正不停地把游客送上鼓山风景区。从缆车站到海拔 600 多米的景区，也就 20 多分钟，十分方便。

　　这人来人往的缆车站坐落在鼓山脚下洋里村廨院旧址。廨院又称白云院，俗称下院，为鼓山涌泉寺的廨院。清《鼓山志》载："白云廨院，在山南麓，本涌泉寺积谷处，与寺同建。"宋治平年间，僧德藻创辟禾场；元丰年间，僧显宗增置仓廪；政和、宣和两次遇灾，僧体淳前后又建，后屡毁屡建，乾隆十八年（1753）僧兴隆重修。据史料记载，虽称廨院，但建筑亦甚宏伟。其中大殿多古佛，后面系法堂，左右为祖师、伽蓝二祠，东庑为斋堂、厨灶，西庑为仓场、客省、前山门。如今在与缆车站相距两三百米的市委党校草坪上，我们还看到巨型的石槽以及石柱础、石雕等遗迹，可见当年廨院规模之大。

　　历史上，涌泉寺曾拥有大量良田。五代时，王审知将大量膏腴田地划归涌泉寺，"所施膳僧之田多至八万四千亩"。宋时，占地 13000 亩；清顺治年间占地 5000 多顷；光绪年间，划界以"附近四十里均属鼓山，任何乡民不得盗葬蹧占"，山下附近的田园、林茶、果蔬，几乎皆为鼓山寺产。直至中华人民共和国成立前夕，涌泉寺还雇斋工耕种洋田 200 多亩，出租洋田、山田和自耕田各 100 多亩，仍占田 500 多亩，平均每亩地一年向农民收取 400 斤干谷，每年收租谷 10 万多斤，而且要农民挑送到寺。清末民初，圆瑛法师来鼓山涌泉寺时，曾作《鼓山廨院开浦碑记》，记述当年林景熙筹助资金添买民田，开浦疏浚，赢来了"自后水旱无虞，非特常住无失收之患"一事。

白云廨院，便是涌泉寺的收租院。为寺院安行僧、办道粮与接纳云水宾客之所。其内廪仓甚大，山麓附近寺产田亩所出之谷皆储于此，并制成白米。廨院也是游客登山备舆的接冶处，客有需要，由院中雇舆而上（舆即山笕，用竹椅子捆在两根竹竿上做成的交通工具）。

福州有句老话，"要上鼓山，先从廨院起步"。廨院为上鼓山石磴路起点。慕名上鼓山的游人，都得从廨院迈出上山的第一步。面对这静幽的寺院，想到即将登山，许多文人墨客，浮想联翩，吟诗作赋，抒发情感。明徐𤊹在《鼓山白云廨院》诗里写道："灌木干草合，危峰插汉边。闭云孤院静，扣月一钟悬。"明曹学佺《白云廨院》曰："丛林露曙光，云气密苍苍。净空寻犹得，飞泉坐可望。"沈廷芳《憩鼓山下院》写道："右旗扬城尖，左鼓悬江波。平畴东望望，一碧渲嘉禾。"清福建学政朱珪《憩鼓山廨院……》诗句："行行阡陌间，万顷如绿波。仆夫尔纾徐，无蹋田中禾。"都盛赞廨院的山野秀色和清幽环境。清陈登龙从水路到廨院，别有一番感受。诗曰："停午发台江，薄昏憩下院。轻舟诉空明，澄波剪秋练……云霞既多态，烟涛亦百变。仰首望祇园，孤塔林端见。"不仅写了廨院景色，还记述了从台江到廨院的沿途水路风光。

有些文人墨客和达官显贵还在廨院留下珍贵的题刻。如今我们在廨院尚能看到的最醒目的题词墨迹有宋朱熹的"闽山第一（亭）"与清李拔的"声满天地"。

从廨院到鼓山有"七里七亭"之说。廨院亭位居其首。宋淳熙十四年（1187）鼓山僧人德融在廨院建亭，初名通霄亭。后朱熹上鼓山路过此地，题匾"闽山第一"，遂称闽山第一亭，简称第一亭。元元统二年（1334），僧如山重建。亭为木构，四角，单檐歇山顶，进深 4 米，面阔 3.3 米，雕梁朱柱，造型精巧，别具一格。现亭为 20 世纪 60 年代重建。第一亭后建有"祝圣万年山亭"。该亭始建于宋淳熙丁未年（1187），内壁镶嵌"祝圣万年山"颜体楷书石碑（祝圣万年山为鼓山别称）。现亭为 1998 年夏建，2020 年按旧制重新修葺。

人们把朱熹的题字放在鼓山起点上，说明当地人对朱夫子的敬重；而朱熹对鼓山情有独钟，曾两度上山，留下多次墨迹，成了如今鼓山的

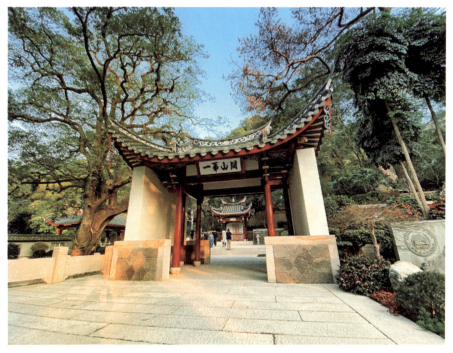

闽山第一亭

一笔文化财富。而且在鼓山与福州知州赵汝愚的相互题词、赋诗，也让人窥见两位大儒的深厚感情，留下了一段千古佳话。

在廨院第一亭边上，有座石桥，曰东际桥。东际意即福州城东之边界。史书记载："东际桥，在廨院左，宋绍兴间建。明崇祯戊寅，郡人曹学佺修。前有闽山第一坊。"桥为东西走向，石构平梁建筑，单孔，长5.1米，宽4.5米，高2米。

桥上有亭，曰"东际亭"，为鼓山的"七里七亭"第二亭。亭始建于宋绍兴辛巳，明郡人曹学佺复构，2019年重修。立于桥上，清风扑面，亦桥亦亭，别有情趣。桥下潺潺流水，不绝于耳，桥面观景小憩，心旷神怡。古人立此听水望山，有感而发赋诗曰："我方入山来，水自出山去。问水去何心，忘却亦来处。""此际将登岭，深林待日回。却于山寺外，更有野寺开。"盛赞这里的山水秀色。

东际亭

相传清晚期，乡人曾在东际桥挖出宋人所埋的金窖。光绪四年（1878）丹霞书院山长杨浚游鼓山，记曰："东际桥相传有金窖，前数年为林姓所获，在佛龛下，龛为宋磁。帅与余登坡视之，乃天禧二年物。东岳莲盆亦宋磁，为元丰元年所造。"记载备详。"迢迢东际桥，埋金事奇诞。"因传挖出金窖，东际桥声名鹊起，享誉四方，也给古桥披上了神秘色彩。

在东际桥边最醒目的景点是石壁上"声满天地"4个大字，乃乾隆年间福州郡守李拔题写的。这位父母官用他那醋畅的笔墨，对他属地的鼓山给予极致的赞美，为鼓山做了一次名震寰宇的"广告"，令福州人倍加振奋。

说起李拔，闽东人和福州人都不陌生，他曾在福宁府（府衙驻地霞浦）和福州府任知府，官声甚好。对鼓山也厚爱有加，他赞美鼓山的诗句"地出灵泉润海晨，天生石鼓镇闽中"，如今被人们镌刻在廨院的山门联柱上。福州人对李拔敬重有加。

在福州府三年任职中，李拔为百姓平反讼狱、教民种桑、养蚕、种树、种棉、织布、兴修水利等，深受百姓爱戴。乾隆二十六年（1761）春夏之际，他在下乡抓农业生产的行程中，来到鼓山脚下，便顺道登上鼓山。在登山过程中，他有感而发，留下了多幅"墨宝"石刻。

在廨院起步时，他题写了"声满天地"；沿岭而上，道路曲折，然前路光明，他题了"云程发轫"；登至半山，人已疲劳，往前尚远，后退又不情愿，进退两难，他挥毫写下"欲罢不能"；继续向上，更为疲惫，但离终点尚有一定距离，他题写"毋息半途"，鞭策自己和随从；坚持攀登，终于到顶，茫茫大地，尽收眼底。见朱熹题刻"天风海涛"，他又在顶峰突出岩石上题了"登峰造极"4个大字。以示对先哲的景仰，也表达了自己征服顶峰的喜悦心情。李拔还在绝顶峰上题了"欲从末由"，用的是颜回的典故"虽欲从之，末由也已"。下山后，他还写了《游鼓山记》，记述鼓山风光和登山的心路历程。

斗转星移，岁月无情。1000多年前庞大建筑群的廨院，已湮没在历史的深处，留在古籍和文献中。如今廨院已然成了鼓山脚下一个地标性的名称，成为人们上鼓山览胜的第一站点。廨院环境清幽，人文积淀丰厚，也是著名的鼓山第一景。人们在这里进"闽山第一亭"读朱熹，赏"声满天地"题刻思李拔，大儒、循吏当年就是由此起步攀岭进山，登高览胜，而且把所思所悟镌刻留记，为鼓山增添了一抹绚丽的文化色彩。由此进山的石门碑刻见证了朱熹与赵汝愚的"神仙"友谊；从兹迈步的弯曲山岭让李拔感悟"学无止境"。这些历史掌故如同一本书，值得我们好好品读。

2024 年

行走般若苑

管柏华

般若苑原名"般一庵"，坐落在鼓山涌泉寺东南。游客去般若苑有两条路，一是从梅里景区往涌泉寺方向，途经妙湛之路，慢走大约一个小时。二是进入涌泉寺售票处大门右拐，坐电瓶车亦可到达。在从舍利院通往般若苑的半路上，原有一石桥，为石鼓主人古月和尚于民国二年（1913）佛诞日所建。另一桥在芙蓉溪下游，名叫云峰桥，为康熙癸酉（1693）端阳建成。

般若洋在鼓山主顶峰屴崱峰东南麓，因建有般若庵且山地较为平坦而名，其所在真实位置在般若洋以北的老保洋，是处在两个小山头之间的小阔地，芙蓉溪在此流过，愈增其美丽清幽。般若庵建于明朝崇祯年间，初为居士禅修之地，后又于康熙五年（1666）由比丘成源续建。据鼓山道霈方丈《河口万寿桥记》载：康熙七年（1668），即般若庵建成两年后，鼓山僧人成源和里人（万寿乡象园）柯应采募集资金白银2000多两，历经一年有余建成。"鼓山比丘成源恻然于中，乃受上埕善士请，募建石桥。"自此，"小万寿桥"成为鼓山地区到福州南台的咽喉通道。

般若庵自建成后一直被视为涌泉寺廨院，1966年前庵内供有佛像和僧人居住，庵前有几亩水田曾种植水稻，"文革"中部分和尚还俗，1970年被知青占用，野草丛生，香火寂寥。1979年拨乱反正后归涌泉寺，成为分寺之一。后由福建日报社内退职工陈宝林牵头，众信徒踊跃捐资出力，建成以居士为主体的四众共修道场，面积约400平方米，于2001年农历八月八日挂匾。

梅里算得上般若苑的"法门寺石室宝函"，去般若苑的游客多从梅里经吸江兰若到达庵堂，这样既不用绕道涌泉寺又可以顺便游览沿途的

鼓山般若院

风景。我们从盘山公路下车，往右经深邃石梯走进梅里。梅里有的指路
木牌上印的是相怀梅园，原来相怀梅园是陈建中之子陈东和台胞刘介宙
捐建的。梅园深处的山谷中空气清新、鸟鸣啾啾，还藏有岩梅古台、九
龙井、道霈墓园、知青点、五贤祠、半岩古茶园等景点。五贤祠又叫桃
岩精舍，祀明末清初的闽中大儒曹学佺、林弘衍、徐𤏐、徐𤎩、谢肇淛。
以品格高尚之人配享梅花盛宴，显然出于盐商魏杰所好。在梅园里行走，
山环水复，香气被古木遮蔽，峡谷里花香氤氲缭绕，不禁联想到"曲径
通幽处，禅房花木深"的唐人诗句。心中念道，此地无论老干、新枝皆
暗香浮动，浓情蜜意，沉落丹田啊！

　　吸江兰若是座古寺，始建于清军入关后的顺治十二年（1655），古
称舍利窟，又叫梅花窟。此处梅花最盛，游人如织。崖刻上有道霈和尚
《舍利窟赏梅》："倚岩傍屋梅千树，岁上临冬竞放花，暗香飞散落谁家？
诸禅约我看梅去，也有梅花岁晚心。铁干横斜撑落月，玉英历乱吐霜林。"
可谓字字珠玑。鼓山于冬季少雪多霜，梅花绰约多姿，弥漫至梅里去般

位于相怀梅园内的吸江兰若

若苑的妙湛之路上，香粉如霰，佛霭如云。鼓山离闽江海口不远，湿润海风吹来，云蒸霞蔚。严复有"何当新雨后，据石看奔腾"诗句，不愧是慧眼独具。所以里人道，到鼓山不到梅里等于白来，到涌泉不到般若难登智慧境界。是啊！在这里即便是俗人也能识得天地人世沧桑呢！

走进般若苑大门，果然是金光闪耀一簇盛世佳构，气宇不凡。门口照壁为一长方形石碑，上刻"空碎碎空"4个大字，石碑被6只石龟驮起，碑上端中间有一龙首，活灵活现，给人遐想空间。访得真缘法师，其为燕赵之人，气定神闲，悠然道："此为普法大和尚手笔，意思是不要将世间物质东西看得太重。"走进殿宇，只见碧绿如翡翠的荷花池浮光跃金，九曲水榭廊桥，飞檐翘角，龙飞凤舞，将游人引入堂奥。

般若苑的主体建筑是亭亭玉立的悲智双塔，双塔的中间则是般若苑的后殿，坐落在甘露台上，中供文殊菩萨，也是法相庄严。因为般若苑的前身在宋朝就是供奉文殊菩萨的道场。两座宝塔分别是观音宝塔和文殊宝塔，皆为七层。宝塔分别为香客和有缘人供奉观音、文殊而建立，每座都供奉一万尊菩萨，每层宝塔皆有一个层主。悲智双塔的背景是气宇轩昂的为崴山峰。

闽中佛教徒多为观音信徒。悲塔供奉观音，佛诞之日，朝山进香客漫山遍野。观音道场在普陀山，鼓山也是观音菩萨重要驻跸地。鼓山十八景与梅里遥对，其为清季福州东门盐商魏杰所开辟。般若苑在2007年重建后年年都有观音法会，时间在农历六月十九观音诞日，那时整个般若苑人山人海水泄不通。鼓山与文殊菩萨有缘，般若庵在宋朝就有供奉文殊菩萨的庙宇，后因战乱废圮。般若苑的文殊法会在每年的农历四月初四，许多善男信女来为亲友祈福。福建自宋代以来文运隆昌，所谓"巷南巷北读书声"，学子拜文殊菩萨蔚然成风，比拜文昌帝魁星要早。

般若苑近年来香火犹盛。每天都有许多电瓶车满载游客在般若苑与涌泉寺之间来回穿梭，其中多为大人带着孩子来，为的是目睹簧宫圣物——孔雀。佛教寺院很多都养有孔雀，因孔雀为佛母，地位特殊；国人传统文化中孔雀是百鸟之王，是带来好运的吉祥物；孔雀象征美丽的女性形象，同时也象征富贵。般若苑的孔雀为蓝绿两色，为居士信徒赠送，高峰时曾有百余只，纯粹散养。身穿各色汉服的少女浓妆艳抹，婀娜多姿，她们轻声呼唤着孔雀，孔雀也不畏生，拖着七彩斑斓的长尾巴，追逐着逗它的少女，在她们柔腻的手掌心里啄食玉米和面包虫。几个男女童贴近孔雀，抚摩着从颈部到尾屏光滑的羽毛。孩子的家长知道孔雀多与孩子亲昵，故多在远处观望。只见一个男童娇憨道："你知道蓝孔雀和绿孔雀的区别吗？"有女童答道："颜色区别。"男童一本正经地说："不完全对，母的蓝孔雀羽毛也发绿的。"话音刚落，女童又抢答道："绿孔雀头上竖立的发光的羽毛是一束一束的，蓝孔雀的冠羽是散开的，就像视频里杨丽萍跳孔雀舞，手指都是张开的。"显然，女童观察得很仔细。男童蹲地搂抱着一只绿孔雀，说道："你看它的脸颊是黄色的，蓝孔雀的脸颊是白色的。"又说："它的颈部的羽毛像一片片鱼鳞，蓝孔雀就是一根根的。还是绿孔雀好看。"说着就叫："开屏、开屏。"那几只孔雀早已争先恐后地开屏，灿烂夺目。它们踮着脚尖，昂首挺胸，180 度打转，颤颤巍巍地绕场一周或数周。

般若苑前身为古刹，所以古迹甚多，庵内供奉的释迦如来等三世佛，由整块的寿山石极品雕成，为镇庵之宝。庵西侧的清初古井，水质清冽甘甜，遇旱不涸。大石埕放置一巨石槽，也是康熙年旧物。堂前矗立甘露台，署名"信官何道观敬设"。还有庵南建于清雍正年间的恒涛、圆玉、象先三位祖师墓塔，均法相庄严，古朴清幽。空气里氤氲着莲花香味。据说在阳光灿烂的日子，可以看到墙体上的"南无阿弥陀佛"字在跳跃发光。这里还生长着一种七彩斑斓的小鸟，有数千只之多，飞行姿态优美，发出清脆悦耳的鸣叫声。如此佛门圣地，不禁让人发思古之幽情。古人有《题般若庵》为证："石榴清冷洗见闻，古松日瘦耐辛勤。茅茨宽受千岩月，蓑笠深耕一壑云。秋熟鸟来沾佛供，日晡牛歇听经文。山僧分内无余事，博饭栽田谢世氛。"

般若苑伽蓝殿供奉有伽蓝神看家护院。隔壁即般若茶室，雅室净几，空气中散发着幽幽的檀香和松脂香，游客心中所有的尘虑仿佛都能得到净化。管事的老尼，身穿灰色袈裟，自信高雅。鼓山涌泉寺是大禅林，历史上远离权力中心，是台湾四大法脉月眉山系、观音山系、法云山系、大岗山系的祖庭。

半岩茶，亦称柏岩茶、傍岩茶，唐代茶圣陆羽《茶经》，李肇《唐国史补》均有介绍。传闽王王审知天纵英才，宁为开门节度使，尊中原后梁为正朔，将半岩茶作为贡品进贡。当时闽王心慈，人有罪谪居于此，护养半岩茶。宋代蔡襄两次知福州，很重视半岩茶，并著有《茶录》传世。清代周亮工《闽小记》称："鼓山半岩茶，色、香、风味当为闽中第一，不让虎丘、龙井也。"涌泉寺地藏殿前竖立同治年间石碑，镌刻有"十二年取回崇安县天心岩心池大和尚买楼头垱中侧内一亩二分茶田"。言之

般若苑

凿凿，算是道出天心寺大红袍是由鼓山引种的蛛丝马迹。原来武夷山天心寺历史上曾是涌泉寺的下院，五代时期天心寺高僧扣冰和尚就是拜闽国师鼓山神晏法师为师。2010年鼓山发现半岩茶遗址，发掘了6丛百年古茶树。般若苑住持性宏法师、法成居士披荆斩棘发掘出古茶树。又历经7年，经无数次改进工艺，终于制成成品。

鼓山半岩茶条索细短，汤色如琥珀，初尝似觉平淡，回味则鲜爽甘醇。老尼见我好学不倦，告诉我半岩茶在涌泉寺方丈室圣箭堂，是用喝水岩泉水瀹泡。五贤祠、吸江兰若也有茶室，冲泡功夫各有其妙处，意即季节、地点、友俦、身份既不同，入口味道自然大异。又环顾四周，见隔壁茶桌上跃来一只毛茸茸的松鼠，老尼见之莞尔一笑，遂到茶柜那边铁罐倒出了一捧松子散在桌上，又在松鼠的肚子上揉搓几下。一会儿，老尼又

位于鼓山上的半岩茶茶园

用竹匙挑了撮白梅干花，泡了壶梅花茶，在我茶盏里倒了些，笑容可掬道："老衲也没有老君眉和旧年蠲的雨水。"我猜她说的是《红楼梦》里妙玉请贾母喝茶的典故，灵机一动，遂奉迎道："蔡君谟以喝水岩泉水泡半岩茶，是以忘归。"众人见主客"掉书袋"，皆哈哈大笑。

出般若山门，走到对面海峡佛学中心，见几间教室里，高僧正在上课，佛门弟子皆洗耳恭听。遂走到一处悬崖旁，望向榕城万家市廛。要皆一心皈佛，心灵净化，岂止仰瞻为屴峰之雄秀，俯窥三江之逶迤，闽海五虎门之辽阔哉！

2024 年

船政和涌泉寺的殊缘

陈　悦

　　"恪靖改本月廿四由延平启行，水路来省……沈应奎来鼓山访牛。左相所放长生牛，子俊尝言之。沈意不在此，欲借此陷害某也……"

　　1884 年 12 月 7 日，时任船政大臣张佩纶在福州马尾给好友陈宝琛写信，忐忑地谈起自己听说的一桩"鼓山访牛"的新闻。时值中法马江之战过去不到半年，赴闽督办海防事务的钦差大臣左宗棠即将到达福州，此时突然听说道员沈应奎前往鼓山寻找一头左宗棠曾经放生的牛。张佩纶怀疑沈应奎此举名为找牛，实则是暗中到鼓山探访，罗织材料，作为向钦差大臣举报自己当日在马江开战后逃入山中的罪证。

　　闪现于张佩纶、陈宝琛通信中的"鼓山访牛"故事颇具戏剧性，巧合的是，在记录鼓山涌泉寺高僧虚云和尚生平的《虚云老和尚年谱》中也载有相关的内容——由陈宝琛撰述的一段文字，讲述了这头牛的由来。1866 年初，闽浙总督左宗棠驻节福建省城福州，当时总督署中突然闯进了一头牛，"有奔牛入署，跪堂下不起"，左宗棠心异之，招来鼓山涌泉寺的奇量和尚，将这头灵牛带回到寺中"善畜"。

　　也就在这一年，左宗棠在福州马尾开创船政，引入欧西技术，兴造轮船，整理水师，为国求强。岁末，左宗棠奉旨赴任陕甘，船政事业由在福州原籍守制的前江西巡抚沈葆桢接掌，沈氏亲力亲为，督率中外员绅匠役全面开始了这一前无古人的工作。至 1868 年，船政的衙署、学堂、厂房、船台等建筑逐渐就绪，沈葆桢于 4 月上奏清廷获准，在船政衙署后方的鸢胠山上兴建一座天后宫，以祈祝海神妈祖庇佑船政事业，并在当年的夏至前后落成。从此，位于山巅居高临下的天后宫，成为船政的标志性建筑。每有船舰开工、下水，船政员绅都在此祈福，它成为船政重要的礼仪场所。

2022 年 4 月，厦门大学研究宗教史的学生董维锴和同学探访福州鼓山涌泉寺，无意中在天王殿附近发现了一方成于 1894 年农历四月的碑石，细读后发现，这块碑石上竟然记录了一段有关船政天后宫的重要历史细节。

船政天后宫是船政建筑群的重要组成部分，具有独特的功能定位，从流传至今的清代船政人事和财务档案中可以获知，被称为"天宫"的船政天后宫并没有由船政官员直接管理，天后宫的日常费用也不在船政的经费中，只是到了举行相关祀典时，才由船政衙门雇请礼仪所需的礼生、乐工，以及采买供品、香烛等物，相应费用列为船政公费，由船政支应处支付，报销所核销。而有关船政天后宫落成之后，其管理者究竟为谁，则是个长久以来不太被注意，也缺乏相关史料证明的细节。出人意料的是，这个细节问题的答案在这块碑石上显现了出来。

涌泉寺有关船政天后宫的碑文中提道，船政天后宫当年实际是由涌泉寺的僧人兼任住持，而最早担任船政天后宫住持的，正是 1866 年受左宗棠之托善养灵牛的奇量和尚。

这位在莺脰山巅见证了船政历史风云的奇量和尚，主持过一艘艘船政军舰的祈福典礼，和一任任船政官员当有颇多交集。碑文中记载，奇量和尚平时"勤劳俭用"，共积蓄了 1000 贯资金，后来他的弟子妙莲（近代高僧虚云和尚的师父）、妙鑫将这笔经费全部用于为涌泉寺购置民田，总计在鼓山中购买了 7 段民田，合计面积 9 亩 1 分 2 厘，田亩的收益归于涌泉寺的僧众，平时积存，到了每年的清明、冬至扫塔时，由寺中从这笔积存经费中提取，给每名寺僧分发 24 文作为点心费。1894 年，时任涌泉寺住持的妙莲和尚为了将此安排公布于众，勒石为证，无意间也由这块石碑留下了有关船政天后宫的一段珍贵史料。

鼓山涌泉寺中还存有一块建于 1868 年的古碑，也记录了一段和船政关联的故事。就在船政开创的 1866 年，涌泉寺僧人石松募资恢复倾圮的鼓山吸江兰若建筑，至船政天后宫落成的 1868 年，鼓山吸江兰若的文殊殿、净业堂等建筑也一一告成。为纪念此事，寺中立碑铭记，碑文中记录了捐资人士的名单，其中第一位就是时任船政总监工叶文澜。

又据旧时坊间回忆，清末民初时期船政经费不足，陷入困顿，暂停了舰船建造活动，船政天后宫也一度陷入荒废。1915 年，船政艺圃和后学堂出身的海军军官陈兆锵出任福州船政局局长，任上力图振兴局务，同时也着手兴修船政天后宫，恢复往日气象。有趣的是，天后宫修整一新后，陈兆锵请来僧人住持。一位俗名长志（原清末福州驻防八旗管带）的福清黄檗山万福寺僧人来到天后宫兼任。时值 1916 年船政建造了民国时期的第一艘军舰"海鸿"，下水当日的清晨，陈兆锵登山到船政天后宫行礼，而后在马江之畔的船台边，率领福州船政局在职人员以及福州海军学校、海军制造学校、海军艺术学校师生举行隆重的新船下水仪式，庆贺这接续船政造船历史的新成果。

2022 年

探谒鼓山为霖道霈禅师之塔

黄莱笙

鼓山竟然传出盗墓消息，被盗的是为霖道霈禅师舍利塔，多年前这则谜一般的传闻令人纳闷。

确实，《鼓山志》称为霖道霈是"古佛再世"，可是，为霖道霈在康熙四十一年（1702）88 岁时圆寂，距今不过 300 多年光景，人虽称再世古佛，墓却不是古墓，有何可盗？况且，为霖道霈是个两袖清风的老和尚，他在圆寂前曾嘱咐："余尝有愿，不另造塔，盖不欲以臭骷髅费檀信膏血。若终此山，如亡僧常规，津关茶毗，拾骨入舍利窟众塔足矣；若终他山，当处死当处埋，万勿移动。"茶毗，佛家梵语音译，意为焚烧。为霖道霈直至离世都不愿因自己而"费檀信膏血"，虽因涌泉寺僧众出于崇敬之心还是单独立了塔，但他茶毗之后的舍利塔里能埋什么财宝？

后来，我在知网读到一篇博士论文《为霖道霈禅师禅学研究》，文中居然有一段义愤填膺的文字，让我顿时明白了个中原因。为霖道霈禅师舍利塔刻有碑文云："出矿之金，维坚维实。归藏于中，千圣不识。为霖老人自铭。"这篇论文说，此碑文"乃是禅家语，无知之徒以为墓中真藏有万两黄金，真是可笑"。由此可见，为霖道霈禅师舍利塔遭盗墓破坏还真有其事。至于盗墓发生在哪个年头，已找不到确切的文字记载了。

在 2024 年第一个入伏天，我强忍脚踝之伤，拄杖寻谒为霖道霈禅师舍利塔。脚踝是此前一个多月时，在闽北谒访为霖道霈重建的宝福禅寺弄伤的，如今带着与他有关的伤痛来寻他，也颇有别番情趣。

那日，鼓山艳阳高照，树影婆娑，蝉鸣遍野，热风拂体。

涌泉寺西南方向山坡之下，有一簇梅里景群，山道边一块大石头刻

相怀梅里旁的为霖禅师之塔（左上角）

着"相怀梅园"4字，从大石头边的石阶下去，曲径通幽，游路蜿蜒至古泉叠水景点，踏石墩过潭，有一条石蹬古道，道口便是树林掩映的"鼓山为霖禅师之塔"。

行到古道边，忽见左侧古木丛中泛出一片光明，一条破损的泥石坡路坑坑洼洼地伸进光明里。我踉踉跄跄往光明处走了过去，入目一块黑石板，上刻"晋安区不可移动文物登记点"，下刻"福州市晋安区人民政府"，这便是为霖道霈禅师舍利塔了。列入文物登记，这应该是当地政府在墓塔被盗之后的保护措施了。此塔"建于清康熙四十四年（1705），墓坐北向南，平面呈风字形，二级墓埕，占地面积 488 平方米"。

走进墓埕中央行礼端详，塔墓显然在遭毁后重新修葺过。为霖道霈舍利塔高约 2.4 米，六边形，石构，由塔基、塔身、塔顶三部分组成。塔基是个须弥座，塔身正面刻"重兴鼓山为霖禅师之塔"。我顺时针绕塔数匝，见塔身背面刻"康熙四十四季重九日建"。花岗石墓碑在塔身之后，嵌在墙体之中，繁体楷书工整镌刻着那段著名的"出矿之金，维

名刹高僧

坚维实，归藏于中，千圣不识。为霖老人自铭"22字碑文。

塔身正面所刻"重兴鼓山"题头4字，显然是涌泉寺僧众对为霖道霈禅师功德之褒扬。为霖道霈禅师是山林佛教的典范人物，系曹洞宗第33世，鼓山涌泉寺第65代住持，前后住持了三十三载。我涉猎过一些为霖道霈著作和研究资料，看见了他"重兴鼓山"的五个殊胜光景：

修建寺院，兴复道场。《卍新纂续藏经》《旅泊庵稿》等典籍有众多这方面记载，叙说为霖道霈竭力振兴三宝及山门所未竟之业，勇于补葺，鞠躬尽瘁，殚厥心力，不仅兴盛鼓山，而且重建修葺了与鼓山有法脉关联的闽北多处寺院。

大胆改革流弊，重整寺院道风。为霖道霈接任其师永觉元贤为住持后，就针对当时鼓山丛林弊病，订立鼓山规约，对于寺院常住僧人日常的一言一行进行详尽的规定。由此招惹攻击，无奈之下辞职出离，云游14年后又被众僧苦请还山，仍然继续未尽的改革，特别是针对丛林寺务诸多问题，他规范了寺院的运行机制和财务管理等。道霈重立《交头簿》，并在序言中苦口婆心，自述其建立模范丛林的大愿，呈现出八闽首刹风貌；同时，他教导众僧不要习于流俗，当学古圣贤人，莫贪名利供养而辜负平生，强调"为僧直要骨如钢"，使鼓山僧人普遍受到尊崇。

恪守山林佛教立场，大兴"鼓山禅"宗风。与当时流行的士大夫佛教、官方佛教不同，为霖道霈坚持走山林佛教之路，突出超然世外特色，立足佛门，不攀缘权贵，不趋附世风，普化民间，老实修行，安心办道。中国禅宗史上赫赫有名的"鼓山禅"由永觉元贤创立筑基，道霈作为永觉元贤唯一的嗣法弟子，则是宗风的主要继承者，资料有云"创在元贤，兴在道霈"。"鼓山禅"的特色，正在其稳健笃实的"真精神"，兼收并蓄，圆悟一心，为霖道霈使其名震东南。康熙三十八年（1699），为霖道霈85岁，接到了康熙皇帝御书"涌泉寺"牌匾。

著书立说形成道霈禅学体系，使鼓山系禅宗思想辐射当时流传后世。为霖道霈著作等身，他在《旅泊幻迹》中自述："余在鼓山有《秉拂录》一卷，《鼓山录》六卷，《餐香录》八卷，《还山录》四卷，在温陵有《开元录》一卷，在玉融有《灵石录》一卷，在建州诸处有《旅泊庵稿》六卷，

晒血经

《法会录》四卷。"其集古有《圣箭堂述古》一卷、《禅海十珍》一卷；其忏悔法有《八十八佛忏》一卷、《准提忏》一卷；其修净业有《净业常课》一卷、《净土旨诀》一卷、《续净土生无生论》一卷；注释有《心经请益说》一卷、《佛祖三经指南》三卷、《舍利塔号注》一卷、《发愿文注》一卷；其往复书问有《笔语》一卷。以上共二十种，四十五卷。其纂述有《华严疏论纂要》一百二十卷、《金刚般若经疏论纂要刊定记略》三卷，《护国仁王般若经合古疏》三卷。后人有研究者认为，为霖道霈的著作还不止这么多。这些浩瀚的著述从禅修观、禅教观、禅净观、禅史观、释道儒三教观等多种角度构成了独到的为霖道霈禅学体系。

嗣法传承，培植了众多有历史影响的人物。为霖道霈明确的嗣法弟子虽然只有恒涛大心（曹洞宗第 34 世、鼓山第 66 代住持）一人，但他的禅学思想影响和培植了一代又一代的山林佛教精英。作为道霈法裔的很多鼓山系曹洞传人堪称宗门中坚人物，比如著名的虚云大师，历史上称其为近现代山林佛教的典范，被尊为现代四大高僧之一。

看见了为霖道霈上述 5 个殊胜光景，就不难理解赵朴初题鼓山诗为什么会有这样的赞叹："昔日为霖今普雨，看教此土尽庄严。"对塔身正面所刻的"重兴鼓山"4字自然也能领悟。

再读为霖道霈禅师舍利塔碑文里的4个偈句，显然是经典集萃的佛家用语，禅机幽奥，开示的应是道霈的修为境界。虽是"自铭"，实乃"觉他"。品悟为霖道霈自铭，忽然就有心体寂然之感，仿佛灵空之上闪过一道光，仿佛眉宇之间拂过一阵风。

告别为霖道霈禅师舍利塔，脚踝的伤痛竟然莫名地缓和了许多。回涉石墩过潭，忽觉头顶异样，仰脸一瞬，长空一只苍鹰在鼓山巅峰独自展翅盘旋，飞逐云朵，翻动苍穹。我自幼便常登鼓山，这还是第一次在涌泉寺上方见到苍鹰，却是发生在自己初谒为霖道霈禅师舍利塔之时，恍惚间便感到那苍鹰兴许就是为霖道霈化身，那样自在，那样自信，那样高洁。想起为霖道霈还山二度住持期间的一些诗文，虽然是在阐述禅学精义，许多字里行间却透着他对过去14年漂泊生活的留恋，那是为霖道霈内心深处对自由的无比向往，是自在心性的天然显露，是克己复礼的无上慈悲。在佛典里，鹰称为"婆栖鸟"。佛家认为，苍鹰能够唤醒本性里的慈悲。此时，这长空无拘无束翱翔的鼓山苍鹰，在开示着什么呢？

2024 年

圆瑛法师与福州两座古刹

唐 颐

圆瑛法师是从古田县走出的一位世界级名人。他从 1928 年当选中国佛教会会长，连任 7 届 20 多年，中国佛教协会成立后当选为首任会长。2005 年季羡林大师主编的《中国禅寺》一书，收录和介绍了全国 22 个省市区（包括台湾和港澳）72 座古刹名寺，福建省两座入列：崇圣寺和涌泉寺。而圆瑛法师与福州的这两座千年古刹有着很深的佛缘。

圆瑛，俗姓吴，名亨春。清光绪四年（1878）生于福建古田县平湖镇端上村。5 岁那年父母离世，由叔父吴元吉抚养长大，幼时聪慧过人，是乡人眼中的"神童"。叔父曾送他到县城寄居关帝庙研读四书五经，打下了坚实的儒学功底，17 岁考中秀才，名列全县前茅。按常理，少年得志的吴亨春，应继续走科举之路，求得仕途腾达。但令人惊奇的是，就是这年夏天，他前往福州府贡院科场时，却突然折道上了鼓山涌泉寺，次日剃度出家。第三日，叔父从古田赶来，在经堂将他强拉回家。据圆瑛法师后来回忆，回家没有多久，就患上伤寒，病情日益加重。一晚，冥冥之中梦见文殊菩萨和四大天王，醒后发愿病愈出家。一年后，叔父只好将他再送上鼓山。但又令人惊奇的是，叔父的一拉一送，竟把自己也送进寺院，叔侄两人同时剃度，同礼增西上人为师，成了同门弟子。

圆瑛法师自 19 岁出家到 76 岁圆寂，自述十分谦逊："19 岁出家，始修禅学八载，后研究教理及天台宗。31 岁开座讲经，并学贤首。由是禅净双修，至 60 岁，乃专修净土，自号三求堂主人，求福求慧求净土。"只是客观叙述了自己佛学造诣。其实，圆瑛法师对中国佛教的贡献和影响远远不止于此。

他的弟子赵朴初先生曾说："圆瑛老法师一生的功行中，最值得我们学习的却是他的爱国精神。"他一生爱国爱教爱好和平。尤其是抗日战争时期，他号召全国佛教徒和信众不畏强暴，坚持抗日，还组织僧侣救护队，成立佛教医院，并亲赴南洋演讲筹款抗日，为此曾被日本宪兵关押南京大牢一个月，后日本人慑于当时国内外强大舆论，不得不释放了他。

中华人民共和国成立前夕，国民党政府和东南亚一些国家邀请他离开大陆，他说："我是中国人，决不他往。"中华人民共和国成立后，他大力宣传中国政府的宗教政策，带领佛教界人士积极参加爱国运动，致力于世界和平事业。特别是1953年6月，中国佛教协会在北京成立，圆瑛法师虽因病不能出席，但因其德高望重，仍被选为中国佛教协会首任会长。这在中华人民共和国成立初期意义尤为重大，实现了全国汉、蒙、藏等七个民族三大语系佛教界的空前团结。

纵观圆瑛法师的一生，就如他一首诗中所言："出世犹垂忧国泪，居山恒作感时诗。"他是以出世的精神来做入世的事业。他倡导出家入世，济世报国，赋予佛教以积极意义。清朝末年，他为了寺产权益开罪宁波官府而遭拘禁。1928年，民国政府召开全国教育会议，提倡以寺产兴学，改寺庙为学校，以寺产充教育基金。这思路当年赢得一片叫好声，但由于政策不严密，也不切合实际，又在具体执行中走了样，导致不少地方官吏、士绅趁机侵吞寺庙财产，毁佛像逐僧人，僧界大为震惊。圆瑛法师挺身护教，以民国约法中有宗教信仰之自由，有保有财产之自由等依据，率代表请愿，据理力争，终获胜利。

圆瑛法师慈悲爱世，他三次发起为全国性大水灾成立赈灾会，奔走呼号赈救灾民。他顺应时代潮流，积极参与发起成立中国佛教会，兴办佛教教育，组织佛教研究，致力佛教振兴，可谓慈悲坚忍，德隆功高。

秀才出身的圆瑛法师有很深的国学功底，投身佛门后，又潜心钻研佛学，深得其中三昧。他有高超的演讲艺术，人们称之口吐莲花，顽石点头。他有精湛的书法艺术，作品庄重不失清雅，浑厚不乏飘逸，多有上乘之作。他还留下许多格律诗与楹联，品读起来，充满禅意，韵味无穷。有趣的是，他从20岁到70岁，每逢度十，都做七律一首，披露心迹，

饱含禅学智慧。

涌泉寺,位于福州东郊国家级风景名胜区鼓山半山腰上,海拔445米,前临香炉峰,背枕白云峰,素有"闽刹之冠"称誉。

据清《鼓山志》记载,涌泉寺之地原乃一深潭,潭中有青龙作怪。唐建中四年(783),名僧灵峤受福州地方官裴胄之请,到潭边念诵《华严经》驱龙,之后在潭边建华严台寺。五代后梁开平二年(908),闽王王审知填潭建寺,并迎请雪峰崇圣寺义存和尚的法徒神晏禅师前来住持,聚徒千百,一时称盛。因建寺时,寺前一壑泉水如涌,故名涌泉寺。现高悬"涌泉寺"三字横匾,是康熙皇帝亲笔题写。寺门前,有两座7米高的宋代陶塔,精致至极,每座塔身塑有佛像1000尊,是有约900年历史的国宝级文物。

圆瑛法师对于自己削发出家受戒之地,自然有很深的情结。40年后,也就是1937年,法师辞去宁波天童寺方丈之职,此时,全国有6个大寺院争相迎请他当住持,法师唯独接受了涌泉寺之请。"唯鼓山涌泉寺,乃闽中首刹，桑梓攸关，义不容辞，遂就任于该寺。"（明旸《圆瑛法师年谱》）2月12日，法师在萨镇冰等福建名流和长老僧众簇拥下进院典礼，举锡杖诗云："岪崥巍巍高接天，万峰环拱一峰前。云归严岩泉归壑，翠竹苍松尽是禅。"

圆瑛法师接任涌泉寺后，便从整顿寺规开始，提出8个字"为法为人，尽心尽力"要求，自立"十二个不"寺规。涌泉寺气象为之一新。

同年农历五月十二日，正是法师60寿庆。这天，中国佛教会在上海举办盛大庆祝会，宴请全国诸山长老、教友、社会名流等3000多人为他祝寿，但身为中国佛教会连任7届会长的法师却留在涌泉寺，为僧众举办一场传戒大法会，并交代中国佛教会将贺礼全部作为筹建佛教会会址资金。当时著名高僧虚云法师、盛慧法师和百余众僧人，以及居士刘佛德等花巨资制作一块长3米、宽2.5米的玻璃匾，采取当时先进的铸模技术，在匾中央铸了一只回首怒吼的雄狮，左上方铸"一吼堂"3个大字，右上方铸"圆瑛法师六秩大庆传戒纪念"，左下方铸敬献者名号。全匾用金箔贴饰，庄严华丽。"文革"期间，涌泉寺僧众为了保护该匾，便将一幅山水画镶盖其上，才将这一珍贵文物保存下来。该匾至今仍挂在寺里，表达了涌泉寺几代僧人对法师的敬重怀念之情。

雪峰崇圣寺创建于唐咸通十一年（870），在中国佛教史上颇有名气，福建南安人义存禅师是开山祖师。寺院落成后不久便被称为江南第一丛林。南宋宁宗时，大臣史弥远上奏建议划分禅院等级，分为五山十刹，崇圣寺便在十刹之列，可见其规模与影响力之大。

中国禅宗经过唐五代有五个宗派兴盛，即"一花开五叶"。这五个宗派中，除了临济宗、沩仰宗、曹洞宗外，云门宗、法眼宗都是雪峰崇圣寺门下所创立，因此，后人把崇圣寺看成云门宗和法眼宗的发源之地，它们对佛教史影响非常之大。尤其是法眼宗传到韩国，曹洞宗传到日本，都是经过崇圣寺的，可见这座古刹在中韩佛教交流与中日佛教交流中的地位。

雪峰山海拔800多米。山峰骈罗，溪深瀑多，森林郁郁苍苍，距福州市区70多千米，是福州人夏日避暑，冬季赏雪之胜地。崇圣寺所遗留的古迹颇多。两株据说是义存禅师和闽王种的垂樱树已有 1000 多年，古木垂下的树枝，在风中恰似扫地一样。传说，义存禅师圆寂时说："双樱扫地，石卵开花，我会再来。"石卵指的是他自己禅塔上像鸡蛋的石头，历经漫长岁月，恰似开花样子。寺院附近有座枯木庵，庵内有株枯木，树围 7.12 米，树已中空，能容纳十多人，据说，树洞乃义存法师参禅地。树洞壁有三行文字，据考证是唐代小腹碑。

清光绪十三年（1887），达本法师立志中兴崇圣寺，历经 30 年，终有所成。圆瑛法师和达本法师同是古田县平湖镇人，圆瑛法师少年时就听到许多关于达本法师的故事，对他崇拜之至。当年，20 岁的圆瑛法师在涌泉寺受戒后，即往雪峰崇圣寺拜达本为师。达本法师让他先当 6 个月的"菜头""饭头"，也就是伙房的管理工作。见他不仅吃苦耐劳，而且聪慧过人，有心培养他，让他前往江浙一带参学苦修。行前，圆瑛对老师发愿："我若不穿黄衣、披红袈裟（指当上方丈），不回雪峰寺！"圆瑛法师终生难忘达本法师的师恩。

1928 年，达本法师自知去日无多，乃选高徒圆瑛法师继任崇圣寺住持，并将曹洞宗心印传授给他，圆瑛法师遂成曹洞宗第 46 代传人。两年后，达本法师圆寂于涌泉寺方丈室，遗骨迎归雪峰狮子岩下。圆瑛法师上任时，吟诗一首以表心迹："一别兹山三十年，算来空费草鞋钱。今朝振锡归桑梓，坐断云峰最高巅。"圆瑛法师两度来雪峰崇圣寺，无疑给古刹增添许多光彩。

2013 年

名刹高僧

105

古月禅师传奇

少木森

楔子

古月禅师生活在清末到民国年间，是福州市有名的苦行高僧。他历任鼓山涌泉寺、雪峰崇圣寺、瑞峰林阳寺、象峰崇福寺和怡山西禅寺的住持。一人任五大禅寺的住持，在福州佛禅文化史上唯有古月禅师一人。

古月禅师在佛教界的名气颇大，被称誉为中国九大禅寺方丈之一，曾经与东渡日本之鉴真大和尚齐名，还被佛教界誉为"以不着文字为宗"的"真正禅宗教义践行者"。一生中，他极少留下著述、文字或言论，目前仅见《崇福寺报亲塔记》。其一生的功果业绩，就只能凭借一辈又一辈信众口口相传，然而，他那些清修苦行的事迹，却经久不衰，已成传奇。

人生本色

古月禅师，福建省福州市闽清县人，出生于清道光二十三年（1843），俗姓朱，名救官，字圆朗，出家法号古月。

朱救官家庭贫苦，为生计自幼去学做裁缝。一种传说，朱救官从小聪明，学什么像什么，14岁开始学做裁缝，很快成了裁缝师傅，在裁衣制衣中接触了僧人，慧根萌动，被接引而出家修行。

另一种传说，是说朱救官自小愚钝，14岁去学习做裁缝，四五年时光过去，却连一件衣服也缝不成。那时候，确有僧人经常到裁缝店来裁制僧衣僧衲。有一天，一位僧人到裁缝店制作僧衲，与裁制衣服的一位年轻人聊天，突然僧人对那年轻人说："你既然深觉人生无常，为何不与我一起去鼓山，到涌泉寺出家修行呀？"年轻人竟然爽快地说："我早有出家的意思了，那就跟你上鼓山吧！"

老板一听，便问那僧人，说："你如果要这年轻人出家，顺便把我店里这个饭桶带去，我多做几套衣服相送，跟你们结缘吧。"僧人就问为什么，老板说："这个朱救官学做裁缝四五年啦，衣服可是连一件都无法缝成，他太笨了，将来怎么在社会上生活呢？请你揣个好心做个好事，带他出家去修行吧，也算引他走一条好路啊！"

就这样，朱救官和那年轻人一同被带上鼓山出家为僧。他们俩被带到涌泉寺客堂，那僧人向知客师说明两个年轻人的来意。知客师看见那个年轻人英俊聪慧，遂答应收他为徒，给他担任书记师。他便是后来很快成长为住持的达本法师。

年轻的达本对知客师叫了一声师父，恳切说："这位朱居士是和我一起来出家的，敬请师父为他剃度。"

知客师上上下下打量了朱救官好一阵，为难地说："看他相貌，愚笨不开窍。这个人，我不要。"

达本急了，连珠炮式地说："师父，您错了，朱居士朴实，是个本色的人，像一块璞玉，一定会大有成就的。再说，我们两人一同而来，必须一同出家。这里不能留下两人，我们就要到别处去求剃度了。"

知客师听了这话，觉得不无道理，又害怕这位年轻人真的起脚到别处出家，让他失去一位英俊人才。遂勉强给朱救官剃了度，法名古月，但派遣他做粗活，到大寮去烧火煮饭。

这烧火煮饭的事古月很快就做不下去了，因为他要烧的是 500 人吃的一大鼎饭，那大灶分东西南北四个门烧火，四个门的火要烧均匀，饭才烧得成。而古月往往是东边灶门火烧大了，西边的火却烧得奄奄一息，煮出"三宝饭"——上一层黄的，中间是白的，而下一层就全黑的了。饭头师就向常住报告说："这个人太笨，我不能要了。"于是，就叫古月去担水浇菜，谁知浇菜他也不行，水分不均，忽旱忽涝，有的菜苗干死，有些菜苗被水泡死。管理山林花木的园头师觉得古月老实本分，要了他，再给他一次机会，以免他被迁单（开除）。可是，他竟然花木与杂草不分，弄死了不少珍贵的花木。

就在古月将被迁单时，有一位苦行僧理珠老和尚行脚来到鼓山，在涌泉寺附近的石岩下修"苦行"，他时常听到僧众说古月禅师愚笨到怎么样的程度，暗地里观察和打听古月的事。他发现，与其说古月愚笨，不如说古月很朴实、很本分，自己喜欢什么就做什么，不喜欢就不学不做。在寺庙里他什么活都做得那么愚笨，可他从来没有忘了念佛修行，上山没多久，已经是很有定力的僧人了。

此后古月便和理珠老和尚同住于石岩下修"精进苦行"。他一修行起来，竟是不舍白天夜晚，或双脚立正，双手合掌，或趺坐于岩石之上，俯身拜佛。

传说，古月禅师日夜修"精进苦行"数年后，他的智慧逐渐开启。于是，理珠老和尚即教他受持大悲咒，并且加持法水结缘。后来，理珠老和尚圆寂，他更精进不息，没有饭吃的时候，才下山化缘，收些米面。十多年过后，古月仍然不分日夜地念佛、拜佛与持咒，人生的本色愈现，不念名利虚荣、务实际而不重虚文显饰，终有"互显权实之用"，修成了果业。同治十二年（1873），古月禅师31岁，依涌泉寺净空和尚受具足戒。圆戒后仍回石岩中修精进苦行，成了远近闻名的"苦修圣僧"。

分身治病

在古月禅师的传说里，有两次神奇的"分身治病"让人津津乐道。

传说之一，古月禅师隐修于鼓山十八洞的时候，福州城里某大施主母亲病重，百般延医而无疗效，最后是终日卧床不起，奄奄一息。居士心急如焚，抱着最后希望，虔诚地徒步行走四十余里，叩拜了古月禅师的岩洞，拜请古月师为母亲望病疗疾。古月禅师说："今日天色已晚，且在洞中留一宿，说说话，明日下山，再想办法吧！"那居士无奈，便留一宿。

及至天明山鸟竞鸣之时，居士再次拜请禅师下山为母治病。古月禅师却还是婉言推辞。于是，他就趁禅师要做早课时，告别回家了。传说，居士回到家时，在家门口，即见其母于院内散步聊天，由他的夫人和丫鬟陪着，精气神焕然一新！居士十分惊异，问其母这病到底怎么就好了。全家极兴奋，抢着说："昨夜，你请的古月禅师来到宅前，叩门望疾，才至榻前一刻时许，又是发功，又是给药丸和法水，母亲渐渐感觉周身通畅，疾病竟然就痊愈了！所以，全家坚请禅师宿于佛堂，今日斋饭后才送别未久啊！"居士大惊，连连捏自己的胳膊与大腿，说："我是不是在做梦呢？古月禅师，真乃得道高僧也！"于是，这个"分身治病"的故事就传开了。

传说之二，清光绪八年（1882）冬天，福建省省长萨镇冰的母亲身染重病，中西医一并施治，无明显疗效。萨镇冰的姑母是古月禅师的皈依弟子，她建议侄儿去拜求古月师父，他却不接受，认为求药丸法水，哪有医院、医生可靠。熬过数天后，姑母又来看望他母亲，见病情越发严重，再次建议侄儿去向古月师求治求药，侄儿仍然听不进这建议。又过了十多天，眼看着真不行了，中西医师都束手无策，说回家多弄点可口的给她吃，等着离世圆满吧。

姑母这下不依了，对萨镇冰说了狠话："为人儿子，至少你得最后尽一点孝心，就去向古月师父求一回不行吗？放不下架子是不是？说不定还真能治好啊！"

萨镇冰听了之后，不得已派他弟弟去鼓山请古月禅师。当他的弟弟坐轿来到涌泉寺，要请古月师父到去为萨老夫人治病时，知客师和住持以及全寺僧众都不大理解，那时候古月虽已受具足戒，但仍在岩洞苦修，这萨家为何不请寺里的高僧大德，却要请这个愚笨出名的苦修和尚去消灾治病呢？

知客师和住持妙莲老和尚，带着萨先生到古月禅师修苦行的石岩下。住持向古月师说："省长的母亲萨老夫人病危，要请你去他家消灾祛病。"

古月禅师连说："好！好的！"他转向萨先生，说："萨先生，您先走，我稍等个时辰，就下山去。"萨先生一听，以为这是该尊重的什么佛教规矩吧，就先回家了。

然而，住持妙莲几经催促，古月却静坐不动。知客师与妙莲住持都觉得很失望，但萨家毕竟没有再派人催促，事情也就不了了之。

过了新年，二月初八的那一天，涌泉寺迎来了一轿队的客人，下轿的竟是容光焕发的萨家老夫人。原来，古月师从萨家先生来请的那天起，其实经常下山去为萨老夫人消灾祛病，通过连续的治疗与静养，到那年年底，老夫人已经完全康复了。

这件事，直接促成了与古月师相关的两件事：一是，古月能分身治病的故事大为发酵，传播到福州各个禅寺，甚至传遍佛寺丛林了。二是，住持妙莲老和尚自愿退居，让大众恭请古月禅师于光绪九年（1883）四月初八日，出任鼓山涌泉寺第 127 代住持……

以上的传说，毕竟是口口相传，这中间自然就有诸多疑问，比如说，古月能治病，这可能并不奇怪，多少高僧同时就是名医啊！可是治病就治病，为什么要分身去治病呢？有的人说，就是想做好事不留名吧？有的说，因为人们都传说他笨，一个笨和尚答应下山给人治病，反倒让人不那么信任，不如以假身留下陪客，真身分身而去，更能达到出其不意的效果。也有的说，其实他也没有那么多讲究，没有那么神奇，只是他一个人在岩洞修行，要上山下山都容易，他没有向谁请假告知，即下山治病去了，而且治病的神奇效果也出人意料，不像一个普通苦行和尚所能做到的，人们自然就有了夸张的神奇传说，"分身说"也因此而产生，而被津津乐道，甚至被有意神化……

复兴古刹

清光绪十年（1884），妙莲和尚出任鼓山涌泉寺住持。当时，寺院因多年失修，一片破败。于是他与古月商量，将管理寺院的事务嘱托给古月，自己往南洋募化。古月带领僧众修行，严肃寺规，不敢一丝懈怠。虽然日子清苦，但僧众一心，寺院开始复苏。经过两人的共同努力，三年后，涌泉寺寺院面貌大为改观，景象日趋兴隆。

光绪十三年（1887），妙莲派达本禅师前往雪峰寺复兴古刹，数年过去，大局难展。于是，达本向妙莲请求，请古月出任雪峰寺住持。古月到雪峰寺后，城内外信众蜂拥而至，问禅听法，并纷纷解囊，修建大雄宝殿、重塑佛像，雪峰香火开始兴旺。然而数月之后，古月却谦让雪峰寺住持之职，执意驻锡衰败已久的象峰崇福寺。达本为此十分感动，始终尊古月为雪峰寺住持。古月到崇福寺后鼓励僧众，安心寺务，向各方募款，陆续修建了大雄宝殿、天王殿、钟楼、鼓楼……让昔日古刹重焕新颜。崇福寺名声日显，也由此步入福州五大禅林之列。

1901 年，妙莲方丈外出弘法，古月接任鼓山 127 代住持，4 年后任满退席。1910 年，怡山西禅寺住持智水和尚因寺内发生命案以失察被当局监禁，有人乘机想谋取其职位。为维持寺院稳定，西禅寺僧众特请该寺大护法陈宝琛出面，决定迎请古月和尚出任怡山第 59 代住持。西禅寺的局面因此稳定下来。同年，古月应信众请求，来到北峰林阳寺，着手重建败废已久的林阳寺。他的两个徒弟一个叫净然，奔走南洋募化；一个叫禅悦，负责在山上兴建。寺院格局完全仿照鼓山涌泉寺，并收乌山神光寺为廨院。从此，瑞峰林阳寺也成为福州五大禅林之一。

1911 年，台湾新竹县信徒陈顺善等人，专程渡海来福州拜古月为师，并捐巨款重塑佛身，古月即在象峰崇福寺为来自海峡彼岸的信徒开观音戒，各地信徒闻讯纷纷赶来受戒，一时声势浩大，观者如堵，成为福州当时佛界一大景观。

2015 年

圣箭堂铁树缘

邱泰斌

有福之州石鼓名山之上，"半是白云半青松"，冬春云雾缭绕，夏秋感觉良好，而每当春回大地，天气晴好之时，步入涌泉寺举目眺望，一幅丹青，万象呈祥，令人心旷神怡，流连忘返！

长期工作在鼓山，我感受最深、受益最大的是：天然氧吧，祥瑞之气。我想，天然氧吧，得之于深山老林；祥云瑞气，大概源自那千年铁树吧。

历经千载的涌泉禅院，白云悠悠，"三宝""三铁"，如血经、雕版、千佛陶塔、铁木供桌（郭沫若命名为鸡翅木）、千僧铁锅、摩崖石刻等，不胜枚举，但千年铁树是我的最爱，情有独钟。原因有二：其一，万千宝物，唯此为活的文物，而且历经千年；其二，铁树寓处为方丈室，一方之丈，全寺核心，运筹帷幄，关乎事业。

涌泉寺千年铁树，为镇寺之宝，"三铁"之首，吉祥之物，如今寓于方丈室内，平时难得一见，却早已声名远播。

不久前，我要离开鼓山下山去了，怀着依依不舍的心情，来到寺院最顶端法堂西侧的方丈室，向普法师拜别，向千年铁树辞行。

方丈室，佛教用语，是禅宗寺院方丈（住持住方丈室名方丈，后成为僧职，专指住持；即居住寺中，总持事务，亦称主僧）居住、宣教说法、接待贵宾的地方。一丈见方，容量无限。

我翻阅过《鼓山志》并咨询过庙方，涌泉寺方丈室，建于宋宣和年间，明崇祯二年（1629）重建，后屡经修缮。敲门而进，左侧先见三株相连成列的铁树，右侧后见"三来堂""圣箭堂"匾额。我是老园林、老风景人，知道铁树的前世今生、特性特征，也熟悉"圣箭堂""三来堂"名号的由来。

铁树学名凤尾蕉，是地质史中生代遗留下来的古代裸子植物，因性喜含铁量高的土壤而得名，为苏铁科观赏常绿乔木。

涌泉寺方丈室内3株铁树，树高3.2—3.5米，围径2米左右，最大达2.39米，一雄两雌，中间为雄，左右为雌。每株都有5个以上粗壮分枝，叶生茎顶，花开基端，雌雄异株，干如圆柱，基布鳞片，羽状分裂，犹如披甲胄布，戴凤羽冠。据观察，现为每年夏季开花，花期雄株1个月左右，雌株3个月左右，花色金黄，瓣布绒毛，而雄花犹如长松球，呈锥状，雌花丛生，呈圆球形。相传铁树生长极其缓慢，一般不会开花，亦传60年开一次花；而如今可能由于大气候大环境变化，铁树开花似乎也常见。每年10月后种子逐渐成熟，籽实核果状、微扁，如同一枚红色小蛋，有"凤凰蛋""龙蛋"美称。

鼓山海拔高，气温比市区低3—5摄氏度，其温润的水土和环境适宜铁树生存生长，而且千百年来养管保护得当，使得千年铁树延年益寿，枝繁叶茂，特别是80多年连年花开不断，蔚为奇观，为国内外罕见，上了《中国园林奇观》，据了解为目前国内已知栽培最早的铁树。而奇怪的是，经观察，同一方风土人情，涌泉寺其他地方的铁树却不开花。不久前住建部曾长期专司风景园林事业的曹南燕女司长，见到盛开繁花的涌泉寺千年铁树后"惊为天人"，叹为观止！

涌泉寺的3株铁树是颇有些历史、来历和背景的。

据志书记载，梁开平二年（908），闽王王审知虔诚备办香花、百戏，邀请闽侯雪峰寺义存法师高足神晏到鼓山住持。临行时，义存依依不舍并勉励高足"犹如一支圣箭射向九重城去也"。为此，神晏特意将涌泉寺方丈室定名为"圣箭堂"，以铭记恩师的箴言，并鞭策自己。神晏、圣箭谐音也。王审知、神晏为大梁（今河南）老乡，且王审知笃信佛教。可想而知，当年两人应该是配合默契的。神晏被闽王赐紫衣并加冕"国师"，住持鼓山佛教三十余年，成为涌泉禅院第一代祖师。自那时起至今千百年，鼓山始终为禅宗名刹，位列"闽刹之冠"。而相传方丈室内两株雌性铁树即为当年闽王王审知与国师神晏携手栽种。外侧向内那株为王审知手植，寓意"一心向佛"；内侧朝外那株为神晏手植，寓意"普

涌泉寺方丈室内的千年铁树

度众生"。

　　而方丈室内如今所见"三来堂"匾额，则是为纪念鼓山涌泉寺第118代住持，清同治年间净空法师而题，他曾三度主持鼓山涌泉寺，前后历经19年。

　　时值1972年，闻名遐迩的鼓山风景名胜区涌泉寺被定为首批对外接待窗口，进行了整治改造提升。此时福州西禅寺被毁后改作工厂，寺内有一株雄性古铁树亟待抢救。经当时市"革委会"决定，将这株铁树赶快移植至正在复兴的鼓山涌泉寺实施保护。于是，一场抢救铁树的工作紧锣密鼓地展开了。这株铁树带土球重达 2 吨，移植难度大，好不容易将其吊运至天王殿斜陛卸下，然后再由十多位园林技术人员和搬运工人，运用圆木、车盘、钢索、铁棍等，埋头苦干了整整两天，才使之在方丈室安家落户。后经考证，这株雄铁树为闽王王审知之子所种，树龄也逾千年。天意如此，这样也算王家父子团圆，功德圆满。

跨进方丈室，抬头可见多副楹联，其中有一副是由明末清初住持元贤禅师所撰，现任住持普法师所书："长披破衲傲溪山，笑看云舒云卷；祇捻数珠消岁月，那知花落花开。"见联感慨，我不知大师们知不知道庭前铁树花落花开。

2008 年我上山主政鼓山风景名胜区时，恰值闽王和国师手植雌铁树 1100 年，而那株千年雄铁树花开得特别硕大灿烂，金黄金黄的，格外抢眼。过去我作为行业主管部门的局办公室主任、公园风景区处长，有时也会陪客人上鼓山进寺庙，参观方丈室千年铁树。现在上山了，近水楼台且工作需要，便经常拜访方丈室。

我拜访方丈室的主要任务有三：一是搞好接待，陪重要客人参观。二是探望、关爱千年铁树。风景园林部门，对千年铁树这类一级古树名木负有保护的历史使命和神圣职责。三是拜会方丈，沟通商议事宜。我和普法师很注重保护千年铁树，近年景区与庙方连年携手防治病虫害，2012 年我们还指导寺庙设置起了铁树仿真水泥支撑保护柱等。

鼓山涌泉寺方丈至今历 135 代，而第 130 代的近代禅宗泰斗虚云大师，与涌泉寺千年铁树最有缘，由其开创了千年铁树开花史。据记载，涌泉寺千年铁树原本"种植最难长，最耐久，每年长一二叶。向来未开花"。1930 年，虚云大和尚为众讲《梵网经》，"方丈室丹墀两株铁树忽然开花，花大如盆，须瓣若凤尾，远近来观者络绎于道"。虚云特赋诗以载："优昙钵罗非凡品，随佛示应现金花。世间彩凤称祥瑞，现则吉祥喜可嘉。兹山丈室两铁树，人言此卉向无葩。定是主林神拥护，故将仁寿放流霞。"从此，涌泉寺方丈室千年铁树连年开花，至今已逾 80 年。这时我想起了泉州开元寺有佛国桑莲，福州涌泉寺有铁树奇葩，真是善哉，奇哉，妙哉！

历史上，鼓山涌泉寺曾于明永乐六年（1408）和嘉靖二十一年（1542）

两度遭火焚毁，但两株雌铁树却均躲过了劫难。2005年，涌泉寺3株千年铁树开了十多朵花，花开得很是灿烂壮观。10月2日突遇"龙王"风暴，山洪袭扰。相传，涌泉寺原址为通海深潭，有龙居留，这回可算"大水冲倒龙王庙"，方丈室下层和围墙全被冲毁，可神奇的是，3株千年铁树却安然无恙。在普法方丈的指挥下，灾后自救旋即完成。

转眼我在山上待了5年光阴，1800多个日子。在这些日子里，近而亲之，日久生情，我与方丈室，与千年铁树，留下了难以割舍的情感……我铭记住了涌泉寺天王殿进殿正对面石壁上，亦即痒痒树（学名紫薇）旁、罗汉泉边，普法大师的书法"知恩报恩"。那"恩"字大小有别，前小后大，颇含深意——知恩图报，小恩大报，滴水之恩涌泉相报。

2013年

青松白石还依旧

马海燕

鼓山为闽都名胜，晋代著名文学家郭璞在其《迁城记》中即有"右旗（山）左鼓（山），全闽二绝"之赞誉。

鼓山最著名者莫过于山上之涌泉禅寺，相传因寺前有罗汉泉涌出地面而得名。明末清初时期，鼓山涌泉寺是禅宗曹洞宗的重镇，著名的永觉元贤大师（1578—1657）在此创立了名震东南的"鼓山禅"。

道霈禅师（1615—1702），人称"古佛再世"，福建建安人（今福建建瓯），字为霖，法名道霈，他是元贤的唯一嗣法弟子，在元贤圆寂后续任鼓山第96代住持。虚云在《增校鼓山列祖联芳集》中说："永主（元贤）入主始得四方檀那之助，大加修复，继博山之宏谟。为祖（道霈）绳武，前光殿宇，宗风赖以不振，兴圣（神晏）之业赖以重焕。"足见其对鼓山法脉的贡献不菲。

道霈禅师的故事，在《闽都别记》里有相关记载。文学故事固然生动传神，但毕竟只是传说，我们要了解的是一个历史上真正的佛门人物。

一

鼓山涌泉寺曾经屡遭火灾，所以历代皆有修复。明嘉靖二十一年（1542）2月13日，一场无情的大火把涌泉寺烧得精光。当地的居士、护法复兴鼓山道场心切，然机缘未得，故而在元贤来鼓山涌泉寺之前，鼓山已经数易其主。崇祯七年（1634）春，元贤法师应邀入主鼓山涌泉寺，各地僧众，闻风而集于鼓山，鼓山涌泉寺复兴在望。年仅20岁的道霈，跟随元贤第一次上鼓山。道霈在《旅泊幻迹》中自述这段经历道："崇横甲戌春，老和尚出世鼓山，随侍以至。前后四年，苦无所入。一日，自诉曰：'吾数载勤苦，参禅既不会，而学业又荒，得毋率负此生乎！'遂拜辞老和尚，出岭至杭州，经历讲肆，凡五年。"

此后，道霈曾往杭州天目山西峰访高峰原妙之"死关"，并在建阳县的百丈山结茅隐居数年，顺治七年（1650），重返鼓山。

后禅师道霈辞别元贤往建宁广福庵，在此闭关三年密自锻炼，与外界不相往来。

二

道霈归隐后，元贤大师屡屡去信劝道霈回鼓山。在大师的劝说下，顺治十二年（1655）道霈重回鼓山。

道霈重返鼓山，其中具体的缘由大概有二：一是道霈知道鼓山周边时局危乱，他挂念恩师的安危。当时的福建是一个极其动荡的地区。顺治四年（1647），鼓山就发生匪寇洗劫涌泉寺的事件，当时元贤被匪徒劫持，以篮舆昇至半岭，忽然众人皆跌倒，元贤因此才免于大难。顺治十二年（1655）春，兴化、莆田、长乐等地发生兵变，陈尸山野，饿殍满地。鼓山及其周边也受影响，常有匪人出没。二是元贤可能在信中言及传法之事，此时元贤年事已高，打算让道霈嗣法以承续鼓山法脉。

顺治十四年（1657），元贤禅师时年80，于正月上元日鸣钟集众，以平生所着伽黎、摩拂付予道霈，至此，道霈成为其唯一的嗣法弟子（道霈为鼓山曹洞正宗第33世）。

道霈嗣法元贤后，元贤即命道霈代其升座说法。元贤圆寂后，众护法善信及诸山、本山大众推举道霈继主鼓山涌泉寺。

道霈住持鼓山的第一个时期（1658—1671），从其44岁至57岁，前后共14年。其接任鼓山涌泉寺住持后，开堂说法，以继先师遗志光大鼓山禅风为己任。

这里需特别提到道霈与无可法师（方以智）的交往。桐城方以智，字密之，尝自号浮山愚者，出家后无常名，在金陵天界为"无可"，在庐山则为"五老"，在寿昌则为"药地"等，是明末清初时期一位著名的反清人士。无可禅师约于康熙元年（1662）入江西青原山，卒于康熙十年（1671）秋。其最后 10 年多生活于江西青原山。

康熙六年（1667），无可禅师来鼓山，道霈陪同游赏鼓山风景，两人诗词唱和，兴致甚高。在一首诗的序言中道霈提到此事说："余不登绝顶十载矣。康熙丁未秋，适青原无可禅师携方田伯诸公入山，遂约同游……可公诗先成示余，漫和二律，以志一时之兴云。"

又根据诗文，道霈与无可禅师早有交往。在一篇名为《题青原瀑布（有序）》的诗序中提到"无可禅师住青原之明年"，以康熙元年（1662）无可禅师入青原为准，则此诗作于康熙二年（1663）。如此，至无可禅师访鼓山，则道霈与无可禅师交往持续多年矣。

无可禅师住青原，于东涧之源，得三叠课布，发千载之秘，甚为奇绝，偶以赠之。

> 万斛泉源一迸开，三拖白练下云台。
>
> 多年藏在无人处，却被无人引出来。
>
> ——道霈《餐香录》

道霈此诗中提到的瀑布，虽然只是青原山上一景，然而这个瀑布并不简单，当时到访的许多明末遗老、名闻文坛的大家都曾为之吟诗作赋。

道霈在鼓山的生活并不都是悠然自得的，其间也发生了一些很不愉快的事情。鼓山涌泉寺作为东南第一丛林，僧众众多（斋堂足容 500 僧，如僧人不多，无须如此阔大），护法居士多为当地权贵显要，如康熙六年（1667）开始建造的鼓山"餐香堂"，其捐造者就是靖南王的姻戚。

居士林之蕃，曾是崇祯进士，随侍元贤大师多年，在鼓山势力极盛。又居士方克之，其子为官一方，应该也算当地望族。这些居士与寺院僧众各有来往，不免节外生枝，产生诸多弊病。

在《餐香录》自序中，道霈说到自己当了鼓山主持后，"见法门流弊，日深日下，至不忍闻见，遂辞说法之任，自甘与二三有志衲子，栽

涌泉寺雪景

田博饭而已，盖不欲混入群队也。"在康熙五年（1666）祭方克之居士的祭文中，我们似乎可以发现一些鼓山内部争斗以及道霈早有离山之意的迹象。维康熙五年岁次丙午十月己亥朔二日，鼓山涌泉寺沙门道霈，谨汲龙泉烹风茗，致祭于大封君广岩方公老居士之灵而言曰："於戏！道霈与老居士，缔世外交，仅十载矣。居士以我为般若船。而我以居士，为法城堑。寒温动静顾盼周旋，一出于诚，非强也。道霈之将去石鼓也，居士誓以死留，其辞慷慨激烈，至于垂涕。霈中心感动，为之税驾，且十载以来，手书淋漓，存问无虚月，久而愈敬，不见少怠。居士之为法为人何如也……"

　　道霈曾于1653年离开鼓山住建宁广福庵闭关，1655年返回鼓山。如果以他与方居士交往10年来计算，则约在道霈返回鼓山前后，两人才相识，此后常有书信往来。祭文中所言"道霈之将去石鼓也，居士誓以死留，其辞慷慨激烈，至于垂涕。霈中心感动，为之税驾"肯定不是道霈1653年离开鼓山之事，更不可能是道霈住持鼓山以来离开鼓山往各地弘法之事，如果只是暂时离开，方居士也无须垂涕而至于哀求，道霈也无所谓"为之税驾"。当年推举道霈接继鼓山住持，为首的居士正是方克之与林之蕃，如今方居士逝世，道霈无疑失去了一个有力的助手。

鼓山内部的矛盾纷争总要爆发。一次，恰逢石潮大宁禅师来鼓山。他似乎对鼓山住持之位很感兴趣。康熙十年（1671）秋，通过鼓山大护法林之蕃等人的运作，最后由道霈提议石潮大宁继席鼓山，但这仅是公开的说法，道霈的意愿却是让同出元贤门下的惟静继任。

不论由谁继任鼓山住持，道霈归隐山林的夙愿总算得以实现，因此，道霈欣然说偈辞众：

> 本是无家客，随缘住此山。
> 俄经十四载，乘兴出松关。
> ——道霈《旅泊幻迹》

康熙十年（1671），道霈超然离去，弟子们含泪追送至台江方罢。而大宁则陷于众人的非议之中，最后一无所得，只得悄然离开鼓山。

三

道霈离开鼓山涌泉寺之后，自号"旅泊僧"，芒鞋破钵，居无定所，随缘漂泊。这云游的 14 年（1671—1684）是道霈一生中最清苦也最多产的时节。

康熙十九年（1680）冬，鼓山僧人纯一与一脉同至宝福请道霈还鼓山，道霈没有答应。康熙二十一年（1682）四月八日，纯一又与一脉持众护法绅士书苦请道霈还鼓山。道霈老死空山之志已决，还是拒绝还鼓山，纯一抱病郁郁而去。

在鼓山以及福州众居士（鼓山大护法林之蕃已逝世）纷纷前来迎请道霈回鼓山担任住持时，道霈曾就自己不愿还山之意作《复三山众护法公启》，自谦道孤德薄，不堪绍继先师，无能再振宗风，更为重要的是，自己乐于潜居山林，且年事已高，岁月无多。

尽管道霈一再推辞，护法居士依然一拨一拨地前来迎请。无奈之下，道霈对他们说："如果我 70 岁时仍健在，我再回鼓山去吧。"本想人生七十古来稀，但没有想到的是，道霈是如此高寿。

　　道霈虽然先前有约，七十则归，但心中其实依然犹豫，其诗《旅泊
庵稿·鼓山大众请还山有感》道出了他内心的苦衷。

　　　　一苇翩翩溯上游，为寻老衲到荒丘。
　　　　依依相见无他语，只劝还山泪迸流。

　　　　没用头陀老且病，家山咫尺若登天。
　　　　虽然有约重归去，犹自逡巡步莫前。

　　康熙二十二年（1683）冬，道霈将离开宗福寺返回鼓山之际，鼓山弟
子寒辉前来看望，寺中众人遂请求道霈将宝福寺交予弟子寒辉住持，以继
宝福宗风。寒辉法师亦曾得到元贤大师的教示，在道霈住持鼓山时曾担当
维那之职，在个人修学方面足可称道。由其住持宝福寺，道霈可安心离开了。

　　康熙二十三年（1684）4月22日，时年70岁的道霈只得按原先对
鼓山众人许下的诺言返回鼓山。

　　道霈还山的情景，盛况空前。道霈回鼓山涌泉寺重新秉拂说法，更
多的是出于对恩师的"孝顺"，他不能眼见"鼓山禅"凋敝下去，必须
对鼓山历代先祖负责。因而，道霈还山后，先礼晏国师塔及恩师元贤塔。

　　道霈在祭扫元贤先师塔时曾自责道："痴儿不解事，处处扬家丑。
今日忽归来。一物无所有。此一瓣香爇塔前，青松白石还依旧。"所谓"痴
儿不解事""处处扬家丑"，此一瓣香，烧得的确是感慨万千，要担当
大任者需要有大心。经过一次离山的波折，道霈相信自己一定能够不辱
师命，处理好鼓山今后的寺务。

　　康熙四十一年（1702），经过多年的考察，道霈付法恒涛禅师，命
其嗣法为鼓山曹洞正宗第34世。

　　是年九月初七，道霈在鼓山圆寂。之前，道霈曾有大愿说，如果自己在
鼓山圆寂，则圆寂后不得建塔，若是在外地圆寂，则于当地即刻掩埋，不要
徒费周匝。自始至终，道霈都如白云，随缘飘荡。生亦欣然，死亦无憾矣。

　　　　　　　　　　　　　　　　　　　　　　　　　　2010年

灵源洞天

石刻的"鼓山别记"

山 雨

一座山，尤其是一座名山，一定有很多故事。

有故事的山，把故事的前因后果编写下来，就是一部本山志。晋安区的鼓山，是福州最出名的历史文化名山，是国家重点风景名胜区，自然有《鼓山志》。而今我读鼓山，却读出一部别开生面的摩崖石刻《鼓山别记》。

有史以来，人类就开始在木头、石头乃至陶器、铁器、青铜器上刻下符号，从图画到文字。自汉代以来，福州人和来福州的人，就在福州名山胜地及山区海岛的岩石上摩崖刻字，镌画造像，留下珍贵的历史文化遗产。据调查，福州城乡有石刻近 3000 段，其中市区有 1300 多段。这些石刻风格多样，精美绝伦，蔚为奇观。

来看鼓山，历代名公巨卿、骚人墨客也在这里留下 650 多幅摩崖题刻造像和汉、梵文字刻，楷、行、草、隶、篆等各种字体都有。同时，题名刻、题诗刻、题联刻、题字刻、题赋刻、题文刻、题偈刻、题画刻等各类文体琳琅满目……好一座天然石刻书法宝库！这里可称为"天然碑林"，与集中我国历代著名书碑近 3000 方、展出 1087 方碑石的西安"碑林"同是国家级重点文物保护单位，成为我国书法艺术精品荟萃的双璧。西安"碑林"是林立在一个大院内，鼓山摩崖石刻则无遮无挡地铺陈在以鼓山古径到灵源洞为主轴，以白云洞、绝顶峰、十八景、喝水岩、鼓岭、鳝溪、磨溪为组团的方圆 48 平方千米的石鼓名山。鼓山的摩崖石刻，在国内素负盛名。谢肇制说："宇内名山铭刻之多，未有逾是山者。"

正如弘一法师对鼓山涌泉寺的佛教藏书称赞有加那样，清代福州郡守李拔则赞赏鼓山摩崖石刻"标奇争胜，遍满岩间"。这里信手拈来几方摩崖石刻悦读欣赏。

一、蔡襄登临几"忘归"

灵源洞"忘归石"是鼓山中最早的石刻，为宋庆历六年（1046）蔡襄所题。蔡襄（1012—1067），字君谟，仙游人。仁宗进士，官至端明殿大学士、枢密院直学士，两度知福州。蔡襄工于书，善正行、草书。论者以为宋四家之冠。

蔡襄出任福州知府时，比较喜欢到鼓山游玩，而且经常流连忘返。有一次，他又来鼓山，走走看看，不知不觉，天色渐渐就暗了下来。蔡襄坐在灵源洞的深涧峭壁边，沉浸在他自己的思绪里。跟随他的人提醒他，是不是得回去了。蔡襄说，再坐坐。经随从一再催促，而且确实天开始黑了，再不回去，可能就得在涌泉寺过夜了，蔡襄才依依不舍地起身，信手就写了"忘归石"三字。后来这三个字就刻在这里，成了一个让人一看就忘不了的标志。

蔡襄手书"忘归石"

100 多年后，来自古城汴梁的赵晋臣，在休息日，带着儿子、孙子等来游鼓山，看到这里的天然美景，读了蔡襄题的"忘归石"，颇有感慨，就题了一首诗，后来刻在"忘归石"的对面："登山心悦倍精神，欲往山间未有因。刚道忘归又归去，白云何不且留人。"

在"忘归石"石刻周围石壁，还有"层峦叠翠""渐入佳境""山水知音""犹如天竺""溪山清净""曲径通幽""洞天""入胜""乐处""遐想"等石刻，都值得细细品读。

二、题刻比肩见深情

朱熹是宋代著名的理学家。赵汝愚是宋朝宗室右丞相，曾任福州太守。两人的题刻是宋代文坛的一段佳话。朱熹与赵汝愚的两方题刻在鼓山观音阁东石门附近的岩壁上，比肩紧挨。一方为淳熙十四年（1187）朱熹所书。当时朱熹从江西来福州拜望赵汝愚，不料赵已调任四川制置使去了。朱熹到水云亭后，留下了一方潇洒飘逸的行草题刻，表达了强烈的思友之情。三年后，赵汝愚再度任福州郡守时，看到朱熹的题刻，想念之情油然而生，就赋诗一首，在旁边留下题刻："几年奔走厌尘埃，此日登临亦快哉。江月不随流水去，天风直送海涛来。故人契阔情何厚，禅客飘零事已灰。堪叹人生祇如此，危栏独倚更裴回。""故人"指朱熹；"禅客"指鼓山方丈元嗣，当时已圆寂。朱熹和赵汝愚在福州一直无缘相会，却用题刻表达了真挚的友情。后来，朱熹又游鼓山，见赵汝愚的题刻后深为感动，就把"天风海涛"四个大字镌刻在绝顶峰的石崖上，并注"晦翁为子直（即赵汝愚）书"。

三、"喝水"论坛随时开

"喝水岩"刻于灵源洞弥勒阁旁峭壁上，楷书，字径 67 厘米，系宋嘉祐六年（1061）施元长所题。"喝"，此处读去声；不是"喝水"的"喝"，而是"吆喝"的"喝"。相传五代后梁时，涌泉寺开山祖师

"喝水岩"题刻

神晏法师在此诵经，嫌洞内涧水喧哗，就大喝一声，涧水便穿入岩下，改道从东侧半山观音阁石壁涌出，原来的溪涧也就干涸了。千古以来，文人墨客围绕这段典故的题咏络绎不绝，仅喝水岩一带的摩崖刻石就不下 20 段。

灵源洞壁，还有清代诗词家朱彝尊题的一首《南乡子》词："披露晓同游，竹杖蓝舆各自由。翠磴红亭三十里，淹留。行到松门路转幽。　僧饭雨初收，风末钟声树杪楼。多事山僧曾喝水，桥头。只少飞泉一道流。"此词隽永清新，意味深长。朱彝尊（1629—1709），字锡鬯，号竹垞，浙江秀水人。少聪慧绝人，书过眼即能复诵。十七，弃举子业，肆力于古学，久之，博通群籍。顾宁人、阎百诗皆亟称之。

康熙己未开词科，年逾五十，与富平李困笃等四人以布衣入选，并授翰林院检讨，纂修《明史》。

如宋时赵希怿的题刻："尊者何年向此禅，一声喝断水之源。为如何有此神通力？犹计当年寂与喧。"有的怀疑，对神晏喝退泉水的"神通"提出疑问。

有的反对，认为这一带山林风景绝佳，只缺少泉水的声响，如果我当年侍候在法师之旁，就会劝他别把泉水喝退。例如宋时徐锡之在洞南壁的题刻："重峦复岭锁松关，只欠泉声入坐间。我若当年侍师侧，不教喝水过他山。"

有的赞颂，认为神晏佛法无边。诵经是正音，流水声是凡音，"正音"压倒了"凡音"。例如清代龚松年在洞东壁的题刻："如狮吼出无声旨，声到群峰皆耸峙。那许凡音入正音，特特一声众声止。"

有的辩解，认为神晏喝退泉水的目的，是让它保留清冷之气，不至落入人世间的"混流"。例如清代鼓山住持僧慧周在洞西壁的题刻："展事神僧幻迹留，从教一喝即回头。出山泉水由来浊，不许清冷入混流。"

有的埋怨，认为喝退了泉水，留下了遗憾；希望那些"安禅者"，别把这里（龙头泉）的水再喝走了！例如清末魏杰在龙头泉西壁的题刻："久断泉声迹尚留，教人何处觅源头？吟题寄语安禅者，莫喝石龙口上流。"

有的叹求，希望能再有一个高僧，把泉水重新"喝"回来。例如清何奕鼎在洞东阶旁岩壁的石刻："灵源归去后，惟有白云流。安得高僧者，还将喝转头。"

有的惋惜，泉声没有了，只好以松涛声来代替。如清时何际述的题刻："悬岩双壁峭，乱石一桥横。不雨无流韵，松涛作水声。"

也有人表示出一种无可奈何的复杂心情，干脆在洞壁显目处题上"无水亦佳"。总之，围绕喝水众说纷纭，莫衷一是。

最奇怪的是清顺治年间佛门弟子苕水冈题在洞壁的一偈："自性本空，缘何有水？大地山河，缘何喝得？点滴也难消，何况潺潺雪。祖师捏恁来，千季流倒歌。咄！太行有路六月寒，壮士无情三尺铁。这春光难漏溲，蛟宫鼍鼓齐噤声，愁杀天魔不敢说。"偈中说，佛家主张一切皆空，为何担心水声干扰？大地上江河奔流，怎么能喝得退？就是点滴的流水也难喝走，何况是如雪般的潺潺流水？但是祖师大声一喝，千年的流水竟然退走了。这究竟是祖师爷的法力无边，还是其他原因？偈语的下半部闪烁其词，含混不清，给人一种"佛曰不可说、不可说"的意味。

四、李拔登山"欲罢不能"

清乾隆年间，李拔任福州郡守，曾多次徒步登鼓山，留下许多饶有趣味的题刻。这些题刻中，以五个成语的题刻最为著名：一是"声满天地。乾隆壬午郡守李拔题"，刻于鼓山古道的进口旁。"云程发轫。乾隆辛巳，郡守李拔"，刻于登山古道观瀑亭西侧，此喻美好的登程刚刚开始。二是"欲罢不能。乾隆丙午，郡守李拔题"，刻于半山第五亭即茶亭附近。登山至此，人已疲劳，往前走，路途尚远；往后退，又不甘愿。题刻道出了游客进退两难的心情。而在旁边的周宝臣在光绪辛卯四月题的"宜勉力"，更有鼓劲的作用。三是"毋息半途"，刻于上山第七亭即更衣亭附近，鼓励登山者坚持到底，切勿半途而废。四是"登峰造极"，当刻于顶峰"岩端"，现已佚失。五是"欲从末由"，刻于绝顶峰，表示到达绝顶，进入无从效法的境界。从表面上看，这五个题刻说的是登山，但实际上都蕴含着求学、崇学、为学的深刻哲理。正如李拔在一篇文中说："不观沧海，不知丘壑之微也；不登大山，不知天下之小也。吾今乃悟为学之道矣。故题'登峰造极'于岩端，题山足曰'云程发轫'、半山曰'毋息半途'……以志自勉之意。"

的确，为学犹如登山，没有坚强的毅力、艰苦的攀登，就不可能达到光辉的顶点。南宋时福州著名的学者黄榦登鼓山题诗的首句"登山如学道，可进不可已。悬崖更千仞，壮志须万里"，也阐明了这个道理。

五、巨联铺陈天地间

我国摩崖题刻多，摩崖题联则比较少见，尤其是摩崖巨联，更为珍稀。在鼓山灵源洞喝水岩的南侧，深涧峭壁西岩上有副素面朝天的摩崖大字联。全联24字，高460厘米，宽90厘米，内容为："爵比郭令公，历中书二十四考；寿同广成子，住崆峒千三百年。"这副鼓山摩崖巨联，不知道是谁撰写的，联的书写者署名是"鄱阳洪革"。

郭令公即郭子仪，唐时任中书令，曾主持官吏考绩24次。后人常把二十四考喻为德高任久的望臣。广成子是传说中的神仙，住在崆峒山中，据说寿命长达1300年。

这副佚名的对联，好像是赠联，表达了作者对受赠者的良好祝愿。上联祝愿其仕途得意，步步高升，久居高位。下联祝福其无忧无虑，益寿延年，长生不老。联句平仄工整，气势磅礴，是古今罕见的大字联和摩崖石刻珍品。

梁章钜说他很喜爱这副对联，也很欣赏这对联的字，就专门请人到鼓山拓摹回家。但由于这副对联实在太大了，家中没有地方挂得下，始终无法挂起来，非常遗憾。说起来，这么好的对联还是刻在这名山之上，张挂天地之间，任古今南来北往的游客欣赏品味最好。

六、单字题刻见匠心

在福州的摩崖石刻中，单字的题刻也很多，各有特色，独具匠心，如"佛""心""梦"等。但最出名的还是"寿"字题刻。"寿"刻在灵源洞蹴鳌桥下深涧岩壁上，正楷，字高4.15米、宽3.05米，刚劲敦厚。宋淳祐二年（1242）周自介游鼓山时所书。它是福建省最大的古代摩崖石刻之一。据传福州地区刻有"福、寿、康、宁"4个大字。"福"字在乌石山，"寿"字在鼓山，"康"字在长乐，"宁"字在福清。其中以"寿"字影响最大。此外，在鼓山更衣亭西侧石壁还分别刻有清光绪年间戴定邦的一笔"龙"和一笔"虎"题刻，其中"龙"字刻一气呵成，草书，字高约1米，宽50多厘米。有人认为其中隐藏着"我到佛国"4个字。

在灵源洞西侧，忘归石上方的峭壁上还有一处奇怪的石刻，只有两个大字："哈？呵！"前面一字似乎是一游客（或许是本地主人）游览这一带美景时，对另一游客发出颇为自豪的问句："哈……怎么样？"而后一个字，则是另一游客发自内心地回答："呵……太好了！"

七、别有韵味数石刻

一是"国货救国"。这是福建促进国货公会宣传部的公益宣传广告，是1931年驻荷属爪哇岛的总领事率华侨商业考察团回国考察观光时的题刻。福建促进国货公会是20世纪初在福州成立的爱国民间社团组织。五口通商后，福州作为开放口岸之一，大量外国资本涌入福州，洋货充斥福州市场，冲击民族工商业。许多企业商家破产倒闭，如福州纸伞、牙刷、角梳等手工艺品受洋货冲击，中亭街、洋中路、茶亭街一带百余家自产自销的商店十之八九被迫关闭破产。

为振兴福州工业，保护民族利益，一批爱国之士号召大家"支持国货、

鼓山千年古道旁的摩崖石刻

抵制洋货"。如吴养贤先生牵头在南公园内集资建立了"福建国货促进大楼",设立了国货陈列展览馆。同时在馆前路边竖立了一块"请用国货"的石碑。南公园门前国货路的名字便由此得来。

同类型的石刻还有 1931 年福州人周靖题的"去私救国"、福州华来国药行七十周年店庆广告"国药之光"。说起来,摩崖石刻做广告在国内少见。鼓山有清光绪年间刻的"换骨露",1936 年刻的"小儿疳积散"等。

再是摩崖"佛"像。"佛"字刻是摩崖造像,在鼓山更衣亭东侧,石磷路北侧巨岩上。在"眼底浮云"题刻上面,一个"佛"字刻成一个佛像。佛像结跏趺坐,似在诵经。像高 71 厘米,宽 42 厘米,上右刻小字"南无佛陀清"行书。

在鼓山灵源深处国师岩下行 49 级石磴,迎面岩壁上寥寥数笔,勾勒出一僧手捧经书,趺坐蒲团,诵读经书的形象。石刻佛栩栩如生,俗称"神光面壁",佛像高 3 米。相传有一位名叫神光的禅师,具有神通力,他常以禅力在此石壁上出现,人们发现后,就把他的形象在石壁上刻了下来,从此再也找不到他,只有这幅像留下来。此画,笔虽简而雄劲有力,刻痕深削,点划分明,堪称佳作。佛像系仙游画家李霞所绘,上题"顽石点头。庚午夏日与王清祖、王灼祖、林士新、林继山……同游到此。仙游李霞",旁有何心岷等人题刻"是日缘"。顽石点头,典出《莲社高贤传》讲鸠门四大门徒之的竺道生善讲经,能使顽石点头折服。

还有"静神养气"衔笔书。衔笔口书题刻在国内极为罕见。该石刻"静神养气"位于鼓山更衣亭西侧石壁,为清光绪年间鼓山住持卧云禅师所书。石刻为行书,苍劲有力。据说 20 世纪 80 年代初期,福州有一家乡镇企业将此题刻拓去制成吹塑匾额,畅销全国,行销数百万张,获利甚丰。

鼓山摩崖题刻是古往今来人物的游鼓山记。读这些游记,就可以与前人对话,感受他们记游的心情和体会,从而在登山游玩,享受大自然美景的同时,还能享受历史人文的滋养。

2022 年

百年前的"繁花游"

万小英

1873年冬，福州三坊七巷的黄巷四号郭家大宅，这天忽然有些骚动。女人的叽喳声，丫鬟小厮匆忙的脚步声，一大早就从高墙深院里传出来。

郭家是侯官望族，"五子登科"曾经轰动乡里——五个儿子柏心、柏荫、柏蔚、柏苍、柏芗皆考上功名（一个进士，四个举人）——此时，老爷子郭阶三已经过世，正是五子当家的时候。不过，他们大多在外做官，老四郭柏苍则长期里居，热心家乡事业，编著《闽产录异》《乌石山志》《竹间十日话》等。后人更多地将他定位为博物学家、藏书家、刻书家、水利专家和诗人。

今天，是他的夫人严蕙怀要出门。55岁的她将带着三个女儿、一个侄女、两个侄媳妇，浩浩荡荡，一群女性去鼓山，还有一个女婿和两个侄子陪旁。

百多年后，我们在鼓山更衣亭东侧的摩崖题刻可以看到这段记录："同治癸酉年冬，侯官女士严蕙怀携女陈娓宜、叶问琴、陈拾珠，女侄郑仲年，侄妇何镜蓉、陈令姮游鼓山，三婿陈懋侯、侄郭调昌、绩昌侍。拾珠篆。"

娓宜（夫陈为舟）、问琴（夫叶大泳）、拾珠（夫陈懋侯）三姐妹与堂姐仲年，在题刻里均冠以夫姓。仲年是郭柏荫的长女，嫁给福州凤池书院山长郑元璧之子郑景渊。不幸的是，仲年30岁时，丈夫就去世了，她一直守寡。

回到题刻，我发现一个现象挺有意思。郭家女儿都随夫姓，而郭妻和两个侄媳妇都未随夫姓郭——也就是说，郭家遵习俗，嫁出去的女儿从夫姓；但是对于娶进来的媳妇，则尊重她们的本来，让她们保留本姓。

鼓山更衣亭

一个晚清官宦家族对女性能做到这般，不简单。

据郭家后代回忆，当年郭阶三在黄巷就立下规矩，后人不准纳妾，违者不准其葬祖坟。我想，郭家之兴，或许就是从尊重女性开始的。

郭阶三的夫人林氏出身书香门第，知书达理。郭柏荫同年骆文忠在林夫人八十寿时撰序，说太夫人对于五经、四书、左国诸书及古诗歌文辞皆能背诵解析；孩子们从私塾早出暮归，她会让他们一个个背书给她听，有不懂的，就为他们补课，当时之情形乃"一灯荧然，书声相续"。现在太夫人老了，还会让孙子们围在她的榻前背书，错了一个字都必为指正。太夫人在家族的威望很高，有疑难之事，缓急之需，都要听太夫人的意见。

有这般祖母级的女性楷模，郭家女眷都受到良好教育，个个能诗善书。她们常以诗文唱和往还，"新诗一入侍儿手，环绕楼台次第传"（拾珠诗）。

为何郭家女眷要在同治癸酉年（1873）倾动，游鼓山呢？大概和两件喜事有关。一是这年郭绩昌中举。此次他有随行，两个侄媳妇中也大概有他的夫人。他们顺便去鼓山涌泉寺礼拜一番也是有可能的。二是最主要的，郭柏荫回家了，带回来了仲年。山中游玩可以让姐妹们相聚散心。

郭柏荫在湖北署理湖广总督，代理巡抚达6年时间。这里形势复杂，家人对他很是牵挂。郭柏苍寄的诗里言语间都是盼望兄长在外不要太劳累，功名不重要，赶紧回家，一家团圆。仲年更是放心不下父亲，不远千里去看望陪伴。这年郭柏荫终于以病辞官，她跟随着回到福州家中。

姊妹们见面并不易，嫁人之后，都是随夫天南地北宦海漂泊。这次在严夫人的召集下，人难得这么齐整。仲年与拾珠在其中才华更拔萃些，拾珠以书见长，尤擅篆；仲年善诗文，有诗集传世，二人交情也更厚。仲年写过很多诗给拾珠（喜欢称她"十珠妹"）。一次月夜，她遥问十珠妹："半生岁月随人速，万里家山入梦赊。记否鳌峰深院里，雨霄闲坐剪灯花？"

这次姐妹相聚，同游鼓山，岂不快哉。那天，她们坐着马车到了鼓山，天下着微雨，岩壑、涧草、山瀑都为之净新，也为她们洗去了心尘。在山中经院住了两宿，做了题刻石崖的事，也常登高远眺，仿佛人生重新来过了一遍。

这些美好的经历出自仲年的笔下，用她在纪游里的话是："山门好松径，下马整巾幅。来途霑微雨，岩壑如新沐。既幽涧边草，亦净山头瀑。尘抱偶一空，经院当信宿。此生已重来，休笑题石速。感愤不入诗，形势却在目。神哉望岳篇，数语穷地轴。"（郭柏荫曾孙郭则沄《旧德述闻》）

好一句"此生已重来，休笑题石速"！我们在山中的题石，别人大概会以为只是记下几人"到此一游"，而笑话这种匆忙中的留念吧——看起来简单，其实哪里晓得，对于我们这些名字的主人来讲，是有着"此生已经重来"的意义啊。

仲年的这篇纪游我很晚才看到，题刻中的人物也是在写此文时才有点了解。最先认识的还是鼓山这50多字的题刻。在一无所知的情况下，乍见就被打动。蕙怀、媄宜、问琴、拾珠、仲年、镜蓉、令姮——一个一个女性的名字，如同一首首诗，美好，令人遐想。这在鼓山摩崖石刻，多是男性挥毫留刻的地方，本身就是一个奇妙的存在。

尤其是拾珠的题篆，是文字，也如一幅画。福州最古老的石刻在乌山上，是唐代书法家李阳冰的篆书《般若台铭》。拾珠这段篆文颇得李阳冰书韵，线条婉转秀雅，令这些女性的名字翩然有了生命，如静静地盛开在石头上一朵朵温婉的花儿。

以我目前所掌握的资料看，这是鼓山摩崖石刻中唯一出现的群体女性，也是独有的女书法家作品。所以，也可以说，她们是开在鼓山石头上的一簇繁花，散发闽都女性的气味，夺目又永恒。

我在这段题刻前，宛如见到一群女子，觉得亲切，一点儿都不觉得和她们隔着 150 多年的时空距离。

最令人感动的，还是严蕙怀。就是这位母亲，带着一众女孩做了一件堪称她们生命中"伟大的事"。作为晚清的一位女家长，她身上毫无古板迂腐之气，而是洋溢着女性的自信与坦然。她鼓励女孩子绽放，做自己喜欢的事情。让她们将闺名，也不在乎自己的名字抛头露面，题刻留名于这千年名山——她们从此在山中，在一众男子的名字中间，也是在历史长河之中，有了一席之地。

她是如此爱她的孩子们，也如此地欣赏她们！

看着题刻中，女婿与侄子的名字缀于众女子的后面，以一个"侍"字概括他们此次出游的作用，令人不禁莞尔。可见郭家的女性地位，并洋溢着家人间的幽默感。

这种母风，这种家风，无疑对于家族的延绵起到了可贵的作用。后人中出现了郑振铎、陈彪、陈篪、郭化若等著名学者、科学家、将领等，其实远不止于此，还有更多的人才栋梁诞生于这个家族。

母亲给女孩子们的这份礼物，如此美好，令人怀念，以至于在很多年后，女儿们也效仿她们的母亲，也登山，也石刻，也篆书；更重要的是，也带着三个女儿，带着侄女、媳妇等，一群女性，浩浩荡荡。

1884 年春，媄宜、问琴、拾珠三姊妹，领着闺瑛、闺瑜、闺琬、闺琛、珪如、凤楣、凤楹、叔艳，郭家 11 位女眷来到福州光禄坊闽山，她们冒冻赏梅，而后在柳湄小榭围炉谈诗。

拾珠将这件事篆石在闽山光禄吟台前大碣上，可惜现已佚失。郭柏苍纂辑的《乌石山志》有作记载："绕闽山梅花十五树，光绪甲申（1884）人日，闽县郭媄宜，妹问琴、拾珠、问琴媳陈闺瑛，拾珠女陈闺瑜、闺琬、闺琛，犹女王珪如，侯官郭凤楣、妹凤楹，沁园主人叶叔艳，冒冻历览，围炉谈诗于柳湄小榭，夜分而罢。拾珠识之。"

古时正月初七为人日节，郭家那天大概相聚过节。从 1873 年冬到 1884 年初，满算下来，已经过去了 10 年。那时候，严母和仲年不在了——上鼓山两年后，仲年玉殒；6 年后严母去世。

那天，拾珠一定是很想念母亲和堂姐仲年吧，所以带来三个女儿闺瑜、闺琬、闺琛，如同当年母亲带着她们三姊妹；所以她依然用篆书，如同当年她们在鼓山题石（她的篆更得李阳冰的神韵了，可惜看不见了）；所以除了记下名字，也记游历过程，因为当年以诗文纪游的仲年不在了，她要替她做……

此时的天气有点像 10 年前，寒冷，但爆竹声从巷子里偶尔传来——春天来了……

2024 年

穿越时空的灵源碑刻

云　外

一

灵源洞位于鼓山涌泉寺东香炉峰山谷深处。灵源洞非洞，在亿万年前的造山运动中山体断层下挫，撕裂出一道从峰谷北端向南由小至大的山涧，深约 10 米，开口处宽不足 3 米。元代吴海《游鼓山记》称"灵源洞者，四面皆石壁，中裂一涧，深可二丈许，其端有若洞者，故以洞名"。步入灵源洞山谷，数十级的石阶贴崖而下。裂洞端口"若洞"处崇墉逼仄，上架石梁连接两崖，犹如大写字母 A 之形的那一横，古人曰"蹴鳌桥"。站在桥上，一览天光之下约 20 米长的山谷裂涧两侧如刀削斧劈的大小岩崖，宛若置身于三面环绕的石壁"厅堂"。脚下干涸的洞床向南跌落展开，没入丛林深处。

宋朝，一个中国文化兴盛的历史时期来临，游灵源洞的文人墨客或崖壁书丹或翰墨起稿而摩崖的刻石渐丰。纵观灵源洞"厅堂"里的摹刻主题，发现略与他处不同，多题刻来者与来时，少诗赋、唱和、联句。似乎人类敬畏大自然而毋庸多言，仅留到此默默陪侍而坐的痕迹。庆历六年（1046）孟秋，邵去华、苏才翁、郭世济、蔡君谟一行游览鼓山，在鼓山灵源洞东面岩崖上留下他们的字与日期，众多资料表明这方摩崖石刻是"目前发现鼓山年代最早的"。

先贤敬畏大自然留名侍坐以示"尊敬"，后世仰慕者又侍坐于先贤，"侍坐于所尊，敬毋余席"（《礼记·曲礼上》），即"己必坐于近尊者之端，勿得使近尊者之端更有空余之席"。灵源洞"厅堂篆、隶、草、楷、行各书体跨越时空巨细交错，恭敬侍坐，至明代，已一席难求，博物学家、诗人谢肇淛在《鼓山志》中遗憾"殆无寸隙"。

二

"邵去华、苏才翁、郭世济、蔡君谟庆历丙戌孟秋八日游灵源洞。"灵源洞东面 3 米多高的岩壁上，庆历六年（1046）镌刻的 24 个端庄浑厚的鲁公体榜书，书写者乃四人之一的蔡君谟，即当时的福州知州蔡襄。蔡襄（1012—1067），字君谟，福建仙游人，北宋名臣、书法家、文学家、茶学家。庆历六年（1046）是蔡襄首知福州任上的第二年。

蔡襄知福州源于庆历新政失败。庆历三年（1043）范仲淹执掌"新政"，三四月间欧阳修、蔡襄等仁宗钦点的"京城四谏"，意气风发地改革谏言、弹劾宰相。"庆历四年春，滕子京谪守巴陵郡……"范仲淹的《岳阳楼记》脍炙人口。文中的滕子京是范仲淹极为信任并一再提拔的人物，守旧派查办滕宗谅（字子京）公使钱贪污案，意在弹劾范仲淹。革新派和守旧派矛盾激化，主张新政的仁宗犹豫了。范仲淹请求外放，仁宗获准。庆历四年（1044）九月欧阳修因所谓"盗甥案"也被贬徐州，蔡襄忙呈《乞留欧阳修札子二道》予以挽留，仁宗不予理会。改革者接二连三陆续离散，蔡襄自觉独留无意，决意与欧阳修、范仲淹等人同进退。

庆历四年（1044）十月，朝廷颁布诏令："知谏院蔡襄以亲老乞乡郡，己酉、授右正言，知福州。"诏令发了又遇宰相杜衍的挽留，直至庆历五年（1045）春才遂了知福州的愿，官虽不大，但"惟予守长乐，幸就禄养丰"。知足的蔡襄在福州任上接来父母，举家在福州团圆。

铆足了劲做个好官的蔡襄，知福州这年 34 岁，一上任便不忘践行庆历新政。"正月二十七日，劝农使厅落成，题名梁间。率海滨四先生为福州培养真才实学的人才。提倡看病就医，将医病药方《太平圣惠方》刻碑公布于众，并创办医学堂。"

次年六月逢福州大旱，农家出身的"父母官"蔡襄体察民意，直面众神，作《祭神文》，领着百姓出东门前往鼓山西麓的鳝溪祈雨。"鳝溪……山峡间有二潭，下潭广六丈，深不可计。昔闽粤王郢三子有勇力，

鼓山灵源洞摩崖石刻群

射中大鳝于此潭……土人因为立庙，号白马三郎"（《三山志》）。建于唐末的鳝溪白马王庙是福州早期的古庙之一。

三

这年大旱解除，民有余粮的七月丰收季，蔡襄与好友相约陪同上司邵去华等人游鼓山，在灵源洞留下见证友谊的摩崖石刻的同时，还留下一首《游鼓山灵源洞》五言古诗。

郡楼瞻东方，岚光莹人目。
乘舟逐早潮，十里登南麓。
云深翳前路，树暗迷幽谷。
朝鸡乱木鱼，晏日明金屋。
灵泉注石窦，清吹出篁竹。

飞毫划峭壁，势力忽惊触。

扪萝跻上峰，大空延眺瞩。

孤青浮海山，长白挂天瀑。

况逢肥遁人，性尚自幽独。

西景复向城，淹留未云足。

读此诗，我们似乎得到更多蔡襄与邵去华、苏才翁、郭世济上鼓山的信息。

"郡楼瞻东方，岚光莹人目。"蔡知州黎明时分就从郡楼远眺东边十里外紫气氤氲的青山，旭日撕破天幕，山间雾霭折射出七色光彩，映入眼帘。

诗人从闽江边"乘舟逐早潮"来到鼓山前。虽然"云深翳前路，树暗迷幽谷"，云层深厚遮障前路，树木茂密山谷间幽暗迷蒙，但出了山谷，"朝鸡乱木鱼，晏日明金屋"，听得农家鸡鸣声扰乱寺院诵经的木鱼声声，看眼前庙宇屋顶在朗朗日光下金光闪闪。

来到灵源洞，坐看"灵泉注石窦，清吹出篁竹"。灵泉注入石臼，泉声传出竹林。眼前一方方苍壁，如大地上悬挂的书轴。作为宋四大书法家的蔡襄忍不住选了最心仪的一方岩崖，"飞毫划峭壁"。从诗中有力的"划"字仿佛看到风华正茂的蔡襄飞落着管城子，在崖壁上丹书。直至今日观纵四列、横六字24个一尺见方的榜书，端庄敦厚、气贯如虹仍穿越而来，浑然于天地间。

握着藤萝登上山峰，放眼远眺辽阔天空，如黛孤山在云中时隐时现，一道瀑布从天而挂。物我两忘之时，邂逅"肥遁人"，羡慕起退隐山野的人独自与大自然相伴的高尚。

末句"西景复向城"的"复"字透出一个信息，蔡襄至少在鼓山见过两次向城的"西景"，可见他在鼓山留宿了。全诗从城里郡楼望东边而起，乘舟、上山、划峭壁、扪萝登顶、观孤青天瀑、逢肥遁人，这么丰富的游历一日显然不够，况且当年官员出行更有诸多不便，他留宿鼓山了。邵去华他们呢？巧了，邵去华一首写于庆历丙戌秋的《宿鼓山寺》

可为旁证。

邵去华大名叫邵饰，是江苏丹阳人，曾任"福州福清尉"，这年在福建转运使任上。

宿鼓山寺

宋·邵饰

玉磬声流夜阑寥，天风吹送海门涛。

鹤来松顶云归后，人倚阑干月正高。

庆历丙戌秋这段时间里，邵去华在时为福建文臣提刑苏才翁、福建武臣提刑郭世济以及福州父母官蔡君谟的陪同下游鼓山，宿鼓山。诗人午夜里听着天风吹送着山下闽江入海口的涛声，倚着栏杆望天幕，云已去，只有月儿高挂，银光下野鹤归来栖息于松树顶……

他们听到最多的应该是涌泉寺开山祖师神晏的故事。据说灵源泉流太欢快了，扰乱五代时高僧神晏禅师的禅心，被"喝"退，水流他处，故灵源深处洞底干涸；他们一定也听过神晏与闽王智斗，"后闽王延钧加号广辩圆觉兴圣国师"的故事。

或就在"西景复向城"的这天，蔡襄于灵源洞国师神晏坐禅处 2 米多高的岩壁上恭敬地以端明体书下"国师岩"三字。书毕，和友人在蹴鳌桥席地品茶，切磋书写，陶醉在清风鹤鸣中。蔡襄倚在蹴鳌桥一块岩壁下，任时光飞逝，"淹留未云足"。恋恋不舍的蔡襄真想与石"同朽"，可惜还有许多公务要处理，不该在此忘归，于是在所倚靠的岩壁上再飞毫划下"忘归石"，代己侍坐陪伴。

蔡襄书法独步当世，在虚位以待的崖壁上，"忘归石"与"国师岩"一左一右地隔崖并排伴着"邵去华……"，三石完美的组合定位在山涧空谷，体现了灵源洞摩崖侍坐的石刻艺术高度。明代著名藏书家、徐兴公盛赞道："君谟灵源洞题名，笔画庄重，鲁公体，大胜《洛阳桥记》……而书法古雅绝伦以君谟为第一。又书'忘归石''国师岩'于洞左，径三尺许，皆奇品也。"近千年后的今天，踏入"灵源深处"，"皆奇品"

灵源洞摩崖石刻一角

的 3 块摩崖题刻从北往南安坐在熙熙攘攘的灵源洞摩崖"客厅"中,依然古雅绝伦。

四

在蔡君谟一行侍坐灵源洞后 15 年,隔着蹴鳌桥在蔡襄"忘归石"的对面,紧靠裂洞端口出现一摩崖石刻,它与众不同,左起往右纵向行笔:"嘉祐辛丑岁七月十八日,同宾僚游鼓山,登大顶峰,憩灵源洞。知福州燕度题、通判钱昉、权签判宋球东、川节度推官赵谘、节度推官方子容、观察推官赵瑾。"

嘉祐辛丑岁(1061),题者为"知福州燕度"。燕度乃仁宗朝名士、太常礼院掌院燕肃之子,与蔡襄同年进士,有携手之情。燕度考中进士后进入太常礼院,庆历三年(1043),藤子京贬谪案正是太常礼院博士燕度受仁宗命再查而坐实的。世事难料，十多年后燕度因"六塔河决"贬官徙知福州。作为与范仲淹同进退的革新派人物之一的蔡襄，没有因政见不同影响到和燕度的友情。嘉祐五年（1060）蔡襄离泉州任赴京，路过福州拜会燕度，写下《燕司封同年以诗见迎》以安抚贬官徙知福州的老友。燕度还盛邀蔡襄登乌山邻霄台，蔡襄的《提刑司封以邻霄台佳什垂示辄成拙篇以答厚贶》是一首应答好友赠诗的佳作。"司封"为"燕司封"即燕度，燕司封以"邻霄台"佳作示于蔡襄，蔡襄"拙篇"答"燕司封"的厚贶，他们互赠诗文，倾诉胸臆。

"嘉祐辛丑岁"左起六纵十横共 60 字楷书，非常规行笔，据说是鼓山摩崖石刻中的唯一，游者称奇。究其缘由，这块平整的崖屏左有两纵楷书题刻："宛陵施元长，阳夏李宗孟，嘉祐五年十月三日同游。"嘉祐五年（1060）刻文中的施元长是仁宗天圣年进士，嘉祐三年（1059）任司封员外郎；李宗孟，嘉祐三年（1058）任福建武臣提刑。他俩先于燕度题的嘉祐辛丑岁（1061）落座于这块崖屏左侧。施元长和燕度情同手足，崖壁东面有石刻为证。或许燕度意欲贴近施元长崖刻，又恐挨得太近，文末直抵其文之首似有不敬，不靠近又安排不下一行 6 人之名，于是选择"嘉祐辛丑岁"与"宛陵施元长"首首相靠，从左向右书至崖壁边缘，虽逆常规，倒也别具一格。

在蹴鳌桥东崖壁，"施景仁、燕唐卿"（施景仁是施元长的字，燕度字唐卿）6 个大字十分醒目，这是见证他们友谊的刻石。这段崖刻没有何时何人所书的记载，从"燕唐卿"在左以及"卿"的字长明显不足的布局安排，可推测这幅字径 2 尺左右见方的 6 字楷书，由燕度直接书丹于 2 米多高的岩崖上。这座位是极好的，他俩携手侍坐于蔡襄"忘归石"的北侧，直面蹴鳌桥西崖壁上那幅首首相靠的摩崖石刻；燕度能与同年蔡襄相伴；施元长抬眼还可见蹴鳌桥西壁灵源洞端头的"喝水岩"3 个大字。据《鼓山志》记载，喝水岩"嘉祐辛丑岁（1061）施元长题"。神晏禅师"喝"退泉水的气势令施元长敬佩，亦如蔡襄留铭"国师岩"那般，书下"喝水岩"3 个率性的巨字侍坐于源头。

五

北宋先贤题名侍坐于上位，后生慕名侍坐在先贤之侧。蔡襄书"邵去华……"之后约 100 年的"绍兴乙丑孟夏十三日"（1145 年 4 月 13 日），有僧人篆书"金华宗正伦、彭城颜廷玉、济南石嗣祖、剡溪姚令威同游鼓山。绍兴乙丑孟夏十三日，是日观才老人院"侍坐于左下侧；再晚约 100 年的"淳祐戊申四月既望"（1249 年 4 月 15 日），不大的楷书记载"郡人郑寀同周圭、王璞、郑自牧、张彊、方应泽、刘自、黄土赓游灵源洞。弟宧，甥上官晟、子莳侍"。闽东人郑寀同周圭等，另有侍从弟、甥、子计 10 人于施元长"喝水岩"左侍坐……

庆历六年（1046）孟秋蔡襄"飞毫划峭壁"留下完美的三石组合，开启了天然摩崖石刻"厅堂"的侍坐会客模式，一发不可收拾。历代文人穿越时空巨细交错、摩肩接踵侍坐于灵源洞天然"厅堂"，努力靠近尊者之端不留空余之席。到明代，博物学家、诗人谢肇淛求"寸隙"而不能，"谢肇淛"3 个大字只能侍坐在灵源洞东边的龙头泉旁的半山上了。据有关资料记载，宋代以来，鼓山的灵源洞、白云洞、达摩洞十八景等处摩崖石刻共计 300 多处，遍及全山，其中 200 多处集中在灵源洞一带，或许正是因灵源洞"厅堂"一席难求而延绵开来。庆历六年（1046）坐上灵源洞主座的蔡襄一行若穿越回来，会是怎样惊叹？真可谓侍坐灵源千载，碑留古洞百崖。中国书法艺术宝库——福州鼓山摩崖石刻，成就于敬畏大自然、尊敬先贤、与鼓山有缘的历代文人墨客。

2024 年

李纲：寻盟访鼓山，风物宛如昨

危砖黄

历史上书写李纲，最突出的事情有二。一是北宋末年，东京汴梁第一次被围时，李纲主导守城，并且守住了（第二次围城由于主战派失势，宋廷主和，终至城陷）；二是南宋之初，李纲做过 75 天的宰相。

宋高宗称帝一个月，就任命李纲为相。李纲极力主张定都北方，在高宗无意北返的情况下，他着手在政治、军事、财政等方面进行整顿，包括机构设置、国赋税收、募兵买马、训练军队等，使新的赵宋王朝初现生机。但是，高宗只求自保，终究是舍弃了李纲。从建炎元年（1127）六月初到八月十八日，李纲担任宰相仅 75 天就由于投降派的排挤而被罢免。朱熹在为李纲奏议作序时说："使公之言用于宣和之初，则都城必无围迫之忧；用于靖康，则宗国必无颠覆之祸；用于建炎，则中原必不至于沦陷。"

罢相之后，李纲先后居于鄂州、澧州、雷州、饶州等地，最后定居福州。居福州期间，曾两次被起用，一次出任荆湖广南路宣抚使，一次出任江南西路安抚使。

建炎四年（1130）七月，李纲自海上"蒙恩"北归。八月，李纲携家人自祖籍地邵武，经泰宁、沙县来福州，这已是李纲罢相之后三年的事了。

绍兴元年（1131）三月中旬，李纲一家经沙县由水路抵达福州。

到福州之后，李纲先是寄居于安国寺，六月，移居南台岛天宁山（今烟台山）天宁寺。他在《迁居南台天宁寺》诗中感叹道："壮年几何时？倏忽成衰翁。"同时安慰自己："风月应更好，清欢永相同。"

李纲来福州的这一年，与好友王仲嶷邀约、唱和颇为频繁。王仲嶷，

位于鼓山石门的李纲题刻

字丰甫，华阳人，北宋宰相王珪次子。李纲曾邀王仲嶷等人同登鼓山，鼓山石门至今留有他们的题名石刻：

　　　昭武李纲伯纪邀华阳王仲嶷丰甫、建溪吴岩夫民瞻、临川陈安节巽达、淮海周灵运元仲游鼓山灵源洞。丰甫之子升叔明，伯纪之弟经叔易、纶季言，甥张津、子知同来。绍兴元年五月二日。

　　昭武，即今邵武。出现在石刻中的人物，除李纲和王仲嶷之外，还有八人：吴岩夫，字民瞻，建炎间知南剑州。陈安节，字巽达，淳熙间知南剑州。周灵运，字元仲，淮海人。王升，字叔明，王仲嶷之子。李经、李纶皆李纲之弟（三弟四弟），李经，字叔易，宣和六年（1124）进士，官漳州教授，绍兴八年（1138）除校书郎，绍兴九年（1139）致仕；李纶，字季言，官漳州教授、右奉议郎、洪州通判等，绍兴二十六年（1156）作《李忠定行状》一卷，记录了李纲的主要事迹。张津，李纲外甥。李知，李纲之子。

清《闽中金石记》载："绍兴元年，韩世忠既平范汝为，欲杀建州人，至福州见李纲，劝勿杀。则题名当是年矣。"

李纲在《游鼓山灵源洞次周元仲韵》诗中写道：

碧海吸长江，清波逾练净。我为鼓山游，潮落初放艇。
连峰翠崔嵬，倒影涵玉镜。舍舟访招提，木末缭危磴。
凌云开宝阁，震谷韵幽磬。乃知大丛林，托栖必深夐。
灵源更瑰奇，岩壑相隐映。森罗尽尤物，无乃太兼并。
伟哉造化力，至巧于此罄。烟云互卷舒，变态初不定。
岂惟冠一方，实最东南胜。周行洞浃中，泉石若奔竞。
飘萧毛发清，涤濯肺腑莹。当年喝水人，端恐溷观听。
是心如虚空，动寂岂妨并。兵戈正联绵，幽讨亦云幸。
相携得佳侣，散策谢轩乘。偷安朝夕间，未可笑赵孟。
淹留遂忘归，怅望云海暝。不负惠询期，更起沧洲兴。

诗题中的周元仲，就是石门题刻中的"淮海周灵运元仲"。诗中有"我为鼓山游，潮落初放艇""舍舟访招提，木末缭危磴"之句，说明那次游鼓山之前，他们是乘船渡闽江而去的。当时李纲住在南台岛，一行10人前往鼓山，乘船是个不错的选择。李纲在诗中描写了灵源洞的"瑰奇"，称赞鼓山"岂惟冠一方，实最东南胜"。他借登鼓山之机，排遣退居的郁闷，一方面感叹"偷安朝夕间"的无奈，一方面抒发"淹留遂忘归，怅望云海暝"的惆怅。

李纲对鼓山似乎特别钟爱，多次登鼓山、游鼓山，并与友人唱和、抒怀。

冬季的一天，趁着鼓山有新阁落成，李纲登鼓山观礼、游览，而赋《冬日来观鼓山新阁，偶成古风三十韵》一首。诗云：

寻盟访鼓山，风物宛如昨。山中有开士，弹指成杰阁。
应真飞锡来，一一得所托。翚飞骞栋甍，绚烂丽丹臒。
峨峨大顶峰，孤影入檐角。乃知象教力，建立必卓荦。
却为灵源游，云木互参错。岩深松桂香，石古苔藓剥。
冬温日清美，景短气萧索。天然资野逸，安用遮翠幕。
快哉缅登临，及此小摇落。乘高望瀛海，南极露垠垮。
蓬壶在跬步，谁谓仙山邈？苍茫杳霭中，万象恣磅礴。
回头睇中原，郡国半沙漠。犬羊污宫殿，蛇豕穴城郭。
畴能挽天河，一洗氛祲恶。我生多艰虞，久矣衰病作。
君恩听言归，养拙侣猿鹤。忽忽岁道尽，平子殊不乐。
幸同二三子，杖履遍丘壑。跻攀力尚强，谈笑心无怍。
野鹿饱丰甘，冥鸿在寥廓。翻思轩冕间，何异遭束缚。
斯游信清绝，妙赏寄寂寞。晚来凄以风，远色秀增岳。
泠泠钟磬声，随月度林薄。憝焉感时心，未免如陨箨。
倘能驾云螭，岂复忧世瘼。会当期若士，相与踞龟壳。

诗中描写了鼓山的奇秀之景，也诉说了诗人自己的心情。从"寻盟访鼓山，风物宛如昨"，到"回头睇中原，郡国半沙漠"，身在鼓山，最让他难以释怀的还是北方故国蒙尘，他总是寄望于"畴能挽天河，一洗氛祲恶"。诗中"弹指成杰阁"说的是鼓山寺中新阁落成。李纲曾作《福州鼓山斋僧疏》，文中饱含对建造新阁的寺僧的称赞和怀念："右伏以名蓝清净，雄踞海山；宝阁巍峨，肇新栋宇。五百大士于焉而栖息，八部龙神亦为之欣欢。大顶峰前，觉林峦之秀发；灵源洞里，增泉石之幽奇。成此胜缘，实为盛事。大比丘有神通之妙力，病居士以庆赞而特来……"

对于鼓山新阁的建成，李纲又在《游鼓山拙句奉呈珪老并简诸公》诗中提及：

嘉客同游海上宫，高僧问道得从容。

乍惊暑退灵源洞，最爱庭开大顶峰。

杰阁初成功星斗，飞云时到绕杉松。

我来未尽登临兴，更待秋高瀬气浓。

诗题中的"珪老"，是李纲的僧友。这次和李纲同登鼓山的，还有他的老部下、同样早已罢职退居的张元幹（守东京时担任李纲行营属官），张元幹在《和李丞相游鼓山》诗中写道：

海山幻出化入宫，楼观新崇万指容（亦作"万里容"）。

云雾入檐银色界，藤萝昏雨妙高峰。

放怀久已参黄檗，雅志无疑伴赤松。

欲去更闻狮子吼，忘归桥下兴犹浓。

一句"忘归桥下兴犹浓"，说的是他们在鼓山灵源洞蔡襄题刻"忘归石"下游览的兴致。"放怀久已参黄檗"，则是表示功名之心久已淡泊，寄意于参禅向佛。"黄檗"，福清有黄檗寺，这里代指佛家。

绍兴二年（1132），李纲五十岁了。这年二月，李纲获除观文殿大学士，出任荆湖广南路宣抚使，兼知潭州、湖东路兵马钤辖，后又兼湖南安抚使、马步军都总管。李纲力辞，朝廷派内侍前来抚问，李纲推辞不掉，便于五月起行，离开福州，赴任湖南。同时，朝廷另有旨，将孟庾、韩世忠下拨统制辛企宗、郝晸两军，及在湖南的岳飞、韩京、吴锡、吴全等军，听受李纲节制。到湖南后，李纲很快着手平定地方群盗，并弹压曹成七万之众出界（曹成部众终被岳飞击溃）。一旦湖南平定，李纲又遭弹劾，再被弃用，他便上疏请祠。

绍兴三年（1133），朝廷批准了李纲的请祠报告，让他提举西京嵩山崇福宫。

于是，他由醴陵经江西、武夷回福州。

此番回到福州，李纲身体已大不如前。有一次，李纲的弟弟和友人登东山和鼓山，而李纲因病不能前往，只有作诗记之。

如《诸季招客游东山，置酒赋诗，以病不果往，次其韵》：

> 衰病年来百事阑，禅居环绕尽青山。
> 登高选胜从君乐，隐几忘言输我闲。
> 一枕清风消永日，三杯浊酒发酡颜。
> 雀罗可没从来事，东阁常关不是悭。

东山，属鼓山支脉。"一枕清风消永日，三杯浊酒发酡颜。"苦闷随风而去，闲暇有酒则欢。

再如《诸季邀德久申伯同游鼓山灵源洞，仆以病不果往，赋诗见志》：

> 灵源韫秀异，杰出闽粤间。神功谢镌凿，妙境森回环。
> 曲磴下窈窕，高岩上屏颜。松萝互荫翳，正暑生清寒。
> 路转人寂寂，泉飞涧潺潺。乘高望云海，天末波涛翻。
> 伟哉宇宙中，有此气象宽。诸子雅好游，蜡屐履山樊。
> 佳客来自远，复共一日欢。而我抱衰疾，屏居方杜关。
> 岂不乐山水，宴坐心不阑。神游八极表，目寓无髳蛮。
> 块视众岳小，杯看五湖悭。矧兹几案物，安用劳跻攀。
> 登览务得隽，无乃见一斑。作诗调诸子，醉语不可删。
> 秋风动林壑，冻雨洗尘寰。新凉至万里，浓翠浮千山。
> 白云出何心，飞鸟倦自还。兴尽盍遄返，胜游宜勿殚。

"诸季"指李纲的几个弟弟。在诗中，李纲一再赞赏鼓山之奇秀、灵源之幽深。"路转人寂寂，泉飞涧潺潺。乘高望云海，天末波涛翻。"他的思绪没有停留在鼓山，而是飞出了云海之外。

这一年，李纲在福州安心养病，较少远足。

绍兴四年（1134），李纲在福州城东报国寺营建书斋及居所，并取名为"桂斋"。其《桂斋上梁文》也提到鼓山："突兀东山，挹灵源之胜概；岩峣西岭，藉高木之清阴……"可见他对鼓山的喜爱。

迁居城东桂斋之后，绍兴五年（1135）十月，朝廷委任李纲为江南西路安抚制置使，兼知洪州。绍兴六年（1136）正月，李纲先赴行在，于四月至洪州赴任。李纲赴行在入对的时候，宋廷在组织一次北伐，以张浚为总指挥，以韩世忠、岳飞为京东西路宣抚使。李纲有进言说："朝廷近来措置恢复，有未尽善者五，有宜预备者三，有当善后者二……"又说："臣于陛辞日，窃闻麻制，以韩世忠、岳飞为京东西路宣抚使，圣意可谓断矣，然兵家之事行诡道……"

绍兴七年（1137），江西安定，李纲更显年迈体弱，一再请祠，又以犯台谏之怒而罢职。

绍兴八年（1138）正月，李纲再次回到福州。

这次回福州之后，李纲没有再出去担任实际执政的官职，只享虚衔和俸禄。朝廷一度于绍兴九年（1139）二月要他再知潭州兼荆湖南路安抚使，但他以疾病在身，再三推辞未就。

此番居福州，李纲已绝少创作诗文。

前文已提及，李纲有个弟弟叫李经，石门题刻之中，留有他跟随李纲登鼓山的记录。李经博学多识，李纲对他期望甚远，可惜他不幸早逝。

绍兴十年（1140）正月十五，李纲祭奠他的时候，哀痛难抑，突然感疾，竟就此薨逝。他无法听到半年后岳飞堰城大捷的消息了。十二月十四，李纲葬于福州怀安县桐口大家山之原（今闽侯荆溪大嘉山南麓）。累赠太保、太傅、陇西郡开国公，谥忠定。

2024 年

左宗棠：忘归石上证三生

穆　睦

光绪十一年（1885）暮春三月的一天，初雨乍晴，鼓山上来了一位年过七旬的老者，他看上去很是赢弱，额头前面隆起的圆骨，衬着瘦削的脸庞，显得格外突出，他的左目几近失明，看东西时会不经意地转过头来，这时候若对上他的右眼，会感觉精光乍现，一股凌厉慑人的威严迎面扑来。

老者 73 岁了，正是去年底刚到福州督办福建军务的钦差大臣左宗棠。

左宗棠（1812—1885），字季高，湖南湘阴人，41 岁以举人出仕，历任兵部郎中、太常寺卿、浙江巡抚、闽浙总督、陕甘总督，其间"剿灭发逆、捻、回各匪"、创办福建船政，授东阁大学士。同治十三年（1874），任钦差大臣督办新疆军务，"底定回疆"，加恩二等恪靖侯。光绪七年（1881），一直军机，旋任两江总督。光绪十年（1884），二直军机，3 个月后，改任钦差大臣督办福建军务。因其曾入阁，且两直军机，世人称之为"湘阴相国"。

潮声浩瀚来沧海

左宗棠是光绪十年（1884）十月二十七到的福州。

在此之前的两江总督任上，他以"目疾加剧"，多次疏请回籍调理，朝廷也准了他的假，可惜假未休完，就因"边事愈棘"，催他急速入京觐见。

这"边事"，就是法国侵略越南进而攻击驻越清军而引起的"中法战争"，从光绪九年（1883）十一月打到现在，清军连连失利，先后丢了北宁、太原、兴化等地，慈禧太后震怒之下，撤了恭亲王奕䜣为首的全班军机。左宗棠是公认"敢战、能战、知兵"的人，"边事"伊始，便表现出"冀收安南（即越南）"的决心，故此，此番入京，朝廷便是让他入值军机。兼"管理神机营事务"，希望"遇有紧急事件"时，可以随时"预备传问"，并向法方传递出和谈不成就决战的信心。

因为这时候，法国正忙着与英国争夺对埃及的控制权，无力扩大战争，主动提出了和谈，朝廷也默认了法国对越南的占领，让主张"可和则宁和"的李鸿章先和法国谈谈，这自然遭到了清流言官的谴责。把疆臣中主战最有力的左宗棠调回中枢，一来减少谈判的阻力，二来以知兵的人入阁，可以堵主战派的悠悠之口。

但磕头换不来和平，软弱得不到尊重，谈着谈着，法军找了个借口，就对中国本土发起军事攻击。七月初三，马江海战爆发，福建水师仓促应战，全军覆没，官兵阵亡 700 多人，船政局也遭到破坏，之后，法军转攻台湾。七月初六，朝廷被迫对法宣战。七月十八，命左宗棠为钦差大臣，督办福建军务。

此时，台湾局势已岌岌可危，基隆失守，沪尾受敌，全台海口被封，法国舰艇游弋在台湾海峡！

云气飞鹏下郡城

左宗棠来到福州后，将钦差行辕设在北门的皇华馆（今福州三中附近）。在此之前，福州的官民因"马江败挫，一夕数惊"，有户人家院中的木头倒地，发出"砰"的一声，家里人以为是炮响，裸足而奔，引得周围人惶惶不安。所以左宗棠的到来，让福州人倍感安心，以为廉颇不老，遂在皇华馆贴了一副楹联迎接他：

> 数千里荡节复临，水复山重，半壁东南资保障；
> 亿万姓辐车争拥，风清霜肃，十闽上下仰声威。

　　荡节即使节，辎车乃军车，说的是左宗棠此行，气吞斗牛，兵强马壮，东南半壁的安危，终于有保障了。

　　这副对联，左宗棠十分欣赏，尤其"复临"二字，让他想起了两位福州故人。

　　一位是林则徐。

　　毫不夸张地说，林则徐是左宗棠步入仕途前的偶像。鸦片战争后，从两广到新疆，再到云贵，他的心一直追随在林则徐的左右，同悲、同愤、同喜，甚至在夜深人静的时候，他会对着星空问素未谋面的林则徐："海波沙碛，旌节弓刀，客之能从公游者，知复几人？鸟知心神依倚，惘惘相随者，尚有山林枯槁，未著客籍之一士哉？"想着"勤萃备至"的林则徐，他多希望自己能"分其劳"，能"佐万一"，可惜他就是个落第的举人，教书的先生，困在这年年旱、年年闹饥荒的柳庄，家事缠身。当好友胡林翼将他推荐给林则徐后，他还在为侄子成亲、教导陶家子弟读书而操心，无法脱身。

　　道光二十九年（1849），从云贵总督任上告病还乡的林则徐，途经长沙时，想起了这个被胡林翼称作"楚材第一"的人，遂派人到柳庄约请左宗棠一见，左宗棠闻讯，马上赶到林则徐停泊在湘江的画舫上，65岁的重臣与37岁的布衣，彻夜长谈，相见恨晚。两人聊到的关于西北边政，尤其是新疆大患的话题，深深刻印在左宗棠心中，为日后他收复新疆埋下了伏笔。

　　另一位是沈葆桢。

　　沈葆桢是林则徐的外甥兼女婿，他的仕途没有沾林则徐多少光，反而得益于两个外人，一个是保举他担任江西巡抚的曾国藩，另一个就是左宗棠。

　　同治五年（1866）二月，左宗棠剿灭最后一股太平军后，由粤入闽，意气风发，开蚕棉馆，办正谊堂书局，又选址马尾，创建福建船政。当他准备大展宏图时，突然接到朝廷谕令，调他为陕甘总督。船政伊始，如何能停，于是他力荐丁忧在家的沈葆桢"出主船政"，可沈葆桢有沈葆桢的顾虑，只一力逊谢，左宗棠无奈，只好效"三顾茅庐"故事，也"三造其庐"，终于说服沈葆桢，同意于次年六月母丧服阕后出而任事。

可惜，马江一战，因"两张无主张，两何无奈何"，船政局毁于法军炮火，令左宗棠不胜唏嘘。

鼓山曾见异牛祠

说到"两张无主张，两何无奈何"，左宗棠想起了一桩轶事，这事跟"两张"之一的会办海疆大臣张佩纶有关，也与一头牛有关。

张佩纶是著名的清流，在中法战争期间，他坚决主战，结果被朝廷派往福建会办海疆事务。在法舰进入马尾港后，张佩纶自告奋勇上前线指挥作战，不料，开战仅半小时，福建水师全军覆灭，船政局亦被炮毁，在马尾山督战的张佩纶瞠目结舌，仓皇逃跑，以致跑掉一只官靴。为了吃饭，他换上兵勇的服装，"微服"来到船政局卫生队所在的彭田（位于鼓山），躲了三天。事后，他向朝廷的奏报中将这段经历轻描淡写为"军情瞬息千变，既牵于洋例，不能先发以践言，复误于陆居，不能同舟以共命"，这"陆居"二字甚是巧妙，将彭田丑事一笔带过。

左宗棠于光绪十年（1884）来福州时，曾派台湾总办全台粮台兼理捐借事务的沈应奎到"鼓山访牛"，这在张佩纶看来是非常可疑的举动。马江方败，台事未了，左宗棠千头万绪，如何有空理会一头牛？何况沈应奎原是贵州布政使，因在贵州废除与法签订的协议而被免职，此番入闽，亦是左宗棠保举，准备前往台湾负责防御并训练民团。让一个前"副省长"找牛，牛何幸也？于是，心虚的张佩纶向同为"清流四谏"之一的好友陈宝琛去信，认为"沈意不在此，欲借此陷害某也"。

这事情，陈宝琛是这样解读的。

首先左宗棠喜牛。左宗棠的四儿子左孝同在《先考事略》中提道："府君（指左宗棠），将生之夕，祖妣梦有神人，自空中止于庭，谓牵牛星下降，惊寤，而府君生。""迢迢牵牛星，皎皎河汉女"，左宗棠是牛郎下凡，自然对牛情有独钟。

其次，同治五年（1866），时任闽浙总督的左宗棠放生过一头牛，

涌泉寺放生池

当时还是举人的陈宝琛亲眼所见，便将此事记录下来："左文襄公（宗棠）督闽时，有奔牛入署，跪堂下不起，召寺僧奇量，令善畜之。越十八年，督师至闽，遣沈道应奎往视之，已毙矣。追述其皈依后异迹，寺僧就其瘗处，立异牛祠焉。"这异牛祠旧址仍在，即今鼓山的放生池。

　　这本是一件寻常的事，张佩纶因为心中有鬼，这才对左宗棠"找牛"的举动疑神疑鬼，以为左宗棠借"找牛"为名，派人到鼓山搜罗其贪生怕死的材料。

叨陪上相开双眼

　　其实，左宗棠入住钦差行辕后，真没空管张佩纶的闲事，他把心思都放在了援助台湾、部署闽江防务、拓增船炮上。

　　台湾是南北海道的咽喉，关系甚大，不容有失。所以左宗棠入闽后，以援台为第一要务，他联系南洋大臣，以援台兵轮做出进逼台北之态，牵制法军，使其有所顾虑。

在台湾局势稳定后，他开始布防闽江防务。闽江口有两道防线，一为长门、金牌，二为闽安，他先令所部"各营勇分扎长门、金牌、连江、东岱、梅花江各要口，严密巡防"，又在海口"最要之地"的长门、金牌，竖立铁桩，横以铁索。另外，在林浦、魁岐及闽安右路的梅花江，也垒石填塞，仅容小舟通行，并打捞被法击沉的火炮，加固炮台。除夕，正是家家户户团圆过节的日子，他顶风冒雨，深入长门、金牌前哨巡视，致欲偷袭的"法军引去"。

他还奏拓福州船政局。船政是左宗棠的心血，马江海战后，虽然修复了船厂的厂房和设备，但教训是深刻的，所以左宗棠痛定思痛，从加强战备和海防全局出发，决定重新规划。他上了个奏折，要求拓增炮厂，并于穆源开办铁矿，冶铁自用，"彼挟所长以凌我，我必谋所以制之"。知耻而后勇，为时未晚。

就在左宗棠紧锣密鼓地加强备战的时候，广西传来了"镇南关大捷"的捷报。

镇南关位于中越边境上，在中法战争初期，左宗棠就派他的老部下王德榜急赴滇桂边界募军，并以自己的爵位将该军命名为"恪靖定边军"。光绪十一年（1885）二月，法军进攻谅山，谅山、文渊、镇南关相继失守。危急关头，朝廷派冯子材、王德榜等部赴关迎战。冯子材正面迎敌，苦战两日，王德榜则深入敌后，断敌军火，二人内外夹击，终于取得了镇南关战役的胜利，法军的尼格里准将重伤，士兵伤亡近千。广西提督苏元春称，此战中，"冯子材、王德榜尤为卓著战功"。

茫茫瀛海何时晏

镇南关大捷前后，左宗棠的身体一日不如一日，手常不由自主地抖颤，批阅文书时，笔都无法握住，伏案时间一久，就感觉六神无主，头晕眼花，有时还会咳血，想起来活动活动筋骨，又会气喘腰痛，困乏不堪。医生说这是"肝脾火忧，心失所养"，建议他悉心静摄。恰巧黄波前来拜访，便放下手头的政务，邀了他一起前往鼓山。

黄波，是湘军名将黄润昌的三弟，名润珂，字沛皆，与左宗棠是长沙老乡。左宗棠任两江总督时，将他从粮台调到督署，总理营务，后又提拔他署理扬州知府，可惜没多久他得罪了提学使，被弹劾降级使用，跟了漕督杨昌濬。马江海战后，杨昌濬入闽当了闽浙总督，他也跟着来到福州。

见左宗棠下了软舆，黄波赶忙上前搀扶。三月的福州，与长沙很像，湿气重，乍暖还寒，尤其是雨，又轻又细，蒙蒙的，总有一种如烟的湿漉。尽管雨停了，但上下台阶，还是要格外小心。

鼓山是闽藩左辅，山中的涌泉寺更是闽刹之冠，若不是军务繁忙，左宗棠早想登山一览，顺便看一看鼓山的摩崖石刻。他11岁起就留意书法，还从二哥处借了一本劳崇光收藏的《北海法华寺碑》帖学习，书法上的造诣自然不弱，而鼓山壁立千仞，石刻如麻，正可以慢慢欣赏。

望着苍苔半蚀下名公巨卿的文字，左宗棠总要轻轻摩挲。他一会儿

陪湘阴相国游鼓山

跟蔡襄、苏舜元、朱熹、赵汝愚、陈孔硕、真德秀、龚用卿等古人交流，一会儿跟林则徐、沈葆桢、陈宝琛、林寿图、杨浚、周莲、吴大廷等同僚倾诉。如果题刻者与抗击外虏有关，他会久久伫立，仿佛对他们遭受主和派排挤的经历感同身受，想起力主抗金而罢官寓榕的李纲、因主战被秦桧诬陷的张元幹、金人犯淮而抱愤以卒的汪若容、安南之役中居功至多的汪文盛、鸦片战争时在五虎门练兵抗英的苏廷玉。

站在比自己还要高大的"忘归石"前，他想起了李纲题灵源洞的一首诗，"淹留遂忘归，怅望云海暝"，原来李纲当年也曾站在这里惆怅、徘徊，对"偷安朝夕间"，顿足捶胸。是啊，这茫茫瀛海，何时能晏？

原本镇南关取得了大捷，正应该乘胜追击，将法军赶出越南，再伺机渡海收复基隆，谁承想，朝廷以李鸿章为首，竟然不进反退，想乘胜而和，理由是"冯、王若不乘胜即收，不唯全局败坏，且孤军深入，战事益无把握，纵再有进步，越地终非我有"。这是什么逻辑！打败了和，打胜了也和，怎不叫人郁闷于胸？

在兼山亭坐定，黄波已写好一首诗，题目叫《陪湘阴相国游鼓山》，诗曰："屴崱峰头雨乍晴，忘归石上证三生。潮声浩瀚来沧海，云气飞鹏下郡城。题咏尚留唐宋字，登临不尽古今情。叨陪上相开双眼，一览乾坤万里明。忽从天半会群英，洞口神仙亦笑迎。出岫闲云随变幻，在山泉水自澄清。茫茫瀛海何时晏，落落晨星几点明。一夕便传千古迹，他年勒石纪功成。"

黄波说，他会叫人将诗刻在灵源洞前的崖壁上，让后世的人都能想起左宗棠的功业。"他年勒石纪功成！"左宗棠的泪夺眶而出，功成不必在我，"苟利社稷，死生以之耳"。

落落晨星几点明

光绪十一年（1885）七月二十七的傍晚，福州城的东北隅传来巨响，听说是城墙崩裂了两丈，还在庆幸没有人受伤，大雨就倾盆如注，下了整夜。天刚放亮，就听到大街小巷传来了哭泣声，原来左宗棠薨了！

左宗棠的死，与朝廷的最终妥协有关。四月二十七，《中法会订越南条约十款》正式签订，中方承认法国对越南的殖民，法军退出基隆、澎湖，至此，中法战争宣告结束。

消息传到左宗棠耳中，他气得浑身颤抖，当即上了"疾愈剧，以款议垂成，疏请回京复命，并恳开缺回里治疾"的折子。朝廷不允，只给了一个月假。

六月初九，左宗棠的病情突然恶化，伴着痰涌、气喘、抽搐，神志也开始昏迷。意识到自己将不久于人世，他想到了家乡，想到了家人，也想到了两件他一直无法放下的事。

一是海防全局。

六月十八，他忍着病痛向朝廷上《请专设海防全政大臣折》："臣曾督海疆，重参枢密，窃见内外政事，每因事权不一，办理辄形棘手。"希望选一贤能之士主持大局，凡一切海防政事，皆由该大臣统筹全局，他把衙署都想好了，"驻扎长江，南控福建、广东，北卫畿辅，或驻署办事，或周游巡阅，因时制宜，不受廷部的遥控。"

二是台湾建省。

也是在六月，他再次上奏："台湾孤注大洋，为七省门户，关系全局，请移福建巡抚驻台湾，以资震慑。"这实际上是沈葆桢的主张，故后世有"台湾建省，始于沈葆桢，而成于左宗棠"之说。

这两件事最终都在九月初八得到了施行，可左宗棠等不到了，在病痛的折磨中，他的生命悄悄走到了尽头。

七月二十五，左宗棠病重，连连咯血。次日，他把次子左孝宽叫到跟前，口述遗折："伏念臣一介书生，蒙文宗显皇帝特达之知，屡奉三朝，累承重寄，内参枢密，外总师干，虽马革裹尸，亦复何恨！而越南和战，中国强弱一大关键也。臣督师南下，迄未大伸挞伐，张我国威，怀恨平生，不能瞑目！"倍哀于将死的禽鸟之鸣，字字恳切，句句戳心。

七月二十七的晚上，在风雨交加中，左宗棠永远闭上了他渴望了解世界的双眼。

九月初七，福州为左宗棠举行御祭，朝廷派福州将军古尼音布前往致祭。次日，灵柩发往湖南。启行时，《申报》记载了当时的经过："送葬者自督抚、将军、学政、司道各大宪之下，均徒步徐行，末则孝子孝孙斩衰徒跣，哭泣尽哀。闽人士感公恩德，一律闭门罢市，且罔不泣下沾襟。自皇华馆至南台，沿路张结素幄，排列香案。绅士及正谊书院肄业生，皆在南台中亭路祭。远近观者，如海如山，路为之塞。"

他年勒石纪功成

光绪十二年（1886）四月初二，黄波带着潘纪恩、易孔昭等左宗棠旧部、老乡再次登上鼓山，来到了灵源洞。物是人非，一年前他勒在洞壁的《陪湘阴相国游鼓山》诗仍在，可诗还是那首诗，陪的人却已不同。

吟诵着诗中的"他年勒石纪功成"，泪水浸湿了黄波的眼眶。是呀，左宗棠两任福建，仅仅在福州待了20个月，但无论是创建福建船政、兴办蚕棉馆、开设正谊堂书局、发起南台团练局务，还是组织恪靖援台军、整顿福建防务、增拓马尾船厂、开采穆源铁矿、试办闽台糖务、奏议台湾建省，哪件事在他人不是避之不及？只有他迎难而上，肩任不辞。他以诸葛武侯自居，也真正做到了"鞠躬尽瘁，死而后已"。

2024 年

人事几乘除，离合那可料

——探访末代帝师陈宝琛的鼓山题刻

张浩清

地傍乌龙江潮澎湃，门对五虎山峦叠翠。

闽县螺洲，偏安狭长的福州南台岛西隅，在明清两代文教兴盛、人才辈出。1848 年 10 月 19 日，陈宝琛出生于螺洲世代簪缨之家——陈家。他早年科名顺达，中年蛰居乡里，晚年重获大用，一生历经清道光、咸丰、同治、光绪、宣统与民国，于 1935 年 3 月 5 日病逝，以米寿之年为后人留下一笔丰厚的文化遗产。

名以正体，字以表德，号以寓怀。陈宝琛高寿，雅号也多，比较为人熟知的有：弢庵、橘叟、橘隐、沧趣楼主、沧趣老人、听水斋主人等。这些号大多与螺洲的楼阁、闽江畔的橘子、鼓山的听水斋有关。他工书法，字体古朴典雅、风骨棱棱，因字伯潜，被时人称为"伯潜体"。

今天，在鼓山灵源洞苍崖和涌泉寺、西禅寺等寺庙，稍加留意便能看到落款弢庵、伯潜、听水居士的"伯潜体"摩崖石刻或石柱楹联。这些字迹如电光石火，让人一下子在眼前浮现出这位"冰渊晚节期无忝，桑海余生会有涯"的世纪老人。

雅好：听水洗心

陈宝琛人生中 38 岁到 62 岁的黄金岁月，是在福州度过的。

这 24 年里，他几上鼓山已不可考，但对这座"州之望山"的喜爱可谓至深，"方山于我亲，鼓山是我邻"。1887 年，年近而立之年的

位于听水斋高岩上的"听水"题刻

陈宝琛在灵源洞喝水岩旁"立"了一斋——听水斋，"予之归，年未四十，尝为'沧趣''听水'二楼，以娱吾亲"。

自宋以降，达官显宦、公卿大儒、高僧大德登览此山多有留刻，灵源洞一带苍崖几无片隙。陈宝琛夏日里"逃暑入山"，观摩前贤题刻，也写下 80 字，镌刻于听水斋旁如刀削的崖壁上。

听　水

听惯田水声，时复爱泉响。

循崖临窈深，入崦息夷敞。

老禅风烟寥，枯涧草木长。

活活隔岭流，日夜遂孤往。

僧闻试函笈，我倦借轩榥。

危滩梦中遥，连雨心上爽。

独寐惭人宽，六凿谢天养。

以兹傲愚溪，西亭在乡壤。

庚戌六月，逃暑入山，就晏师坐处结一
小寮，得八十字。

弢庵

"听水"两个擘窠大字，笔画繁简悬殊，但处理得体，能够计白当黑，形态儒雅刚毅，足见书家深厚功力。旁边诗刻则用小字楷书书写。这些楷书杂糅欧体楷书、柳体楷书以及黄庭坚楷书而自成一体，是"伯潜体"的代表作。

陈宝琛自小在乌龙江边长大，那一带平畴千里，滔滔江水、潺潺田水早已"听惯"。灵源洞溪涧的水，从高处落下，"活活隔岭流，日夜遂孤往"，自与山下的水不同。

他在《鼓山灵源洞听水斋记》中写道："凡物能为声者莫如水，水之在山也，清激飘厉又十倍于常声。"他兴奋地写到山居遇到暴雨天时的罕见景象，"遇冻雨，则灵源洞口，如飚号雷殷、万马之奔腾也"。听雨斋原为石质船形，山洪奔腾而下时，人立"舟"头，有怒浪前行之震撼感。拥有非凡胆魄之人，方能见这非常之景。

灵源洞是位于两峰之间的一道深涧，此地清邃幽僻、林木荫翳。郁达夫曾有一段记述："崖石、崖石、再是崖石；方的、圆的、大的、小的，像一个人的，像一块屏风的，像不知甚么的，重重叠叠、整整斜斜；最新式的立体建筑师，叠不到这样的适如其所……这一区的天地，只好说是神工鬼斧来造成的，此外就没有什么话讲了。"

陈宝琛构斋灵源洞下，主要还是修心。他少年早达，青年身居"枢廷四谏官"之一，刚直不惧、进谏弹劾、指点江山，终因言获罪被降五级，又逢母亲去世，便辞官归隐。"委蜕大难求净土"，可是离开尘世、摆脱愤懑又能哪里去呢？灵源洞恰是一个"洗心"的净土，"寒暑昼夜，备诸声闻，洗心涤耳，喧极生寂，水哉水哉"。

61岁时，陈宝琛又在永泰塘前村后山龙塘瀑布附近，营建了"听水第二斋"。这里"幽潭密竹，面对飞瀑，声如銮雷"，他常携家人夏日

小住修心，并有诗作纪之。

1935 年 3 月，陈宝琛在北京病逝。灵柩从北京经上海转水路运抵螺洲，于 12 月归葬于马尾登龙岭。山下，闽江日夜不息浩荡向海。他与夫人王眉寿静卧南坡，幽明相伴，听江涛海风倾诉，观世事沧海变迁。

兄弟：风雨为怀

陈宝琛有六位弟弟，兄弟间情深义厚。这种棠棣之欢在当时就为世人称道。听水斋斋下立石和石壁联诗可见一斑。

这块长条立石在听水斋一楼外侧，有一米多高，石上刻有陈宝琛草书五律一首：

石氏好兄弟，雁行来水斋。

长如拄杖立，少亦听琴偕。

离合那可料，扶携兹自佳。

维摩长一榻，风雨若为怀。

叔毅、墨樵树二石斋前漫题。

弢庵

陈家"宝"字辈兄弟排行中，陈宝琛是老大。除了早夭的六弟陈宝瑀，他还有5个弟弟，分别是宝瑨、宝璐、宝琦、宝瑄、宝璜。六兄弟中，老大、老二、老三中进士，宝琦、宝瑄、宝璜则中举人，这就是著名的螺洲陈氏"六子科甲"的故事。

这次到访听水斋的是三弟叔毅（陈宝璐）、五弟墨樵（陈宝瑄）。

陈宝璐（1858—1913），字敬果，又字叔毅，号韧庵，著名经济学家陈岱孙的祖父。光绪十六年（1890）进士，选庶吉士，散馆改刑部主事，未几，引归，一委于学。从谢章铤问学，谢殁，代主致用书院一年。

陈宝瑄（1861—1894），字敬斋，又字墨樵，号仲起。光绪十九年（1893）举人，敕授文林郎。陈宝瑄善作画、爱石章，精鉴赏印纽，自号"耽石斋主人"，藏有田黄等名贵石章数百枚。

从题记和诗句可知，陈宝璐、陈宝瑄来听水斋时，在斋下立了两块石头，"长如拄杖立，少亦听琴偕"。可惜，我们今天已找不到另一块立石。1893年夏天，陈宝瑄正在温习功课准备乡试，此番上山得两位早年考中进士的哥哥陪读，自然效果奇佳。八月，光绪癸巳恩科开考，陈宝瑄如愿中举。

我们如今在听水斋下读这首诗刻，仍能感受到陈宝琛兄弟之间的浓浓深情。两位弟弟和两块石头一起"雁行来水斋"，石头互相依靠、扶携的场景，可不就是兄弟应有的样子？

"维摩长一榻，风雨若为怀"，陈宝琛想起了苏轼、苏辙兄弟"夜雨对床"的约定。这种手足情深、促膝夜谈的场景千百年来总是让人动容。韦应物有"宁知风雨夜，复此对床眠"，白居易则说"能来同宿否，听雨对床眠"。苏轼赴凤翔就任前夕,与弟弟人生中第一次分别时写道:"亦知人生要有别,但恐岁月去飘忽。寒灯相对记畴昔,夜雨何时听萧瑟。"在结尾句,陈宝琛相信自家兄弟也能一如古人,相伴维摩榻,风雨若为怀。

在灵源洞前溪涧西壁,游客很容易被手捧经书的竺道生摩崖造像吸引住。如果细心的话,就会看到造像边上陈宝琛与三弟陈宝璐的行书题刻《雪坪夏坐偕叔毅联句》。诗尾记载手书者伯潜。这首长诗佶屈聱牙,用字用典艰涩生僻,无甚可观。但它是陈宝琛在鼓山的楷书、草书石刻之外,冷峻遒劲的行书石刻。

人生在世,离合难料。陈宝琛虽然兄弟七人,但经历多波折。"离合那可料",是他的一声感叹,却一语成谶。陈宝瑄中了举人后,次年就不幸染疫,被医生误诊病故,年仅34岁。陈宝琛在挽联中悲痛又自责:"上有老父,下有藐孤,年盛才长胡可死;田舍汝劳,刀圭汝误,天穷人厄愧为兄。"在《听水斋杂忆》第四首中,他又对移石题诗一事追悔不已,"移石题诗事偶然,那知谶发甫经年。却添衰白登高泪,不见明秋月再圆"。在诗末自注中,他写道:"癸巳七月,叔毅、墨樵树二石斋前,余诗有'离合那可料'语,而墨樵甲午八月殁。先君九月入山,见之尽然以为谶也。明年六月,先君即见背。"

1913年1月13日,三弟陈宝璐也因病医治无效,在螺洲逝世,时年55岁。在北方的陈宝琛得知噩耗,在给二弟陈宝瑨的家信中痛不欲生地写道:"昨接虞电,骇恸欲绝。顷得复电,知叔毅病才两日,遽尔不救。其平日少行动,湿痰停滞,时为之虑。加以丁此时世,亦一致病之由。不意三年之别,遂成永诀。痛哉痛哉!弟万里生还,犹有一年之聚,然亦何以为情。迢迢南北,白头兄弟,只我两人,兄自知宽譬,不贻弟忧,弟亦当自保重也。"

陈宝瑨与陈宝琛仅相差一岁,两人从小一起游玩、念书,一同长大,关系最为亲密。陈宝瑨曾任云南曲靖府知府,辛亥革命后,他交出官印由曲靖返回福州,于1933年3月病卒于螺洲老宅,享年85岁。最后一个,也是最亲近的一个弟弟又先自己而逝,对晚年陈宝琛打击很大,不出两年,这位"末代帝师"也仙逝于北平灵清宫寓所,享年87岁。

1923 年，陈宝琛在"忘归石"题刻前留影

师友：唏嘘万端

鼓山近千年留下的 600 多段摩崖石刻中，以朱熹、赵汝愚石刻最为知名。

在灵源洞往东石门的苍崖上，陈宝琛多次吟咏赵朱二贤一来一往的题刻，天风海涛情谊长，二公遗墨快心目。光绪甲午（1894）四月，他在赵朱两段石刻正下方的踏石上，恭恭敬敬地镌上一首五律：

> 济川须我友，相与但一诚。
> 二公道义徒，兹焉见平生。
> 志得无管葛，身危运亦倾。
> 拂石谂来哲，谅此歉歔情。
>
> 　　赵朱二公题石下感赋，时光绪甲午四月。
> 　　　　　　　　听水居士。

百年的光阴侵蚀了石上诗刻，个别字已漫漶不清。游客仰头欣赏赵朱石刻时，很少会注意到踩在脚下的这段诗刻。

这些蒙尘的字迹间，依旧可辨陈宝琛对朱文公、赵忠定公的景仰与敬拜：辅佐君王还须我等忠义之徒，平生相交以诚、相处以道，有管仲、诸葛亮等古贤相的志向，但也会因身危而命运倾斜。一遍遍擦拭石刻，希望后来者也能深切感受到这种欷歔万端之情。

石门边一棵老松，树干弯曲若老翁，后被风刮倒。在听水斋隐居期间，陈宝琛常到这里散步，见此感慨万千。他"画以存之，题曰石门松隐"，并题有"及见支离百岁身"诗句。他从老松遭遇，似乎看到了朱熹、赵汝愚的身影，又仿佛看到自己的未来。

在千年名刹福州西禅寺，入殿大门石柱上的对联，是陈宝琛手书的朱子名联："碧涧生潮朝自暮，青山如画古犹今。"大儒朱子，是他一生追崇膜拜的圣人。

冥冥之中似有轮回。绍熙五年（1194）六月九日，宋孝宗驾崩，光宗禅让，宁宗赵扩继位。八月五日，由于赵汝愚的力荐，65岁的朱熹担任焕章阁待制兼侍讲，成为宁宗钦点的十名经筵讲官之一，但仅当了46天帝师，朱熹便被罢免。宣统三年（1911），63岁的陈宝琛成为冲龄溥仪的帝师，师徒一处就是20多年。陈宝琛去世后，溥仪赐予他"文忠"谥号。

1902年，陈宝琛在《听水斋杂忆》中，忆及十多年来与听水斋相关的人与事，感慨人事沧桑之变，"携稚山斋理梵书，廿年人事几乘除"。

隐居期间，师友常来听水斋相聚。如，光绪十三年（1887）七月十五之后的月夜，陈宝琛在听水斋扫榻接待著名学者谢章铤，"昨夜峰头月，山庄照著书"，"海风吹短发，且喜未扬尘"。常来往的，还有著名藏书家叶大庄、龚易图等。他的外甥高向瀛也在石门留有诗刻，记载与梁和钧、陈用刚等人同宿山中之事。其中，"对话听水斋，坠石犹省记"一句诗句自注中，提及"斋前对坐有巨石落其间"。20年来，师友零落，令陈宝琛无比感叹。

听水斋边上就是涌泉寺，陈宝琛在涌泉寺大殿和回龙阁立柱上，各自镌刻一副"伯潜体"楹联。

涌泉寺大殿石柱上刻：

能度众生，岂独潭龙知所讲；
愿闻一喝，长教海水不扬波。

回龙阁立柱上刻：

高树夹明漪，本来清净宜常住；
巍峰当杰阁，合有英灵在上头。

这些字迹带有清末民国书坛上自成一家的陈氏书法明显特点，起笔藏锋居多，与陈宝琛号"弢庵"的韬光养晦之性情相表里，也与这段清幽隐居生活相对应。

2024 年

处益高见益远，造益深获益富

——读吴海《游鼓山记》

余 干

石鼓名山，位于福州东郊，以峰雄、石奇、洞幽、林美，深受人们喜爱，自古以来就是游览胜地，同时也是佛门圣地，自晋宋以降，名宦硕儒莫不到此登临，留下许多诗文题刻。其中，明代学者吴海的《游鼓山记》记叙他和好友不畏艰难伐莽披棘登上鼓山顶峰的经历和感受，堪称一篇文情并茂的佳作。

吴海，字朝宗，福州人，终身不求仕进，以学行著称于世。1305年秋，吴海与三位朋友相约游鼓山。鼓山虽说过去名气很大，古时来登山游览的人不少，但已有近百年的萧条，可以说人迹罕至。因此，吴海的这次鼓山之行，是游客百年来的首次登临，带有冒险探幽的意味。他们找了一位樵夫带路，但连樵夫也找不到登顶之径，他们只能顺着沟壑攀缘前行，几经颠踬，最终登上顶峰，感受自然不一般。

吴海看到了什么呢？登上为峏顶峰，"乃拂石刻，观晦翁大字，读沈公仪铭，摩挲徐鹿卿《请雨记》"，令他欣喜不已。

他还看到方圆数百里的壮观景象，西北诸峰，西南诸峰，尽收眼底。西望福州郡城，市廛繁荣、宫苑崇丽。千里闽江纳众多支流，而后东注入海。东南弥望浩荡，梅花、南交诸岛，似在五步之内；永泰、闽清、长乐、福清之境，历历可见。最奇的是，海上玄云亘立，太阳升起后，山烟水霏苍茫，远近或显或隐迭出，如在画图中。

站在小土堆上，眼光受限于一隅；登上一座小山冈，则可以看到百里以外；而现在身处高山之巅，极目云天，胸纳大海，四围景色，一览无余。写到这里，吴海不禁发出一声感慨："岂非所处者益高，所见者益远，所造者益深，则所获益富邪？"

附：

游鼓山记

（清）吴海

福为八闽都会，上四郡皆山。地势局促，不能廓以舒；下皆濒海，风气疏荡，不能隩以周；惟是州处其中，不荡不局，得二者之宜。环州之山，惟东石鼓为最高，能兴云雨，盖州之望也。

岁乙巳秋，郡人黄伯弘，约予与广平程伯崇、建安徐宗度，自河口买舟，顺流而下，抵白云廨寺。明日径寺右，行蔬畦间，度松林二三百步，入丛篁中，径傍小竹，微露缀其上如珠，时滴人衣，觉清爽。出篁竹皆微蹊，二里许，登小顶峰，峰直寺后，下视殿阁，若骑其危。西望都城，列雉数千，市廛阛阓，台前府寺，释老之宫，辉耀崇丽，州邑之雄，可谓孛丽。由小顶而上，又里许至大顶。使僮仆伐莽披棘，拟步而后可进，若是二百武，少转而南，然后造乎岁峛之巅。乃拂石刻，观晦翁大字，读沈公仪铭，摩挲徐鹿卿《请雨记》。记漫久不可辨。时晴空景明，万象灵呈，幽奇诡异，不待搜剔，自来献状，使人脩然而尘虑消，淡然而情景融。极目西北诸峰，若数百里，攒者、鹜者、凌者、斗者、攘者、赴者、突者、箣者；特立独出者，龈腭剑戟者。西南诸峰，若云矗波涌，若车马驰骤，近至数千里之内，皆周旋徘徊，顿伏妥帖。间之以溪壑，流之以江河。盖自剑、邵来者，至水西旗山而止；自汀、泉来者，至水南方山而止；自建来者，至是山而止。若夫建、剑、汀、邵之溪，合流至于洪塘分为二。江南过石头，纳永福之溪，与濑溪出西峡，北过新步，亦分为二。又合而至于长陲乃西峡江。合过石马、下洞，受长乐港与夤港，出闽安镇而入于海。东南弥望浩荡，不可极远，至于琉球；近而梅花、南交诸岛，咸在五步之内，自永福、闽清、长乐，以至福清之境，历历可见焉。

罡风忽起，联立东望扶桑，以候朝旭，奔星矢驰，四面相射，有玄云横亘在海面，高四五丈，不得视其初出之景，须臾日上已高，山烟水霏苍茫，远近隐显迭出，恍然如画图中，又一奇也。

至寺已近午。寺左有灵源洞，石磴垂梯，两崖崇墉，通以石梁，白云亭其上。坐稍久，洞谷牛风，时来袭人。起观蔡君谟书，有奇石立道侧，号将军石。于是履危栈，度石门，求晦翁题名，赵子直诗，抵"天风海涛"之亭极焉。孤撑巉岩，凭栏欲堕，川分谷擘，江面如沼，险绝清旷，遂兼得之。

夫升培塿者临一方，陟冈阜者，薄百里，乃今纵目力十霄汉，纳溟渤于胸次，晦冥昼夜，收拾举尽，岂非所处者益高，所见者益远，所造者益深，则所获益富邪？且是山昔人莫不登之，近百年来人迹罕到，自予始登，命樵夫为导，亦不知其路。乃缘鏊径上，颠踣者屡，而后得至其所。忽得旧路，循之而下，盖宋时所辟而僧除之。始绝顶，皆短荆无林木，今可张幄矣。始寺外多数百岁古树，今但见新植矣。

2013 年

水声的感悟

——读《鼓山灵源洞听水斋记》

余 干

这是一篇精短美文，也是一篇阅世妙文。

文章的作者陈宝琛是福州人，也是一位杰出的教育家。他曾掌教福州鳌峰书院，并创办全闽师范学堂，培养师资，使中小学堂遍布福建全省。

清同治七年（1868），陈宝琛中进士，并授翰林院庶吉士，时年20岁。庶吉士官阶虽不高，但所在的庶常馆却是朝廷的人才库，每科遴选进士中文品皆优者充之。此后，他多次出任考官，为朝廷选拔了不少英才隽士。34岁时他出任江西学政，次年又晋升内阁学士兼礼部侍郎。这时的陈宝琛可谓春风得意。他还加入朝中的"清流党"，言事铿锵，大有名士气派。然而官场风波难测，1884年，马江海战失利，陈宝琛受牵连被连降5级并贬回原籍居住。

历经宦海沉浮的陈宝琛，终于有闲心游览故乡名胜鼓山。他来到灵源洞。据说，五代神晏和尚驻锡鼓山涌泉寺时，因喜爱灵源洞一带林壑优美，曾在这里安禅诵经。但他厌恶泉水喧哗，挥杖而斥，泉水竟因之改流。喝水岩由此得名。现在陈宝琛也来到了鼓山，就在神宴和尚叱水之处，他请工人顺着山岩形势建起一座典雅的小楼，并将这座小楼取名"听水斋"，与弟弟读书其中。

因为"凡物能为声者莫如水。水之在山也，清澈剽厉又什倍于常声"，所以陈宝琛特地到鼓山来筑室听水。他究竟听到了怎样的水声，又从水声中听出了什么玄机呢？

鼓山灵源洞

　　当然，陈宝琛与神宴和尚一样听到了喧闹的流水声，尤其是在春雨时节，涧水大作，水声如"飚号雷殷，万马之奔腾也"。然而，陈宝琛与神宴和尚不同的是，他从水声中读到的不是喧闹，更不是恶哗，而是"喧极生寂"。

　　热闹和冷清、喧腾和沉寂、显赫和平淡本来就是这样的一种关系。"水哉，水哉！"陈宝琛终于从水声中读出自然之理和人生至理，并因之大悟："夫喧耶，寂耶，岂于水乎系哉！"由是他自号"听水斋主人"，此后著文、书法亦常署"听水老人"。

　　这篇连标点符号在内也不过两百字出头的短文，竟蕴藏着如此深沉的人生感悟。

附：

鼓山灵源洞听水斋记

陈宝琛

凡物能为声者莫如水。水之在山也，清澈剽厉又什倍于常声。世传神晏僧安禅于此。恶水喧，叱使东，至今涧流犹潺潺从东下。然遇冻雨，则灵源洞口，如飚号雷殷，万马之奔腾也。

余既爱兹地幽僻、林木之美，因岩为楼，与余弟叔毅读书其中，寒暑昼夜，备诸声闻，洗心涤耳，喧极生寂，水哉水哉！

余尝登陇坂，溯赣滩、建溪、七里之泷，纵舟江海，风涛叫嚣，千谲百骇，亦自谓穷水之变矣。

而在山之声，盖今始得恣吾听也。不知晏僧当时何所恶于水者，夫喧耶，寂耶，岂于水乎系哉！

选自《沧趣楼文存》，上海古籍出版社 2006 年版

作者介绍：陈宝琛（1848—1935），福州仓山区螺洲人，字伯潜，号弢庵，清同治进士，为晚清清流派主要人物之一。末代皇帝溥仪的老师。著作有《沧趣楼文存》《沧趣楼诗集》等。

2012 年

胜地寻幽

白 云 洞 天

林　山

小时候，从螺洲的状元府，到城里衣锦坊黄朱园里姑婆家，住上一段时间，总是要去西湖玩玩。有时候，也会去爬鼓山。那时福州的风景区，似乎只有西湖和鼓山。这些年因为休闲健身，倒是时常去登鼓山。也因此，鼓山的几条登山道，都是眼熟脚悉的了。

有一天，读郁达夫的《闽游滴沥》，看到郁达夫游览鼓山白云洞之后写下的一句话"包管你只去过一次，就会毕生也忘记不了"，顿时引发了我对白云洞的向往。

郁达夫说："一般人所说的白云洞的奇岩险路，果然是名不虚传的绝景。"文人墨客写东西喜欢有点想象，甚至夸张。我有点半信半疑。不过，这种"广告"的诱惑还是很强的，当然要去见识一下。

鼓山海拔近千米，时有白云缭绕。与白云有关的胜迹不少，比如鼓山上有白云峰，朱子亭后有白云亭，涌泉寺有白云堂……这下又有个"绝景"白云洞，真妙。

据《福州奇观》介绍，白云洞在鼓山山脉凤池山西侧，常常"白云混入，咫尺莫辨"。从福马路北向，到鼓山镇埠兴村，途经积翠庵、卧潭桥、凡圣寺、龙脊道、佛头岩，就到了白云洞，再往上直通鼓山与鼓岭之间的公路。

说到白云，往往让人感到飘逸、空灵和清秀。明嘉靖年间的福州才子林世壁，陪人游鼓山，题写了一首诗："仙岛郁崔嵬，乘闲此日过。山花迎羽盖，谷鸟杂笙歌。梵宇依林樾，岩亭荫薜萝。眼中沧海小，衣上白云多。旷野千峰暮，遥空万象罗。翻惭宾从后，挥袂接星河。"诗写得好，不过人们最喜欢的还是其中那句"眼中沧海小，衣上白云多"，有人将它镌在鼓山绝顶峰临沧亭的亭柱上。

明代著名藏书家徐氏兄弟和省会的各色人等一样，也都喜欢到鼓山游玩。老大徐㷍重游喝水岩时，提到了白云洞："古洞盘旋紫翠间，洞门常借白云关。"而其弟徐惟起读了林世壁的题诗后，也说到白云："一自题诗人去后，白云沧海两茫茫。"禅味颇深。

这下，我们要去读"白云"了。

一踏上去白云洞的山道，就感觉到这是一个很有"档次"的旅游线路。从脚下那古朴的石道，可以看出铺就的认真态度，不知道是谁干的。

山路弯弯，不久，积翠庵在望，大家决定先直奔白云洞，把庵留给归途。

在写着"白云洞"的石头路标边，稍作逗留。就着山涧水洗把脸，要穿过山峡，忽然见到峡谷岩石上刻着"卧潭桥"3个字。原来，卧潭桥并非真的一座桥，而是峡涧中的巨大岩床。人要过峡，从岩石上走，就算过桥了。石下面有个水潭，但不大，这"桥"是卧在潭边的了……前人也很幽默。

实际上，如果下大雨或者山洪下来，这里山溪狂野，是根本趟不过去的，"卧潭桥"的字也只能真正卧在水底。为"桥"时，是无水之桥；有水时，是无桥之桥啊。

过了卧潭桥，就是林阴间陡曲的石阶山路。顾不得路边的草绿野花红，在不知名的鸟鸣声中，一直向上攀登。不久看到了"挹翠台"。这翠，哪里要"挹"？站在这里，四面八方的翠，天上地下的清，爽爽地把你柔柔地拥抱……你是被翠挹着的啊！

途中有个摩崖石刻"云窝"。记得武夷山也有个"云窝"，既然是云的窝，那离云之洞也就不远了。道旁的《修路纪略》楷书题刻告诉我们："自一天门上至龙脊道，下过溪，达积翠庵松树接大路止，凿磴砌径悉广平之，计长二百四十丈许，灰沙摩崖工费银圆四百九十元。曾尊彝董其事。赀助姓名列左。民国廿二年癸酉秋刘惕庐记。"原来，这路是专门修的啊。

云窝旁边岩壁直立，中间阶梯称为"一天门"。这个天门比较古拙。

不知道神仙到此，天门是否会大开？反正，看到天门，感觉离天不远了。往上行就到"一门洞"，两三米见方，内有石桌石椅，可以小憩。

走不久，道右遇一间石屋，是凡圣庵。道左有山僧福荣的石刻"凡圣一体"，链接一偈："迷悟有差别，故号凡圣体。刹那见自性，归元亦无二。"原来凡圣可以一体，凡人心中有慧根，圣人偶尔不免俗。就像有人有时是魔鬼，有时又是天使。旁边"化龙桥"题刻蕴含的故事，不知跟"鲤鱼跳龙门"的寓言有什么亲戚关系？鲤鱼跳过龙门，就可成龙；凡人刹那见性，可以入圣；不知什么东西经过此桥，能够化身为龙？

上白云洞的路，就是从化龙桥越过山峡。这里的山，好像是由一面非常大的整块巨石造就的。多少年的流水飞瀑，在巨石中开出一条水路。飞流直下，却在这里遇到麻烦。特别硬的石头，皮肉被水剥光了，剩下的是石头里的骨头。水啃不动，只好跳过去。不料下临深峡，只能猛跌下去。

如此让人惊心动魄的地方，前人诗意地取名观瀑台。瀑在哪里？从"吼雷湫""印月潭"的名称可见端倪：狂雨或山洪暴发之时，瀑水从山上奔流而下，冲泻于潭，声如雷吼。若在观瀑台，也许会让人晕瀑的。非瀑时，如逢月夜，潭清如鉴。

攀龙脊道而上，宛若登临华山。龙脊道是在光滑的陡峭石脊上凿出石凹、石阶，如点随线，陡直上升，狭处仅容一脚板，下面则是深谷，怎一个险字了得。前人说得好："人从龙脊崎岖过，径似羊肠屈曲邀。"幸好有人立了栏柱，系了铁链，我们可以在有所保护的情况下，小心翼翼、互相关照着手脚并用攀爬上去。

过二天门，登陡直的天梯，感觉天越来越近了。对面有石刻弘一法师横书对联："作恶事须防鬼神知，干好事莫怕旁人笑。"不知是故意还是随意，这联似乎上下移位了。当然，对联的道理是非常浅显明白的。

在三天门边，看到"白云洞天"石刻，旁款"闽中云竹"。据说是当过山东参政的闽县人王应钟题的。摩崖题刻，是历代文人墨客、达官贵人留下的游记，也是一种告示和广告，还是前人和后人的错时交流。这些宝贵的文化遗产，使我们和后人得到丰富的精神享受。

白云洞龙脊道

沿着山路继续前行，过了"佛头岩""龙舌岩"，攀登够3000多级台阶，红漆描就的"白云洞"3个大字就映入眼帘了。

白云洞是个"倚崖为屋、石天为盖"的岩洞。洞上方由一块百丈大小的方壁横盖，叫"一片岩"，与永泰葛岭方广岩相似，但"苗条"多了。一片岩距地面两米多高，构成屋顶，其下面有宽约6米、长40多米的石坪，前面砌有石墙，设石阶、石门、石窗。石门楣上刻"良心寺"，联曰："白云缭绕参三昧，古洞清幽净六尘。"洞中俨然一个微型寺，有僧舍、法堂、厨房。

在白云洞前俯瞰崖下，危岩如削，长洞若渊，有"悬空踏底"之感。白云洞的北厢，同一片石"天"下，由于没有石块垒墙，成为通透式阳台，好一个悬崖天台。上面摆着一张桌子，几方凳椅。

看到厨房锅灶，肚子立马"咕咕"鸣叫。民以食为天，在这里，食以面为上。出家人慈悲为怀，洞僧热情好客，帮我们煮面。普通的挂面，普通的大白菜，普通的香菇和腐竹，热腾腾地一锅端出来。

无暇四顾，盛满一碗面条，就陈佩斯式地狼吞虎咽。两碗善面下肚，几个饱嗝上来，手揉肚皮，感慨这是天下最好吃的面条，直叫"痛快痛快"。

如果说，山道一路攀登过来，是汗流浃背的急行军，让人心跳加速、气喘吁吁、心无旁骛，那么，在北厢天台，痛快吃完面条后，就是气定神闲的观景、坐禅和出神了。

身边岩壁上，有不同时间、不同人的题刻，颇可玩味。"佛富仙台"，想来佛是住在洞窟里沉思，而神仙则喜欢在天台上玩耍；"因缘"，自然说的是题刻人和白云洞的关系，我们和题刻人的关系，我们和白云洞的关系；"高枕白云"，可以白日做梦，可以月夜啸天；"空谷传音"，一试便知，大家都放开嗓门，呼山唤海、呐风喊雨……

白云洞，白云洞，最好的还是那白云。

坐天台放眼，对面山峰如屏似纸，云雾是笔。一只神奇的手，在天地间挥洒丹青。看着看着，云就从山间秀出来，或浓或淡，皴染出一幅幅水墨画。稍不留神，一阵山风如轻纱拂过，白云掩映苍岩，眼前白茫茫一片，仿佛宇宙混沌初开。又一阵山风，云缭雾绕，如水幕沙画，把庐山黄山华山的奇景，瞬间变幻至眼前。要知道，这里距城市中心不到半小时车程，就让人感觉到了蓬莱仙境。

山风可人，青山悦目。远处城区在望，车行如蚁。记得前几年上鼓岭，曾远眺三山，寻探传说中的大地"福"字，感叹有福之州云蒸霞蔚、气象万千。今次望城区，又大开眼界。但见高层建筑如雨后春笋，新建、扩建道路纵横交错，差点又认不出哪里是哪里了。尤其是域中城外水系蜿蜒、绿意盎然，令人心旷神怡，"身在福中不知福"的老话，又有了新意。

白云生处有深意。著有《闽产录异》的郭柏苍说："洞以险胜……游者惮焉……彼游石鼓者畏登岉崩，登岉崩者畏登白云，不到白云，不知山骨……"道光年间魏杰夜憩白云洞，留下了诗刻："风清月白秋飒飒，长啸一声岩谷答。洞门无锁老僧闲，云出云归自开合。"

相传白云洞为僧悟宗所辟。悟宗俗名阿勇，是鼓岭人，与同村阿兰

白云顶彩虹步道

青梅竹马。但她父亲不同意这门亲事。阿勇万念俱灰，到鼓山出家当和尚。某晚，一团亮光在山间飘动，悟宗觉得奇怪，跟踪而去，就到了白云洞，遂在这天生的洞天福地建个小禅寺，称"良心寺"。后来在白云洞下建了积翠庵，不知阿兰是否就在那里古卷青灯。

辞白云洞东上，有海音洞，深不可测，相传时闻海涛之声。再向上就是浴风池。据说唐末时，有人砍柴看见五色雀在池里浴羽。附近还有八仙聚会处、石鼓岩、双髻石、观音掌、风动乌龟石、栖鹘岩、仙脚迹等景。

在白云洞到鼓岭的古道崖壁上，还留着一方石刻布告："公路森林各宜护珍，如敢伤毁，严究罚惩。闽侯县政府，民国二十四年一月。"如今登山途中，时会邂逅自觉自愿捡拾垃圾的人，引为同道。青山绿水常在，游人只是过客，领略欣赏享受，还要记得善待。

2010 年

鼓 山 之 巅

鹿 野

喜欢福州是因为这座城市开门见山。连绵的青山包围着我们居住和生活的地方，不太近又不太远，抬头即可望见，刚刚好。

常常站在某一个点四顾张望，望来望去，最高的地方还是北边的那一座山峰，你一定也曾望见过，在峰上还能依稀望见两颗圆球一样的东西。当我骑车过闽江时抬眼望见它，步行在城区时也能望见它，站在任何一个地方抬眼向北，都能望见它。

眼睛比脚步更有幸，眼神可以轻易到达的地方，脚步不一定能到达。黑黝黝的山峰只能远望，无法像神笔马良凭空画出一条直达山巅之路。于是这座顶峰就成了可望而不可及的念想。

与一座山的缘分很是奇妙。很多次我以为对于它我只是个过客——甚至对于这座城市我也只是个过客。但日子却这么一天天地延续下来，和这座城市的联系也一天天紧密起来。恍惚间，十年已过的时候，我才

发现我已经渐渐地融入了福州这座城市，对这个城市的山山水水越来越熟悉，也越来越有感情，甚至一些老福州不曾到过的犄角旮旯也被我误打误撞地遇见，一些当地人无缘见识的细小美丽也被我收藏。

这山就是其一。

本是去半山上的涌泉寺。在一行人参观了寺内的藏经室、瞻仰了佛祖舍利之后，似乎天色尚早。站在涌泉寺的大殿门前，遥望着殿后高耸的山峰，禁不住谁一声提议，大家便有了登顶的豪情。于是一群人便往山顶走，沿途渐次呈现出不一样的景致。往山下看，城市变成一座沙盘，慢慢展示出它的全貌。耳边的风也开始有了"呼呼"的声音和冷冷的触感。等走到山顶，看到两个巨大的圆球一样的东西，我才忽然想起来，这就是我常常站在山下仰望的那座山峰啊。只是站在山上看到的，跟在山下看到的风景完全不一样。我从来未曾见过这样面貌的福州，所谓的海山蓬莱，我终于明白，绝非徒有虚名。半山的云雾随心所欲地移动着，堆积着，来时的道路也被阻隔了，仿佛这白练一般的蜿蜒道路直通云层。

天上的云雾也跑来捣乱，一会儿挤在一起不让阳光露脸，一会儿给夕阳让出一点空隙，于是便有少许红色的光柱散射出来；一会儿又大方地让阳光全都透出来，好像洞开了一个崭新的世界。于是我们便可以借着光望极远处群山尽头的闽江入海口，甚至有人夸张地说可以望见台湾乃至琉球的海域。而群山起伏都在我们脚下，最远处苍茫的大海，竟然

鼓山山脉

位于绝顶峰上的"天风海涛"及"青天白日"题刻

是静止的，甚至是有点迷蒙的，跟天边的云雾是糊成一片，不仔细看完全分不清哪是海哪是山——这是我从未见过的福州，车水马龙变幻成寂静的群山在望。这时候胸中便生出豪迈之情，忍不住想对着群山长啸几声。

相对于我的无知痴迷，同行的黄文山老师则更关心的是峰顶岩石上难得一见的石刻。他在福州 60 多年，早就想一睹大顶峰上石刻作品，却到今天第一次上得此峰。

在他的指引下我们攀上爬下，见识到不同时代的人在这里留下的痕迹：有清代两江总督、马尾船政学堂创办者沈葆桢题写"乐善不倦"四字横式行书，沉着静敛；还有乾隆时福州郡守李拔的"欲从末由"，质朴而耐人寻味；明代汪文盛题写"青天白日"，对照此时天气倒真是贴切……众多的题刻中最著名的莫过于朱熹所书"天风海涛"四字。就着这沉雄苍劲的四字行书，文山老师将一段高山流水的知音佳话娓娓道来。

宋代著名的理学家朱熹曾多次到福州讲学，他与两知福州兼福建安抚使的赵汝愚既是师生又是好友。淳熙十四年（1187），因受谤而无心仕途的朱熹，辞掉江西提刑的任命，匆匆来到福州拜访赵汝愚。不料，早此一年赵汝愚已调往四川任制置使去了，只在临行前于鼓山临沧亭外墙上留下题刻："灵源有幽趣，临沧擅佳名。我来坐久之，犹怀不尽情……淳熙十四年正月四日愚斋。"睹物思人，怅惘难遣，朱熹亦在壁上题刻以和。

三年后，赵汝愚再次入闽任职。次年，即绍熙二年（1191）他又登上鼓山，看见朱熹留下的题刻，大为感动，于是，在朱熹题刻的右侧题下诗句："几年奔走厌尘埃，此日登临亦快哉。江月不随流水去，天风直送海涛来。故人契阔情何厚，禅客飘零事已灰。堪叹人生只如此，危栏独倚更徘回。"而此后不到一个月，赵汝愚又调离了福州。

后来，朱熹再次登临鼓山，看到自己题刻旁边赵汝愚的诗作，心潮难平，就从"江月不随流水去，天风直送海涛来"的诗句中，节选"天风海涛"四字，镌刻在绝顶峰巨大秃石上，题款特别注明"晦翁为子直书"。

两位好友数次往来福州却几经蹉跎都无缘相会，从政者命运的起伏无常与古代社会的沟通不便自令后世观者唏嘘遗憾，但这镌记于石头上的朱红印字却也长久地诉说着友情的真挚。我不禁想，如果生活在现代，二位就不用这般周折了。在照相术和摄影术被发明的今天，即使错过了相遇，也可以通过影像传输，千里如晤。有了智能型手机以后，随时随地都可以交谈，借助网络我们还可以把自己的行迹拍摄保留，分秒钟内发送到世界各地，再也不用千辛万苦地攀上高峰，更不用将经年累月地想念只付于斧凿壁的寥寥数语。但回头一想，如果少了这中间漫长艰难的过程，又仿佛少了什么很重要的东西。就像赵汝愚和朱熹如果用一个电话一封邮件就完全解了二人的困境，二位之间的故事大概不会再流传下来被今天乃至后世的人看到了。现代文明有时候也成了一种稀释剂，稀释着许多美好的东西。

2014 年

一个人的白云洞

葛伟望

2006 年 7 月 9 日，一个暑热的周日，情感的驱使让我一个人走向白云洞。

久违的白云洞，一年过去了，我已不知道你改变的模样。

气温很高，无风，闷热，它超过了如火如荼的足球赛。许是周日，许是酷暑，许是其他原因，今天登白云洞的人不多。

白云洞，一个岩洞、一处寺宇、一座山峰、一条古道的统称。这是一处很好的攀登幽径，城郊周边，毗邻鼓山，林荫一路，风光绮丽。这也是一条很好的练脚力的山径，从山脚至山顶石阶 3000 多级，至白云洞 2000 多级，难度不大，强度不小，径径相连，四通八达，可回旋余地较多。福州山友没有不知道白云洞的，不知道白云洞的登山者不能称为福州"驴"。福州著名的登山人花雕先生，就是从白云洞一脚踏上雪山的，2005 年他创造了一年内先后登顶慕士塔格峰（7546 米）等六座雪山的福建新高度、新纪录。他从一天"三登白云洞"发展到"五登白云洞"的能力，几乎无人可及。他依然乐此不疲，目标远大。

我也是从白云洞走出来的，我攀登的时间甚至早于很多山友。走出一片天地，走向山山水水，我也曾经想过挑战，目光向远。一路走来之后，我明白自己的体质更适合于享受户外，我几乎没有放弃每一个周末的户外追求，但我放弃了难度强度极具挑战的攀登目标。

福州多山，福建多山。中国地域辽阔，世界博大，不言挑战，要走的路依然很多，穷其一生也走不完。这是希望，是福分。

抬步向石阶迈去，朝阳从林荫的叶隙投下一束束光线，斜落在幽径上，古老的石阶便铺满碎阳。一袭身影擦过光线，留下一幕如梦如幻的影像，时光就好像被拉到了很遥远的地方。

一步一步向上，汗水渗出肌肤，淌落地上，衣服早已湿透。

我想慢慢走去，不急不躁，只求呼吸新鲜空气，聆听流水鸟鸣，但暑夏的蝉鸣盖过一路，风似乎归隐，草静而不动，树梢抖落的阳光惨白如雪。

两个身影从后面追来，"自然风"的山友大牛和老高赶上了我的步伐。他们的目标是鼓岭，而我只想登到白云洞返回。友好的大牛愿意陪着我孤独的脚步，压力之下的我却依然没有潜力可挖。渐渐地，我累了，缓慢的举步追不上耐心的大牛，我不得不"驱赶"大牛远去，歇下的我便再也见不到山友的影子。

我老了吗？冷静下来的时候，我便有更多的时间思考。人到中年，都承受着工作、生活乃至精神的多重压力，进或退都面临着重大抉择。暑热之下，静静的古径同样走着一些静静的山友，彼此无言的交会却似有一股凉风吹来。户外的心是相通的，它让人轻松。

将背负的水果翻出来品尝。在户外，只要你想吃东西，任何食物都是美味，甚至，喝一口清泉也是一种难以言状的享受。把携带的摇扇掏出来揽风，清凉的风便沁满鼻息，爽彻身心，而幸福的获得有时就是这么简单。

期待有一丝自然的风，但风依旧不至。迈开脚步尽自己的努力向上攀登，越凡圣寺峭壁栈道，过二天门、三天门，停歇顿挫间，不知不觉便登上了白云洞。

时间已过十点半，白云洞停留了一些人。走走停停、体力不济的攀登让我耗时较多。攀登不是用时间来衡量的，终点才是目标；挑战也不是用时间来衡量的，自己才是目标。

深深地吸几口高处的风，用清澈的山泉抹去一脸的汗水，喝一杯山泉泡就的茶饮，信步走到寺后的洞口坐歇，看高深的峡谷峭壁千仞、风烟溟濛，我的心胸豁然开朗。

一个身影走了过来，那是"自然风"的山友天马，他也是独自一人。看球赛迟起的他自由地攀登白云洞，他是懂得安排生活的人。

　　没有随天马一同下山，我想独自再坐一坐，回想自己7年来的户外攀登经历。白云洞造就了我，我却最终没有成为一名挑战者，我会让白云洞失望吗？白云洞不会失望，白云洞的攀登最终造就了以"自然风"为代表的感动福建的首支成功登顶玉珠峰的雪山登山队，造就了像花雕这样令人骄傲的福建登山人。白云洞同样不会失望，成千上万白云洞的攀登者中，像我这样的登山者毕竟还是收获了山水的馈赠，收获了生命行走的乐趣。白云洞是欣慰的，它的高度和文化让人向往，让人深省。攀登或许会有终点，但户外没有终点。在户外我会继续走下去，直至生命尽头；而攀登，我将在挑战自我中陪伴着老去的岁月慢慢结束，结束的终点一定选在白云洞。

　　清凉的山风开始吹拂，清新的感觉越来越浓。我真想在白云洞就这样坐下去，把自己坐成一尊雕塑，坐成一个哲人。

　　白云洞的攀登者走了又来，来了又走，或继续向上，或返身下山，但总有新的身影补充。我终于要走了，我必须腾出位来，让新的蓬勃的生命落脚中继，积蓄更强大的力量。我一个人返身走下，近午时的山道已基本沉寂。飞身下山的我步伐很快，但静谧中不断回眸，却有了更多的思考。三天门内我滑了一跤，擦破了手臂，但坏不了我的心绪。"龙王"台风带来的山洪虽毁了白云洞的溪谷和一些景观，但白云洞的古径依然畅通山顶，伸向远方，通往更高处……

　　再见，白云洞。我或许又要在很久以后才会回来，但我行走的根植在这里，你是我永远牵挂的地方！

2006 年

山中看水

曾建梅

从春节到元宵到清明到小满，福州这个东南小城总有下不完的雨。有时小雨，淅淅沥沥，把明清古巷里青石板洗得油铮铮地发亮，石板缝儿里的小青草就一簇一簇地拼命往外钻；有时暴雨，就偏在你上班下班的路上开始下，像是有人用盆子往下泼似的，哗啦哗啦，从老房子一条一条的青瓦槽里往下流淌，粗暴地打在天井的蕉叶上，啪啪啪的声音让人心疼这植物怎么经受得起。

春日的雨不仅落在古色古香的坊巷民居当中，也不光落在车来车往的城市马路上，它也落在虫鸣鸟叫的山林里。

那些大大小小的山涧，经过了一个冬季的干枯与沉寂，此时都苏醒了过来。一场雨怎么够呢？要下好多场雨，这些雨水浸润进干涸的土地，让每一粒泥土都湿润饱满起来，雨还继续下，直到泥土喝足了，多余的水再满溢出来，顺着山涧一直流，顺着岩石一直流，流成一条一条晶莹发光的瀑布。

此时去鼓山，主道两旁的登山古道上，有沿途的小溪流已经漫过了路边，带上孩子，溯溪而行，一边走一边可以听到淙淙的水声，时大时小。山上的油桐花开了，有的花瓣风一吹就飘落到透明的水面上，悠悠扬扬地打着旋儿，像在表演一场关于离别的舞蹈。

但想必此时去鼓山登山道的人太多，山林间难免喧闹，不如去"磨溪"。

"磨"字那么笨重，溪水那么轻快，怎么会有一条溪的名字叫"磨溪"呢？

那是因为在不知道是一百年还是两百年前的时间里，这条窄小的登山道上，曾经有一座石磨坊，沿途相伴的小溪流便是磨坊的动力来源。如今磨坊已经废弃了，只剩半拉子断壁残垣横在半路上。而这条小溪便有了一个名字——磨溪。它在鼓山靠近马尾的另一面，访者寥寥。正是这寥寥，令我有种可以独享的隐秘的欣喜。

我太喜欢它了，但喜欢它什么呢？说起来又觉得词穷。又不是名山大川，也没有高塔古寺。它就是一个少有人至的荒野山涧，哦，大概正是喜欢它充满了山野的生气。

知道它的人很少，即使是福州马尾的当地人，估计也不一定没听过，即便听过它的名字，真正去过的人也很少。这条小溪是隐秘的所在。

它的入口藏于鼓山往马尾方向一个不起眼的村子，一条小山路通往山上去。小路不太陡峭，路面长满杂草和野花，婆婆纳、点地梅、野芝麻、紫云英、石斑木、半夏，以及许多叫不出名字的小花。

溪伴着路，路伴着溪，一直蜿蜒上升。走到一两公里处会见一个小水库。春天几场雨过后，蓄满蓝盈盈的一池春水。那水晶莹地蓝着，泛着钻石般的光芒。池边半是青翠高大的树木，半是飘摇的苇草，让人想起九寨沟的海子。

再往上走，小路曲折。转一个弯，眼前景致为之一变。细小的溪流一下子阔大起来，上游流下来的溪水在这里被一摊乱石挡了一下，淌成一股深潭。潭中乱石堆叠出图画一般的效果。有的小如鹅卵，有的大如门墩，更大的一人多高，光滑、干净，人随便爬上去，躺在上面或几个人围坐，就是绝佳的天然茶桌了。

我们一家三口常常在这个季节带上一大壶开水，几泡茶叶，往溪边去。走到平坦的可以歇脚的地方了，坐下来摊开茶巾，保温壶里的水还开着。冲上一杯茶，慢慢喝。此时雨水也停了，阳光尚温暖不灼人，可以在这暖阳下打个盹。孩子就不会老实休息，他捡根树枝往水里扔，捡颗石子儿往水里扔，那些小水潭便温柔地带走了他的树叶和枯枝。他再接着寻找可以投入水里的东西，他就这么玩着单调的游戏，认真的小脸上表情专注而用力，仿佛在做一件多么伟大的工作。

那水清极了，透出溪底的细沙，以及鱼苗和杂草。水的颜色有时是冰一样洁白的，有时又是茶汤一样，带一点琥珀色的，有时候印上落叶、花瓣，变成绿色、粉色。如果是正午，水还不浸人，便可以脱了袜子，挽起裤脚踩进去，做一次短途的亲水之旅。

再继续走，磨溪还有很长的一段，可以一直连接到鼓山涌泉寺。偶尔会有徒步者从鼓山的白云洞穿越过来，他们拄着专业的登山杖，背着巨大的登山包，风尘仆仆地从遥远的地方走过来，好像苦行僧一般脚不停歇。我总是忍不住向他们打招呼，寻问这一路上还有多少好景致。但春日的阳光是多么短暂啊，我们常常耽溺于这小潭边的亲水游戏，或是躺在温暖的乱石边打个盹，天就要阴沉下来了，于是不得不收拾东西往山下走，那些徒步者所描述的山色就成了我迟迟到不了的远方。

想着我不短的前半生也总是受困于路边这些微小的事物，生命像发光的鳞片，从指尖流逝，而时间，这条看不见的细线总是牵引我，不断地误入歧途。这歧途里也包括了磨溪在内的无数条不曾知道名字的小溪——有时怅惘，有时又觉得无比充实。

2019 年

孤独登山不寂寞

陈志平

几年前，福州兴起了登山热，凡夫俗子的我，自然不能免俗。登山的乐趣，对那些整天神经高度紧张地沉溺在麻将桌上，或漫步在空气污浊、彩灯闪烁的舞厅，或是在摆满美味佳肴的酒桌上喝得酩酊大醉的人来说，是永远也体会不到的。

但我更喜欢一个人登山，侠客般独来独往。一个人登山，凭着自己的心情和体力，速度可快可慢，且对鼓山附近的白云洞情有独钟。这里的古道不像鼓山那样修得工整，人也不似鼓山多。虽然没有鼓山那样古松阵列，却也草木葳蕤。长长的古道，像一幅写满沧桑的长卷，顺着山势弯弯曲曲蜿蜒而上。先人铺就的古道虽不整齐，却也宽宽窄窄、高高低低，错落有致。清晨，一个人行走在山径上，虽然四周静静的，其实一点也不会感到寂寞。一路上，耳畔响着淙淙流淌的山泉，草丛中昆虫不甘示弱地在低吟浅唱，还有微风吹拂山林、小鸟鸣叫的声音伴随着你，甚至连树叶飘落的声音也能听到。有时，前面会传来一阵高亢、欢畅的吼声，如果心情好，你也可以运足丹田之气，用力大吼一声回应，对方十有八九会再回一声。此起彼落的喊声，惊动了栖息在树林的鸟儿。就这样，你来我往，把登山带来的疲倦全赶跑了。一般的情况下，我会一鼓作气地走完全程。其实，登山的过程充满了乐趣。毛主席说过：在战略上要藐视敌人，在战术上要重视敌人。登山也是如此，白云洞的古道有3000多级，没什么了不起，走一步就会少一步。但是具体的一步步地走却要靠毅力，不能轻视。每次到山脚下迈开第一步时，我就告诫自己，一步步走，坚持下去，就能到达顶峰！我气喘吁吁、大汗淋漓，一步一个脚印，不经意地看着刻在古道上的标示石阶的数字。在我的努力下，

白云顶观景

走过了卧龙潭，走过了凡圣庵，走过了既惊险又刺激的龙脊道，走过了一天门、二天门、三天门，当最后一步完成时，有说不出的愉悦。坐在良心寺前的空地上，喝着寺里僧人烧的清甜的凉茶，鸟瞰着脚下刚刚苏醒的大地，看着金色的阳光渐渐将脚下这片江河纵横、道路密布、面貌日新月异的热土铺满，看着半山腰的云聚云散、雾起雾落，心情真是难以言状……小坐片刻，微风轻拂，将身上的汗吹干，才匆匆下山。路上，总会碰上几个"老面孔"热情地和我打招呼："小弟，下山了""老兄，明天还来吗""昨天怎么没有看到你"……这些都是登山时结识的朋友，听了让人感到心里暖烘烘的。

当然，白云洞的人文景观也不逊色，如历史悠久的良心寺、凡圣庵、积翠庵，都值得一游。最值得一看的是良心寺周边的摩崖石刻，历史积淀厚重，内容丰富，是解读白云洞最形象的书。白云洞富有诗意的地名，让文人墨客流连忘返，诸如天梯、卧龙潭、化龙桥等，肯定蕴藏着美丽动人的传说，若去挖掘，必有收获。在登山的同时，你又能欣赏到人文景观，可谓一举两得。

记得有一次，我刚到山脚下，突然下起了瓢泼大雨，豆大的雨点打在身上生疼，古道霎时"水漫金山"，雨水顺着石阶奔流而下，我几乎是蹚着水上山的。雨声、风声伴我行，倒是别有一番情趣。到半山腰时，雨停了，绚丽的彩虹横空跨过；原先乌云密布的天空，经过大雨的洗涤，湛蓝湛蓝；树木经大雨的冲刷，更显郁郁葱葱，空气格外清新。若不在雨中登山，此景真是难得一见。还有一次，我下午上山，被白云洞周围琳琅满目的摩崖石刻迷住了，夕阳西下，才恋恋不舍地下山。归途中没有一个人。此刻正是鸟儿归巢时，一路总有鸟儿陪伴着我。它们仿佛是怕我路上寂寞，一会儿从我身边鸣叫着飞过，一会儿在古道上欢快地跳跃着，歪着脑袋，瞪着好奇的眼睛打量着我，走到它跟前也不飞走；有时几只色彩斑斓的鸟突然从树丛中飞出，美丽的羽毛在暮色中更显艳丽。山林到处是鸟儿动听的鸣叫声，有的清丽婉转，有的高亢激昂，有的如情人窃窃私语，各种声音和谐地糅合在一起，让我真正领会了刘天华先生的二胡独奏曲《空山鸟语》的深刻内涵，的确"此曲只是山中有"啊！

真的，孤独登山不寂寞。

2008 年

邂逅玄武岩

潘健挺

才过石坊的山门，就有清涧上的一座石桥作引导，一级级地就连到了石铺的古道上了。登山的人几乎是簇拥着往上涌，两旁的景色哪里还有心思去看顾？阳光很好，没有散去的岚气在林间漂浮，半空里偶尔筛落下来几声落寞的鸟鸣。踏行不过百步光景，抬头之间，堪堪望见松影里"听涛观瀑"亭的檐角，便悠然一阵清爽的凉风从身边一道沟壑袭来。细看之下，草木竟生得有些异样，墨色般的浓绿，重彩一样恣意奔放，不似周遭的疏落与寡淡，却也不见生生地往那高处上长，其间，有卵形滚着锯齿边叶相的不知名灌木，浑身披挂玲珑的晨露，斜斜地覆在那沟沿上，那山茶一样的虬枝在随意的盘曲里透着抑制不住的劲道，无端地就让人读出一种峭拔。遂离开摩肩接踵的人群，用手撩开错杂纷披的枝叶，几丝蛛网却还缠绵得不肯就范。说来也奇，就在伏身下探的那一刻，身后的人喧竟倏然地寂灭了，只听得自己的心在笃笃地一下下地跳，与此同时，头顶上的太阳光线也被黑洞吸走似的，两眼晕眩一样洇开了一片幽暗，稍后才有湿润的光线浅浅地浮出，像黎明前星光的闪烁，定睛看时，原是些游丝一样的细流，虫似的在那里蠕动，只是天光总也无法照得透彻。再顺着沟底的岩路执着地往上看去，但见一色的铁绿长练似崎岖地铺展开来，忙取下身上带有磁性的钥匙扣，在石上点了一点，立刻就感觉到了那特有的吸附力。我心想，这便是曾经听说过的鼓山玄武岩了。

忆及曾经翻看的有关记载，和无所不在的鼓山花岗岩相比，鼓山玄武岩恐怕是仅此一脉的遗存了，而且还要不动声色地蛰伏在这样一个毫不起眼的沟底。细忖之下，它的这种不起眼的境遇，也实在是因为它的岩相本身无一足观的缘故吧：由于致密的晶体结构和毫不发达的节理构造，它的不肯被外力雕塑的气质，便使它没有了通常美学意义上的丰富线条和讨好游人的种种造型。而鼓山花岗岩却不是这样，它富含了氧化硅的矿物成分的岩性本身，先就比玄武岩的基性特色来得活泼并且肆意，因而它的岩相品质也就使它不仅在色调上更炫目招人，且在理化质地上也更容易被人力或自然力随心所欲地雕琢了，以至巡山望去，几乎所有的景致，竟无一不是花岗岩所造化与成就的作品。这就难怪鼓山最后要以它的花岗岩名世，而它的玄武岩却几乎没有人知晓了。

然而没有人知晓却未必不是一件好事，尽管就这么贴身紧依在满是人喧与足迹的蹬道旁侧，这鼓山玄武岩却因无名无相可以不受寻访者的践踏和打扰，因而获得作为一个景点通常难得拥有的一份清净。不仅如此，

鼓山十八景之"达摩面壁"

它还因为低调内敛而不张狂招摇的品格，得以避免被采石人的斧凿光顾，从而独守一份自在并荣享天年。

本来，于岩石学我并无多少勘探琢磨的兴趣，所以与鼓山玄武岩的这种邂逅，本也大可不必如此费这多少有些矫情的笔墨，何况在鼓山以外，玄武岩也不过与花岗岩一样，是十分寻常的一种石头，只是世间参差多态的本质属性，与我总有一种没有任何理由的契合与诱惑而已。毕竟在鼓山看惯了太多的花岗岩之后，感觉上美则美矣，但心里头到底就生出了莫名的缺憾，以致连这无名无相的玄武岩的出现也都被视作种惊喜了。尽管这样，我却不愿意从此就在那石上镌上"鼓山玄武岩"的字样，以此去讨得游人的欢心。虽说这世间只要是唯一或者仅有就可以不论美丑，并以此作为一种本钱在人前炫耀，但在世俗目光一日日的注视里，那些本我的特质往往就在不自觉间被一点点地同化了，以致最后大多只留下一个空洞的名字。如此，我真的希望这鼓山玄武岩与那桃花园一样，有着不知有汉无论晋魏的单纯情怀，果真这样，那该有多好。

所以，当我从那沟底缓缓退出的时候，心里是深怀着一种战战兢兢的负疚感的，我打扰鼓山玄武岩了。因为一种下意识情绪的驱使，我小心地扶正被自己拨乱的每一棵草木，希望它们还像我没来过时那样完好如初，并且我还同时庆幸，周围那么多登山的人竟然没有关注到我的行色。这个发现使我的心里又多少感到了一点安慰，由是我进而希望，下一次自己再来鼓山的时候，或将再也找不到这个玄武岩的沟堑。那么我以上的文字，就算是对鼓山玄武岩的最后一次打扰了。

2007 年

树上之兰

青 色

在鼓山涌泉寺，有个著名的兰花圃，圃中有寄生兰，生长于离地三四十米高的名树古木上。有外地游客来，我们总要带去涌泉寺，共赏这树上之奇观。

此树上兰的发现，与共和国开国元勋朱德有关。1961年2月4日，朱德视察福州，一行人来到鼓山涌泉寺。途经一棵枫香树时，他立住脚跟，说，这里有兰花。随从人员四处张望，一脸茫然：这附近并无兰花啊！朱德指着眼前的枫香树说，兰花在此树上。众人不信，寺僧上树，果然发现一大丛兰花。寄生兰发现地，后来成了远近闻名的兰花圃。

离地三四十米高古树上的寄生兰是哪一种兰？好奇于斯兰，在花果期，我多次上山探兰，甚至带上鸟类摄影爱好者，借助他的长焦镜头，得以饱赏树上兰的叶、花、果及兰株的形态与神韵。

涌泉寺的兰花，是中文名"多花兰"的兰科兰属附生兰，为国家二级保护植物。它的每根花茎可抽花20—40朵，因花多得名。它开花时像极了蜜蜂，因此有"蜜蜂兰"之别名。许多兰科植物都是模仿秀高手，多花兰便是其中一种。它不单外表神似蜜蜂，更能模拟雌蜂散发出一种迷人的味道，吸引着远处的雄蜂争相前来授粉。

也难怪，多花兰寄生高处，若非拥有特殊本领，如何能在树上立足？长焦镜头拍下的多花兰，叶姿秀雅，花朵呈红褐色，吐着白中带斑点的舌头。端详许久，我们甚至能从花中窥见"蜜蜂"的头、腹部和翅膀。远看，一丛多花兰就是几十只、上百只的"蜜蜂"。

每次站在回龙阁的枫香树下，我就感慨万千。多花兰的香气幽微，人类的嗅觉难以察觉，偶然路过的朱德如何闻得？冥冥之中，自有一种

涌泉寺内朱德亲笔题写"兰花圃"

牵引。

　　朱德酷爱兰花，据说与爱侣伍若兰有关。这位名字中带兰的女子，在一次反"围剿"战争中，因掩护朱德而被捕，最终顽强不屈壮烈牺牲。噩耗传来，一向坚强的朱德，不禁潸然泪下。伍若兰有着兰花般高洁、坚韧的品格。有学者认为，朱德一生爱兰，与这一段历史不无关系。

　　涌泉寺的多花兰，不仅生长在朱德发现的香枫树上，也蔓延到沿途几乎所有的古树，朴树、香樟、油杉均为多花兰寄生之所。寄生与被寄生者其乐融融，相得益彰。从回龙阁前的第一个放生池旁阶梯起，至喝水岩石门附近，一路皆有树上兰可赏。尤其是那棵枫香树，树干高处，隔三四十厘米即有成丛成簇的兰花，如插秧般遍布树干。而另一棵靠近喝水岩、仅靠支架支撑的千年古香樟，寄生兰更是数不胜数，已将部分树干围个水泄不通。它正与繁多的蕨类一起，共同演绎着岁月的沧桑。

辛勤的蜜蜂，甘当媒人授粉，让兰花结出一颗又一颗的橄榄状小绿果。令人费解的是，多花兰是如何在高枝上生存下来，又如何在高枝上完成繁殖，从这一树枝到另一树枝，这一棵树到另一棵树的？

古树之幽兰，端坐树巅，闽江拓其远见，云雾涤其胸襟，不是精灵亦是精灵；古寺日夜梵音缭绕，古寺古树上的幽兰便有了仙气与禅意。狭长山道里是著名的"东南碑林"——灵源洞摩崖石刻。石崖上，青苔绣满了字里行间，一道道漫漶的横竖撇捺诉说着不可磨灭的往事。山道两侧，文采书艺、奇兰异木交相辉映。摩崖石刻遗存让兰花更显墨香与古韵。古寺幽兰值得我们一次又一次地探寻。

每每与朋友来此赏兰，我讲解与多花兰有关的故事，朋友解读摩崖石刻的诗刻。一群人痴立于兰花下、石刻前，或摩挲石碑，或诵读诗文，或辨识植物，兴奋之情无法言表。彼时的我们，总有美好和感动涤荡心间。而每每此时，总有途经的游客止步聆听或加入，一时队伍浩荡。当我们读到南宋名相、福州知州赵汝愚题刻的"故人契阔情何厚""堪叹人生只如此"诗句时，为赵汝愚与朱熹二人深厚的情谊、擦肩而过的遗憾，皆嗟叹不已。天地悠悠，百岁光阴一晃而过。古人勒石而记的诗句，让我们得以重温当年的温暖记忆。

令人叹惋的是，灵源洞276段摩崖石刻无一处写兰、咏兰，不能不说是一个遗憾。从现存的兰花数量来看，它们的存在时间不会太短。

若干年以后，这里的摩崖石刻上是否也会出现关于兰花的题咏或诗文？

2021 年

春游磨溪

林　娟

　　周末自驾车到福州周边游，这是当下有车一族的赏心乐事。那么没有车的我们能去哪儿玩呢？"驴友"小方在网上一查，说：有了，磨溪。从五一广场附近的仁德站坐 73 路公交车穿过鼓山隧道到龙门站，下福马路往北再走上约 200 米就到了。

　　这么方便的交通让人心欢喜，挑了个风和日丽的周末早晨，背上双肩背包，我们一行 6 人出发了。虽然网络上已把行走路线说得挺明白，但我们还是几经询问才在福马路边找到前往磨溪的路口，那里有个牌子，写明"燕前二号隧道进口"。

　　隧道正在施工，因为筑路的缘故溪水已被抽干，大块大块的鹅卵石白森森、干涩涩地裸露着，大卡车从溪岸边隆隆驶过，尘土弥漫似可蔽日，磨溪的清灵秀美几无可寻。正失望间，同伴指道："那大概是一处风景吧。"只见路边有 3 块巨石相叠，成就了一间天然石室，石室里供了香案，室顶 4 个大字"无为而成"，颇有古意。

　　我们在累累卵石间挪移行走，因顾及脚下的艰难而无暇观赏周边的景物，直至一道数十米的堤坝拦住去路。登上坝顶，我们便惊愕于坝上坝下的迥然不同。坝下那干涸的溪床已远在脚底，被堤坝拦住的磨溪水平如镜，这才是我们春游真正的开始。

　　春阳透过溪边丛生的芒草照进溪水，泛出晶亮的光影，灰白的草与青碧的水构成一幅静谧的画。因为没有跌宕起伏的地势，溪水静默无声，不过，这样就可以清晰地听到林间的鸟鸣。各种不知名的小草和灌木恣意蔓生，尘埃在这里被滤尽了，每一下呼吸都可以感受到空气的清新透明。"快看，那只蝴蝶！"正想用相机的镜头去追，那嫩黄洒金的蝶翅已不见踪影，寂静的山道上空余欢呼的尾音。

抬眼望对岸，岩壁如墙一路绵延，气势恢宏，丛丛绿树顽强地挣出岩隙，像给危岩织就了一件镂空的绿外衣。山腰处兀立一石，似披着袈裟的和尚驻足远眺；近山腰处，又有两块石头，似情侣相偎细诉衷肠。再行数十米，忽见一貌似古代书生的异石，于道旁做拱手状，上刻"南宫拜石"。这题刻大概源于宋代米芾拜石的故事。据《梁溪漫志》载，米芾见一石奇特，便整衣冠，对石拱手相拜，呼石为兄。

一路沿石级走走停停，不觉已到山腰。一簇紫红的三角梅从一派葱绿野草中跳了出来，掩映着一框安静的门。推开低矮的木门扉，一个刻意布置过的农家院落展现在眼前。石阶盘盘曲曲，石桌椅散布着供人小憩，院落里不见人影，不知传自何处的欢声笑语在寂静的山中听来恍如隔世。这里便是有古代磨坊遗迹的"憩园"了，可我们找来找去，却始终没有找到那传说中的石磨碎片。

于是出了门继续前行。潺潺水声隐约传来，一片浅滩深潭从丛丛绿荫中冒了出来，大大小小的岩石散落溪中，有的像八戒洗澡，有的像神龟探首，有的像鳌鱼抢珠……溪水清可鉴底，却不见游鱼的影踪，始信"水至清则无鱼"的古语。前方山坡上零零星星地立着数间茅屋，那是看守果园人的住处，远远望去，倒像是一片古代的村落，别有一种苍朴的诗意。

不觉间，日头已过了正午。野餐罢，捡块硕大平整的石头躺下小憩，蓝天净朗，浮云悠悠，幕天席地仰望苍穹，前尘往事杳无踪迹，心胸空旷。耳畔一道小瀑布水声訇然，望着，听着，不知不觉竟坠入了梦乡。醒来，水声风声再度入耳，却觉得世界静极，脑海中涌上一句："偷得浮生半日闲。"

归途中不禁自问：到磨溪是为了看什么？这里的山水虽算不得绝佳风景，可是一路行来却自有行走的趣致。或许这一趟旅行，要的就是无甚目的的散淡的过程吧。

2010 年

石鼓情缘

弦歌犹响起魁岐

——福建协和大学百年祭

伍明春

福建协和大学是我的母校福建师范大学的主要前身校之一。上大学时，虽然在学校的校史文字中读到一些协和大学的相关叙述，但由于时空的阻隔，对于当年这所闽地名校的了解，基本上还停留在一个个抽象符号的认知层面。直到 2007 年，因受命协助孙绍振先生编选《福建师范大学百年文学大系》，我来到学校图书馆民国文献阅览室爬梳历史文献时，才在《协大艺文》《协大周刊》《协大学生》等尘封的刊物中，经由其中充满青春激情和理想色彩的文字，真正找到了自己和这所大学隐秘的精神关联。

筚路蓝缕

福建协和大学是一所教会大学，1911 年就开始筹建，经早期倡导者约翰·高绰（John Goucher）、高智（JohnGowdy）、苑礼文（Abbe Livingston Warnshuis）、何乐益（Lewis Hodous）等人数年的多方奔走和不懈努力，于 1915 年正式创立。首任校长为美国传教士庄才伟（Edwin Chester Jones）。1916 年 2 月 16 日，福建协和大学迎来第一批共 86 名学生。协和大学最初的校址位于福州仓前山观音井街，租用了一个旧俄商茶行作为临时校舍。创办之初的协和大学，得到了同样具有教会背景的英华书院和格致书院的大力支持，它们分别为协大学生提供了图书馆和科学实验室的使用便利，使协大的教学计划能够得到顺利实施。

1922 年春天，协和大学从观音井迁往位于闽江北岸、鼓山西麓的魁岐村的新校区。这个新校区占地约 50 英亩，校舍的设计主要由美国建筑师亨利·基拉姆·墨菲完成。这位富有想象力的建筑师，创造性地把东方庙宇屋顶的形制等元素运用到包括科学馆、校长楼、学生宿舍等在内的大学校园建筑上，成就了协和大学建筑群的独特风格。不过，万事开头难，新校区的建设一开始也面临着各种困难，关于这点，从服务时间最长的协和大学教师兼管理者徐光荣（Roderick Scott）的叙述中，可以窥见一斑："当庄才伟眺望着这片由他、何乐益、高智、威拉德·比尔德及其他中国助手购买的土地时，看到这儿除了一些稻草、甘薯地和光秃秃的红色山坡，其他什么也没有；除了'风水'的原因在庙宇和坟墓周围保存了一些高大的松树林，根本就看不到树木"，"从福州到校园没有路，从校园到塔形锚地也没有路；没有运载木料或砖石的汽艇或货船可以停靠的码头；这里是名副其实的处女地。"（罗德里克·斯科特：《福建协和大学》）尤其是校区内原有坟墓的迁移问题，直到 1927 年第三任校长林景润执掌协和大学时仍未得到彻底解决。不过，就整体而言，协和大学的建设事业是不断向前发展的。在魁岐这块处女地上拔地而起的，不仅仅是协和大学的大楼，还有协大人坚韧向上的探索精神。

最初的几年，魁岐新校区的教师住宅尚不完备，很多教职工每天只能乘坐小汽艇从仓前山的住处来到新校区上班。受好友、协和大学国文系主任郭绍虞之邀，1923 年 9 月到 12 月，叶圣陶曾在协和大学短暂任教，其间就寄居在郭绍虞仓前山的家中，他在散文《客语》里这样写到仓前山的风光："向来不曾亲近江山的，到此却觉得趣味丰富极了。书室的窗外，只隔一片草场，闲闲地流着闽江。彼岸的山绵延重叠，有时露出青翠的新妆，有时披上轻薄的雾帔，有时不知从什么地方来了好些云，却与山通起家来，于是更见得那些山郁郁然有奇观了。"想当年福州尚无高楼大厦遮挡视线，叶圣陶从仓前山所眺望到的，恐怕就是市区的于山和乌山了。显然，这座南方城市特有的山水景观，多少慰藉了这位客居作家的浓郁乡愁："仓前山差不多是一座花园，一条路、一丛花、一所房屋、一个车夫，都有诗意。尤其可爱的是晚阳淡淡的时候，礼拜堂里送出一声钟响，绿荫下走过几个张着花纸伞的女郎。"叶圣陶笔下流露的诗意，其实也可以看作当年协和大学教师乐观豁达精神的某种写照。

尽管创业艰辛，但富有远见的早期倡导者们为协和大学未来的发展，定下了高远的目标。1916 年 2 月 28 日，何乐益就在写给朋友的信中不无骄傲地宣告："我们开始了。我们不仅是最新的而且是中国最大的大学之一。"当然，协和大学也没有忘记服务本土经济社会的责任担当，把培养本土精英作为一个重要任务："福建聪明的小伙子和姑娘离家到北方或者南方城市是一个长期的传统，他们在那里常常获得突出的成功，而他们本应为之服务的家园却衰退了……福建协和大学和华南女子文理学院很快改变了这种局面。"（罗德里克·斯科特：《福建协和大学》）换言之，让闽地优秀青年不必走出福建也能打破"在家为虫"的魔咒，成长为一条活力四射的龙，正是协和大学培养人才的要义之一。

昔年风华

1936 年 2 月，刚抵达福州的著名作家郁达夫，就在《闽游滴沥（之一）》中写下了一段与协和大学学子邂逅的真切感受："福州的情形大不同了：从前是只能从马尾坐小火轮去南台的一段，现在竟沿闽江东岸筑起了一条坦坦的汽车大道，大道上还有前面装置着一辆脚踏车，五六年前在上海的法界以及郊外也还看得见的三轮人力车在飞跑；汽车驶过鼓山的西麓，正当协和学院直下的里把路上，更有好几群穿着得极摩登的少年男女，在那里唱歌、散步，手挽着手的享乐浓春；汽车过后，那几位少女并且还擎摇着白雪似的手帕，微露着细瓷似的牙齿，在向我招呼、欢笑，像在哀怜我的孤独，慰抚我的衰老似地。"显然，协和大学的充满活力的学生们给郁达夫留下了深刻印象，尤其是少女的眼神和笑靥，让这位远道而来的著名作家的舟车劳顿，瞬间就烟消云散。斯人已逝，文字犹存。且让我们走进协大学子们丰富的诗文世界，领略他们当年别样的青春风华吧。

我们可以读到如此清丽而富有想象力的散文诗："蔚蓝天空时时飘

过朵朵白云，鼓山的绝顶峰有时插在云外，有时又笔直立在眼前。薄云从它顶上摩过时，好像少女膨胀的乳峰在白纱内颤动。碧绿山头露骨的岩石润湿着清泉，闪闪银色光芒。几缕炊烟夹着山腰里雾气漂浮。猛低头，流水带来山间春色，涌不尽她泌出的心泉。"（《晓英：紫藤花垂垂一串》）

"花，红的魂，展笑吧！不良的冬天已逃去迢迢。闪开双眼，看月亮新妆，倚天窗，凝眸向清溪之柔流。花，收拾你美丽的厅堂，黄莺飞来了，将把你底青春编做雅歌一首，唱于清朝。"（梦者：《昨夜我听过黎明》）少女、花朵、流水和春色，构成了青春意象的绚丽色彩。

而在另一些诗里，我们读到的是浪漫主义的感伤情绪："告诉你，你的青春一天病倒，/我将用这颗心当做棺材，/在月光中把你葬埋，/因曾把她和月光一般看待，/以后更要给月光二倍的怜爱。//告诉你，你底青春一天病倒，/我将用这颗心当做棺材，/在花香中把你葬埋，/因曾把她和花一般看待，/以后更要给花二倍的怜爱。//不过当我也死时，那个夜深，/要月光给我一缕光明，/带它走进黑暗的天堂，呀，黑暗的天堂！/要花也给我一丝香馨，/在黑暗的天堂我回想你青春的灿烂。"（宋琴心：《寻》）"我愿悠久流连在山谷，在海滨，在十字街头的酒坊。/对着溪水，海涛，明月，一杯一杯地把美酒送到柔肠；/沉醉在山之崖，水之湄，明月之下，尽情地歌唱。/一杯一杯再一杯，/搂抱着，长吻着，/朋友，爱人，心肝。"（沈雪玲：《残夜冷梦》）如果从诗艺的角度来考察，这些诗作自然经不起太多的推敲。不过，这些作品却为我们了解那一代青年的心灵和情感，提供了一些真实而丰满的样本。

抗战爆发后，福州也很快面临着沦陷的危险，协和大学决定迁校至闽北山城邵武。在那个特殊的年代，协大学子关于青春主题的抒写也发生了新的变化："静点吧！灵魂！/有时间的轻骑/将要像泼水般的到来。/二十年后，/如今又是一个开头；/给我力量！/我将粉碎习惯的锁链；/天之南抓把土，/地之北抓把沙，/朋友的心里取堆泥，/敌仇的眼里分块石，/经过火，/经过水，/再塑成一个新的我。"（辣椒：《守岁》）我想，这里呈现的全新形象，不仅仅是诗人的自我，也是烽火岁月中的协大学子自强不息的精神群像。

薪尽火传

曾担任过代理校长和教务长的徐光荣在谈到协和大学从水路内迁邵武的艰辛历程时，曾做出这样的评价："一所大学的要素——教师、学生、基本设施——都在那里了；而且，福建协和大学的校训——服务，牺牲，爱——在运送中没有丢失，也没有损坏。"（罗德里克·斯科特：《福建协和大学》）其中流露的自豪和自信令人敬佩。这种自豪和自信，在协大学生郭毓麟1935年模仿王勃《滕王阁序》而写作的《协和大学序》中得到强烈的呼应："鼓山西麓，闽江东岸，文楼峻峙，黉舍遥连，登高轩而望榕城，步坦途而通马尾，春秋佳日，诵弦聚遐迩之人，夙夜良时，士女究精深之学。粤稽古籍，名锡协和，友朋缔声气之交，师傅尽中西之美，长假山川之秀气，培育奇材，不缘雕琢之良工，生成妙景。"在这里，一个学术伊甸园的形象跃然纸上。不过，协大学子也并非两耳不闻窗外事，而是密切关注着时代脉搏和国家民族的命运："过千帆于水面，集万响于山间，地势旷而晨曦明，屋宇高而暮云聚，斯文未坠，宁无作赋之人，令节偶逢，定有题诗之客。分四时以异景，合群彦以同欢。呜呼，国事蜩螗，民生涂炭，江山破碎，寇贼纵横，倘击楫之同心，危犹可挽，若补牢之不力，悔也何追？所望多士辛勤，诸生砥砺，先忧后乐，早存拨乱之心，许国忘家，同具匡时之志；际风云而直上，播雨露以咸沾，国脉虽伤，转强可冀，民心未死，中兴未晚。"

正是这份得到完整保存并发扬光大的无形精神资产，既让协和大学即使在动荡年代也能守住学术的初心，培养出一批批优秀人才，也激励着它的继承者福建师范大学接过接力棒，向前方奋力进发。

俞元桂先生的学术成长路径就是一个范例，他1942年从协和大学中文系毕业，工作一年后考入中山大学研究院，到1946年研究院毕业时，得到当时执掌协和大学中文系的业师严叔夏先生的提携，回到母校担任讲师。关于这段师生情，俞先生曾这样写道："师生情相当奇妙，它与因血统所派生的亲疏尊卑关系不同，也与因法统所形成的上下级职务关系有别，它是由于知识的传授形成的特殊关系，纯出于机缘，是自然、平等、自由、无约束的，因而弥足珍惜。"（《晓月摇情·后记》）俞先生如是说，也如是做，传为学林佳话。作为福建师范大学中国现当代文学学科的奠基者，不仅在学术上有很高的造诣，他培养、提携的学生，很多都成为各行各业的佼佼者。更重要的是，俞先生的弟子们，大多继承了他乐于育人的精神血脉。

今年深秋的一个正午，阳光很好，我兴致勃勃地驱车前往魁岐村，希望能在民国老建筑中寻得协和大学的几分流风余韵。好不容易通过汽车导航找到了地点，却被制药厂的保安拦了下来，几经交涉，对方以厂区生产重地为由，将我拒之门外。我对他们的规章制度表示理解和尊重，毕竟现在这里不再是一所大学，而是一座现代化的工厂。后来我沿着制药厂的围墙走了一段路，当我向厂区张望时，目光越过新建的厂房和丛生的树木，居然看到了好几个民国建筑的屋顶，那正是典型的"亨利·基拉姆·墨菲式屋顶"，赶紧用手机拍下留念。就在那时，制药厂机器的喧嚣仿佛完全停止了，我的耳边隐约地响起了协和大学悠扬而有力的校歌：

协和大学闽江东，世界潮流此汇通；高山苍苍，流水泱泱，灵境产英雄；萃文化，作明星，明星照四方。无远弗届，真理是超；乐群众于一堂兮，作世界大同之先声；协和协和，大德是钦！

2017 年

远洋鼓山边

李善旺

远洋是一个美丽而古老的乡村，地处巍巍鼓山之麓，悠悠闽江之滨。福州曾有"五凤朝阳牛丽水，九龙绛脉出金汤"的美誉，而远洋算是其中一只漂亮的大凤凰。

古时，福州东郊之外是一片水乡泽国，从闽江到鳌峰洲直通前屿、浦东、上洋直至洋里，呈一个两江合并的大型江口，潮水一涨，江水连天，碧波万顷，犹如汪洋一片，故称"远洋"。然而，古时的福州"洋"字也代表田地的意思，"远洋"是个地名，凡是地名总有个落脚点，那是一片生长着中国特有的古老残存植物水松的湿地森林。随着历朝历代的围垦造田运动，在远洋乡音中被称为"水仙茫"的水松林四周渐渐从湿地滩涂变成上千万顷良田，乡民过着靠山吃山靠水吃水的生活。远洋有沃土千顷，沙洲万亩。潮起时鱼虾水面嬉戏，水草滋长；潮落间蟛蜞滩涂横行，蚬子满沙洲。这里土地广阔肥沃，水源丰沛，即使旱涝，也易丰收。故有俗语称："买田要买远洋鼓山边。"

远洋有许多历史故事和乡风乡俗。其中二月二"断路"的习俗，最早可追溯到汉朝闽越时期。相传汉高祖五年（前202），刘邦称帝，"复立无诸为闽越王，王闽中故地，都东冶（今福州）"。后来无诸的儿子郢继位，郢的第三个儿子名寅，又叫白马三郎，民间恭称"白马王"。白马三郎有勇力、善游猎。传说他某日出城到郊外游猎时，路经福州东郊鼓岭脚下，大中午不见乡间有炊烟，只闻溪涧传哭声，便走近问个缘由。原来此地有条鳝鱼成了精，残害百姓，每年都要求给其供奉一对童男童女。父母哪里忍得自己的孩子拿去喂鳝？便在儿旁哭泣。白马三郎听了大怒，风调雨顺、国泰民安的天下，岂容一条鳝鱼精兴风作浪，为非作歹？

于是白马三郎便要除去此害。白马三郎引出鳝鱼精，与其大战三天三夜，弯弓射中鳝喉时，鳝头将断未断之际吐水摆尾将精疲力竭的白马三郎连人带马打入水中溺亡，顷刻间水漫福州。三天后，白马三郎的魂魄从闽江口归来，从远洋上岸，这一天正好二月二，白马三郎的圣诞。"水鬼上岸，英雄落魄"，远洋人为了维护白马三郎的尊严和威仪，二月二这天尽量回避，寄宿外村亲戚，或者晚上不出声响，久而久之便成了乡俗，一直延续至今。远洋乡俗称二月二"断路"。后来，乡民用福州俗语"石舀都会溜过墙"来形容当时山洪之大。

据记载，五代闽国时期，福州田地分为三等，上等的肥沃田地多赐给寺院，而鼓山边的远洋就是上等的肥沃田地。当时闽王王审知赐给鼓山涌泉寺的田地多达 8.4 万亩，土地之多，居福州各寺院之首。寺院田地太多，除涌泉寺僧人耕种外，还雇请山脚下乡民耕田，看管种田的僧人乡民称其为"田头师"。宋朝后期，各寺院衰落，涌泉寺寺院田只剩下 1.3 万多亩。而明朝重道教轻佛教，寺田失去管控后多被他人占有。那时的远洋已呈现出乡在水中、水在乡中，多条小港贯穿整个远洋的地形地貌。从鼓山上俯瞰远洋，犹如"飞凤归巢"，故得美名——凤洋。

据《明实录》记载，明洪武五年（1372），明太祖朱元璋派使臣杨载携带诏书出使琉球国，致送国书，通知即位，建元洪武，封察度为"琉球国王"。琉球国中山王察度俯首称臣，遣王弟泰期等随杨载一同入朝进贡方物，从此中国与琉球正式建立藩属关系。凡逢贺天寿圣节、贺登极、贺元旦、贺封、迎册，琉球国王都要派使臣来华。同样，每位琉球"国王嗣位，皆请命册封"。明洪武二十五年（1392），明太祖朱元璋为了扬威，扶持琉球国前来朝贡、贸易，特赐闽人擅长造船航海的三十六姓人家移居琉球国，他们"知书者授大夫、长史，以为贡谢之司；习海者授通事、总管，为指南之备"。琉球国王把他们安置在一处叫久米村的地方居住，称为"唐营"，后因显荣者多，改称"唐荣"。此次由官方派遣的海外移民活动是中国古代中绝无仅有的一次。而侯官县壁团洲（今闽侯新洲）人金瑛也在其中，之后成了琉球国唐营（久米村）金姓望族始祖之一。

至明嘉靖三十五年（1556），琉球国第五代国王尚元继位。因平内乱，又因海路不宁，继位第二年，琉球国王尚元才派使者入朝进贡并请袭封，并将从倭寇手中救下的6名中国人送还明朝廷，派曾任家将的金伯通负责护航船队。出使途中船队冲破倭寇劫掠，顺利登陆福州，使臣进京朝贡，金伯通完成使命，在闽待命并回乡认祖归宗。明嘉靖三十七年（1558），明世宗命刑科给事中郭汝霖、行人李际春为册封正副使。因海寇不时出没，未及开洋。据《中山世鉴》记载，明嘉靖四十一年（1562），海氛稍靖，明世宗派遣册封使到达琉球国册封尚元为王。本年秋，王遣王舅穆源德、长史蔡朝器，偕册使郭汝霖等入京，奉表献方物，谢袭封恩。金伯通将军再次奉命护航此次船队，船至福州闽江口，不料遭遇暴风雨袭击，不幸落入江中丧命，其尸体顺潮水漂入内港远洋之滨。传说乡民见到浮尸将其推出，然又漂入，"三推三入"间，乡民觉得灵异，便将浮尸翻正面，尸体面色不改，发甲照长，异象丛生。见身上有腰牌，才得知是琉球国金将军。乡民便上报官府，同时将遗体做了防腐处理并塑以肉身，在远洋江埔建庙祀之，尊敬如神。嘉靖四十四年（1565），因

鼓山山脉茶园

金伯通护航抗倭有功，明世宗敕封金伯通将军为安东侯。之后琉球国凡是派使来华朝贡，都会遣人前往凤洋金将军庙拜祭。明清地方官员出使海外，乡人水上行旅、龙舟比赛等活动，也必往该庙上香祈祷。

在明清两朝，福州人对琉球国和琉球国人十分熟悉，琉球国派遣国人来福州学习、经商，从福州入京朝贡等交流频繁。古时，册封使与闽中诸友郊游时，登鼓山，望琉球，赋诗歌，抒情怀，在当时颇为流行。如明朝闽中十大才子之一的王恭的《草泽狂歌》中收录的《游鼓山天风海涛亭》云："高亭上与翠微连，漠漠风涛际海天。吴越百城飞鸟外，琉球孤岛断云边。灵源洞古人稀到，青草池空凤杳然。深愧远公相问姓，自非玄度亦逃禅。"《送人游鼓山》云："灵源洞口白云飞，君去凭高入翠微。闽越故城关外小，琉球孤屿鸟边微。天花寂寂逢僧宇，林吹飘飘扬客衣。若对凤凰池上月，顿令心地亦忘机。"清朝吴嗣富的《登鼓山》其中一首云："紫翠横空一解颜，登临有兴任跻攀。攫身屴崱云中路，决眦琉球海外山。龙首倒流泉韵绕，龟趺半蚀墨痕斑。年来已悟忘言妙，此日唫情未肯删。"《绛雪山居诗钞》中瑞麟的《登鼓山宿东际楼》（第七首）云："江月天风句，曾闻屴崱游。欲倾沧海浪，一写暮山秋。余亦耽高咏，诗还感互酬。会当凌绝顶，双髻指琉球。"龚文龄的《天风海涛亭》云："才从喝水岩前过，又上危亭踏绿莎。瞰到琉球双髻影，海风吹月晚潮多。"

清顺治二年（1645），见南都已完，郑鸿逵、黄道周等人奉迎南明唐王朱聿键入闽。在此过程中南明唐王的御前侍卫孙惠成不顾自身安危救了唐王，背着唐王过山脱险。这一年，唐王于福州建都，登基称帝，改元为隆武。传说隆武皇帝为了表彰孙惠成救驾之功，赐官和黄金，孙惠成不要，就要田地。于是隆武皇帝特赐石界垱条石一面，封地由起点至终点。远洋古来就是上等田地，孙惠成选中远洋田地，由远洋中心扛起石界垱，从田垱走向江埭，起初健步如飞，后越走越远，肩上越来越重，经过九转换肩之后，力疲弃石。石界垱落地江埭，远洋中心至江埭一带的田地即为孙家田地。后隆武皇帝命人将石界垱抬回起点并刻上"九肩垱"，既记录石界垱经九转换肩，又寓意皇帝"一言九鼎"。孙氏宗祠也于"九扄垱"起点建立而起。隆武二年（1646），福建门户敞开，清军长驱直入，隆武皇帝出奔汀州，被清军追击擒杀，隆武政权灭亡。

清康熙年间，远洋万亩沙洲被围垦成大片田园与鱼池，日久出现了田地收入归属纷争。官司告到福建巡抚，时任福建巡抚的张伯行正因鳌峰书院这家官办学府经费捉襟见肘而发愁，便将沙洲田地划归鳌峰书院所有，保证鳌峰书院每年有一笔固定的经费收入。因这片沙洲田未有名，今又划归鳌峰书院，遂以"鳌峰洲"定称。清朝五口通商时期，在福州"田买远洋鼓山边，厝买龙岭水井边"的说法已经非常流行。清同治十年（1871），日本渐渐控制琉球国，琉球国少来朝贡，贸易往来也少了，直至琉球国覆灭断了往来。远洋江垱处的凤洋金将军庙也渐渐少了香火，年久失修，每逢大洪水就被水淹，久而久之不是办法。远洋乡民遂于清光绪元年（1875）筹资将破败的凤洋金将军庙搬至如今的远东村江畔重建。每年正月十五"摆夜"，点蜡烛祈福，农历三月三定为金将军华诞。

光绪初年，福建署陆路提督孙开华多次莅临远洋孙氏宗祠进香谒祖。宣统二年（1910），孙开华之子孙道仁任福建提督，借远洋孙氏宗祠进香谒祖，结识孙氏宗亲。辛亥革命福州起义前夕，孙道仁借远洋孙氏族亲孙元燎的蚬埕之地，在一艘夹板船上开秘密会议部署起义事宜。后中国同盟会会员孙本戎招募远洋青年加入福建革命军，一同参加了光复福州的于山战役，为推翻封建王朝做出了贡献。

2018 年

王审知和鼓山半岩茶

孟丰敏

在中国，茶兴于唐，盛于宋。可以说有中国人的地方，就有茶叶的身影。而影响世界的茶叶非福建茶莫属，其中不得不提及近代享誉世界的武夷红茶。而武夷红茶、武夷岩茶与福州的鼓山半岩茶有着密不可分的关系。

据史料记载，早在唐代，鼓山茶同"方山露芽""武夷茶"就被誉为名茶，列为贡茶。其中鼓山半岩茶曾为闽茶第一、闽王贡茶。

毛文锡的《茶谱》记载："福州柏岩极佳。"清朝诗人黄任撰写的《鼓山志》记载，福州方言中，"柏"音"bó"，有附着之意，故称"柏岩茶"。《茶谱通考》载，福州柏岩茶又称"鼓山茶""伯岩茶"，即鼓山半岩茶。《续茶经》更详细地说明："柏岩福州茶也，岩即柏梁台。"原来，鼓山的半山腰有一处柏梁台，茶树倚柏梁台而生。半岩茶原名"半岩菜茶"。

福州市东郊有一座山，海拔925米，峰顶有块直径盈尺的巨石，状如鼓，传说每当风雨大作，有鼓声传出而得名，故名"石鼓名山"。山上有涌泉寺，驰名中外。山间万木障蔽、气候宜人、岩秀谷幽、云雾缭绕，宛若仙境。半山腰，鸡犬桑麻自一村，群峰环抱处泉水潺潺，岩石下茶树倚岩生长。此乃得天独厚的自然条件。

唐朝，晋安区已有柏岩菜茶的茶树品种。尤其908年，闽王王审知于鼓山山腰填龙潭，建涌泉寺，礼请福州雪峰寺开山祖师义存的高足神晏为住持。当时寺名为"鼓山禅苑"。翌年909年，王审知被后梁封为闽王。

唐中叶后，福州禅寺皆沿袭百丈怀海禅师制定的禅茶制度，因此鼓山禅苑的僧人必定要种茶、制茶。

清代林枫著的《榕城考古略》记载，闽王王审知把犯人集中到鼓山种茶，由涌泉寺僧人负责监管。王审知治闽期间，为发展经济，大力推进茶叶生产和对中原的茶叶贸易，茶叶种植面积不断扩大。鼓山遂成为著名茶叶产地，半岩茶也逐渐发展为名茶。闽王王审知、王延钧与高僧多有交流，并倡导"吃茶"之道。这是鼓山半岩茶得以迅速发展的主要原因。据记载，当时官焙有 38 处，民焙 1336 处，茶叶产量多，质量高。晋安区的茶会，地名便源自焙茶场。由此可见两代闽王对鼓山半岩茶能扬名全国起了十分重要的推动作用。

《茶经》对茶的种植环境提出了很高的要求："野者上，园者次。阳崖阴林，紫者上，绿者次；笋者上，牙者次；叶卷上，叶舒次。阴山坡谷者，不堪采掇，性凝滞，结瘕疾。"

如今生长福州柏岩茶的茶园里种满了梅花。每年元月，百姓从四面八方涌来赏梅，争相拍照留念。这里位于鼓山灵源洞后，有一块巨大的"台"，与方山茶园一般，都是得天独厚的"阳崖阴林"之处。台的周围岩石如刀削，千仞之壁如一道道天然屏风，将今天的梅园、当年的茶园环抱成鼎，而土壤正如《茶经》所言"其地，上者生烂石"。茶的品质如何，看它生长的环境便可知。

鼓山今属于晋安区管辖。宋代，晋安区的北峰一带也是著名茶区，所产茶叶曾被列为贡品。位于福州北大门，依着岳峰，傍着晋安河的晋安区茶园街道古时也是茶园。由此可见，晋安区种茶、制茶历史悠久。

历代文字记述，不乏对鼓山半岩茶的褒词。明代大学者谢肇淛的《五杂俎》记载："今茶品之上者，松萝也，虎丘也，罗芥也，龙井也，阳羡也，天池也，而吾闽武夷、清源、鼓山三种可与角胜。"将鼓山半岩茶评为明朝茶之上品。明朝福建文坛领袖徐兴公的《茗谭》记载："茶经所载，闽方山产茶，今间有之，不如鼓山者佳，侯官有九峰寿山，福清有灵石，永福有名山室，皆与鼓山伯仲……"他认为鼓山半岩茶的滋味更胜方山露芽。明朝福州著名文人邓原岳诗云："雨后新茶及早收，山泉石鼎试磁瓯。谁知㠻嗣峰头产，胜却天池与虎丘。"钱椿年的《茶谱》云："福州有柏岩……其名皆著。"但是杭州的龙井和福州的方山露芽都是绿茶，

茶亭

鼓山半岩茶是乌龙茶，这也许是各人口味习惯不同而评价不一。

明清时期，福州士族与寺僧往来密切，进一步推动了鼓山茶的发展。17 世纪末 18 世纪初，福州为中国茶叶出口最早的三个口岸之一。同期的鼓山茶种植面积扩展到凤池、茶洋山、鼓岭等地。历史上的鼓山半岩茶条索细短，汤色浅黄如雏鹅绒毛，初入口似觉平淡，回味则鲜爽甘醇。明清时期，鼓山半岩茶发展至鼎盛。

清福建布政使周亮工的《闽小纪》之《闽茶》记载："鼓山半茶，色、香、风味当为闽中第一，不让虎丘、龙井也。"还提及武彝（今武夷）与福州的屴崱（今鼓山峰顶）都产茶。那时武夷茶与屴崱茶（鼓山半岩茶）都是贡茶。他到徽州茶人闵汶水的家中去品茶，见其水火皆自任，以小酒盏酌客。闵汶水借用别的味道来充作兰香，使茶之真味尽失。周亮工以为茶不能以香气来定优劣，何况以兰香来定等级，说明闵汶水不懂茶。

说到"兰香"，普通人以为乃茶里有兰花的香味。其实"兰香"指火候。蔡襄的《茶录》对茶的香味做了等级分别："茶有真香，有兰香，有清香，有纯香。表里如一纯香，不生不熟曰清香，火候均停曰兰香，雨前神具曰真香。"周亮工说鼓山半岩茶之色、香、风味为闽中第一，不让虎丘、龙井。即使是同样进贡的武夷茶也不如鼓山半岩茶。

为了保证鼓山半岩茶的品质，鼓山寺僧专门设计生产了一种方圆的锡罐代替粗瓷胆瓶贮茶。周亮工的这段记载可见当时中国茶业界的激烈竞争，而评判茶之优劣，也尚未形成一个绝对标准，所以茶香成为评判茶叶优劣的重要依据。

《福州府志万历本》介绍了明朝万历年间福州各县区的茶叶情况，比如侯官县的九峰、长乐的蟹谷、福清的灵石、永福之名山室都生产制作茶叶，但数量少，香味也不如鼓山的半岩茶。

清朝诗人黄任的《鼓山志》记载，王敬美督学在闽评茶："鼓山茶为闽第一，武夷、清源不及也。"《茶谱辑解》记载："福州柏岩极佳。"说明鼓山半岩茶历唐、宋、元、明、清，千年而不衰。

虽然是贡茶、名茶，鼓山半岩茶却一度停产。《闽小记》记载，明朝福建建安（今福建建瓯市）人杨荣当政时，叫停了每年鼓山半岩茶的进贡。当年鼓山半岩茶主要是寺僧制作。官府经常向寺庙索取贡茶，百姓根本没机会喝到鼓山半岩茶。清朝初年，索取鼓山半岩茶的官员更多，给寺庙造成的负担和压力比进贡更大，因此不堪贪官之扰，茶叶进贡停止了，产量随之减少，市场也萎缩了，导致和方山露芽一样的退市结局。

清末，福州的两大贡茶方山露芽和鼓山半岩茶的衰落有三种原因导致。一是进贡取消；二是官吏索取过度，给寺僧、茶农添加负担；三因茶商重利，制茶不得法，茶尖与茶蒂一起烘焙，时间难以把握，结果茶尖烤焦，茶蒂不熟，茶质不良，若费工精制则价高，百姓买不起。导致方山露芽、鼓山半岩茶日渐衰落以致无人问津。

今天的鼓山相怀梅园中仍有一块"古茶园遗址"的介绍牌记载："乾隆黄任《鼓山志》载，茶园，讹为'笊篱墼'。在钵盂峰之前，自山腰分径而入，别为一区，即鼓山产半岩茶茶园遗址。"这里也是福州最古老的茶园，树龄100多年的连片茶林隐蔽在深山老林中。

旧时，与鼓山茶园毗邻的是鼓岭的茶洋。"茶洋"顾名思义是茶树的海洋，原有万亩茶园。宋朝的"茶洋"旧址即今鼓岭宜夏村一带。清代诗人魏杰的诗作《茶洋山》写道：

> 孰意高山处，宽平万亩园。
> 武夷茶可种，石鼓岫同尊。
> 路险人难到，溪分水有源。
> 前朝停厥贡，此地古风存。

这首诗歌说明了鼓山半岩茶曾是前朝贡茶，虽然停贡了，但种茶、制茶风俗依旧。而"武夷茶可种"，是因为"石鼓岫同尊"，即武夷山天心岩一带茶树与鼓山半岩茶树是同岩同根生的兄弟。

1000多年来，闽王王审知留给福州人民的珍贵遗产——鼓山半岩茶是铭刻在福州老茶人心中的骄傲品牌，留下永不消失的馨香。

2024 年

郭沫若在福州的手书题刻

张 斌

我国著名文学家、历史学家、社会活动家郭沫若（1892—1978）与福建因缘情深，他对闽都福州人文风光和传统工艺美术有特别的感情，我们可以从他的相关诗作领略到其间的缘由。

一、两处手书题刻

所谓题刻，即将题字墨迹摹刻于石头上，通常有石碑刻字和摩崖石刻，即在野外天然山石上凿刻题字。福州的郭沫若手书题刻形式两者都有。一处是在鼓山灵源洞摩崖石刻群的石门上，另一处在台江区宁化支路 1 号门柱上，分别于郭老辞世后的 1979 年、1980 年所勒石。

鼓山景区的郭沫若诗词题刻由时任福建日报社美术摄影处负责人、省美术家协会副主席兼秘书长（后任省美协主席、省文联副主席）的丁仃先生（1933—1998）担任艺术指导，福州雕刻厂三位技术人员施工。

郭沫若游鼓山咏诗题刻在灵源洞石门岩壁上，崖面平展如砥，石面高 136 厘米，宽 71 厘米，阴刻字径 11 厘米，行草书字迹清晰，描红漆。全文为：

> 节届重阳日，我来访涌泉。清风鸣地籁，微雨湿山川。
> 浮岭多松柏，依崖有杜鹃。考亭遗址在，人迹却萧然。
> 十一月八日访涌泉寺 郭沫若

诗中落款的 1963 年 11 月 8 日是农历九月二十三日，属立冬节气，重阳节已过了十多天，郭老雅兴题为重阳节，乃因应了古人重阳节登高望远抒情赋诗的悠久传统。

郭老的这首诗，是对鼓山松涛鸟鸣，清风幽静，云雾缥缈，似凡间仙境的咏叹。诗的内容与福州工艺无关，但诗刻雕工是福州雕刻厂选派的人员，他们驻鼓山近一年，艰辛摹刻题诗，也是该段历史的因缘者。笔者曾受参与刻石的王贞魁同学邀请上鼓山，亲睹诗刻现场，观赏到郭老生前留下的四尺全开宣纸上的题诗墨宝原件。郭老书法主要取自宋代米芾，又具个人风格，行笔飞动，浑朴苍劲，具有非常强的视觉张力。

摹刻郭老题诗，非常不易，当时没有今天普遍使用的电动刀具，也没有复印机可复制郭老手书样稿，只能用透明拷贝纸双勾字形，再以复写纸拓描到岩壁后凿刻。由于鼓山多云雾笼罩，岩石表面常因潮湿不易拷摹字迹，只能在晴朗的日子抓紧时间施工。他们手抡铁锤无数次反复击打合金铁錾，一刀一刀地把描摹的诗句用全手工刻制出来。郭老这首50多个字、字径11厘米的诗句，刻工花了近一年时间，耗用了许多铁錾和纱布手套。

如果说鼓山郭沫若诗刻与福州工艺的关联传达的只是间接因缘讯息，那么郭沫若手书的"福州工艺美术研究所"刻石，则是郭老与福州工艺界直接情缘的体现。在台江义洲宁化支路1号门墩上的这幅大理石题刻，通高150厘米，宽30厘米，每个阴刻字径高约13厘米，亦是贴福州金箔，历经风雨43年，镏金光彩依然。福州工艺美术研究所虽已改制停办，但门墩上的这幅题刻与郭沫若生前留下的多首赞美福州工艺的诗词，至今仍传为历史的佳话。

二、诗赞福州工艺

郭沫若生前多次赋诗题赞八闽工艺美术。从已收集到的史料看，从20世纪50年代末开始，郭沫若在京参观福建工艺品展览，或来福州造访脱胎漆器厂、石雕工艺厂时题写了多首诗词。现按诗作时间先后编号录入，略说其成诗背景。

（一）

手下运东风，放出百花红；

劳心结劳力，精巧夺天工。

郭沫若这首诗题于 1959 年 9 月 12 日，在北京北海公园西侧团城参观了福建省工艺美术展览后，应展会方求赐墨宝，在接待室现场提笔挥就。这次展会上展出了福建著名的福州脱胎漆器、寿山石雕、软木画、龙眼木雕和德化瓷器、泉州木偶头等 1800 多件展品。郭老与夫人于立群整整半天驻足展馆内观赏，对福州脱胎漆器和寿山石雕特别喜欢。看到漆盘上金鱼若隐若现生动逼真，于立群对郭老说，家里书房的砚台盖如能画上漆画金鱼图该多好。当时陪同参观的展会人员、福州工艺美术研究所所长林荫煊（1924—2000），在郭老夫妇参观结束离开展馆时，对于立群说："您喜欢漆画金鱼装饰大砚盖，可派人寄来，我们有一班人马正在人民大会堂装饰福建厅，有专人会描漆画金鱼的，请即便交来照办是了。"过了数日，郭老的秘书王庭芳将砚盖送来了，不到半个月时间，由在京参加人大会堂福建厅装饰的福州工艺美术学校首届漆艺科毕业生郑益坤，画好了砚盖上的游水金鱼，活灵活现又深沉含蓄。郭老夫妇很是赞赏。

（二）

八十六种，齐放百花；

春来手下，看遍天涯。

这是郭沫若 1961 年夏天在北京团城上，再次参观福建工艺美术展览后，现场留下的墨宝。

（三）

漆从西蜀来，胎自福州脱。

精巧叹加工，玲珑生万物。

> 或细等毫芒，或巨逾丘壑。
>
> 举之一羽轻，视之九鼎兀。
>
> 繁华着手春，硕果随意悦。
>
> 天下谅无双，人间疑独绝。
>
> 勿以地为牢，精进不可辍。
>
> 日新又日新，时空两超越。

　　郭沫若这首赞美福州脱胎漆器的诗流传很广。1962 年底郭老以全国人大常委会副委员长身份来福建考察，到福州的第二天，就到了当时位于台江义洲宁化路的福州第二脱胎漆器厂参观，在车间里看到老艺人以布质脱胎工艺，仿制成出土的殷商时期的青铜后母戊大鼎，相似度极高，连斑驳铜锈也仿制如旧，真假难辨，叹为观止。郭老建议厂方邀请故宫博物院和大连博物馆来订购这轻巧的脱胎仿青铜复制品，说一定会得到好评。在厂陈列室仔细观赏后，他即热情洋溢挥毫题诗赞美福州脱胎漆器。后来许多介绍福州工艺品的书籍，或研究传统漆艺的专著，常会引用此诗词。该诗以细腻又夸张的华彩文字，形象生动地描述了福州脱胎漆器造型丰富优美，质地轻巧奇特，工艺天下无双。

（四）

> 八闽是我故乡，去年我曾去来。
>
> 工艺允称精绝，一年一度花开。

　　这是 1963 年 2 月 1 日上午，郭沫若夫妇在北京团城第三次参观福州工艺美术展所题的诗。这天恰是大年三十，北京天气寒冷，大雪纷飞，郭老夫妇身穿大衣，头戴呢帽，脚穿棉鞋来到展会。在展示现场，又一次兴致满满地欣赏琳琅满目的福州寿山石雕、脱胎漆器等工艺品，并与接待人员回忆说："两三个月前刚去过福建，在榕城参观了脱胎漆器厂、石雕厂，对福州特艺印象好极了。"还说："寿山石最名贵的算是田黄石，石色有枇杷黄、橘皮黄、粟子黄等多种，有通灵澄澈的，称为田黄冻，田黄石还有萝卜纹的，都算上品。"又说，这些常识，是参观石雕厂时一位叫林友琛的老艺人告诉他的，足见他对福州工艺难以忘怀。参观完题诗后，郭沫若在接待室告诉展会的福州工作人员，他的祖先是福建汀州宁化的。据乐山《郭氏家谱》所载，郭沫若的祖籍汀州府宁化县，先祖郭福安为郭子仪后裔。郭老在《德音录·先考膏儒府君行述》中云："吾家原籍福建，百五十八年前（即乾隆四十六年，1781 年），由闽迁蜀，世居乐山县铜河沙湾镇。"所以郭老这次题诗首句便是"八闽是我故乡"，他对故乡的精绝工艺引为骄傲，称之为"一年一度"常开不败的鲜花。

（五）

团城又是一年春，闽艺展陈色色新。

连岁东风吹不断，百花齐放竞推陈。

　　这是郭沫若继团城展会上的诗作之后，又在他家中所题写的诗句，同时还手书"福州工艺美术研究所"，于 1963 年 2 月 4 日即农历春节初三上午，带上这两幅墨宝，携夫人和两个十多岁的儿子郭世英、郭民英一同来到了团城福州工艺展会。郭老将两幅手书交给福州工艺美术研究所所长林荫煊，高兴地说道："大年初一，我开笔写这幅字（指诗作），又写'福州工艺美术研究所'的题字，现在都送来了，给你们做纪念吧！"前文讲到的台江义洲宁化支路 1 号郭沫若题刻，即这幅手书的勒石，巧得很，这题刻所在的地名叫"宁化"，竟与郭老的祖籍地同名。

　　近日，我曾经的美术学校班主任，88 岁的著名漆画家郑崇尧老师，在南后街黄巷工作室向我展示了一张 1959 年底他与同学郑益坤等在北京与郭沫若夫妇的合影旧照，参加留影的有为首都人民大会堂福建厅装饰的福州工艺美术学校首届漆艺科毕业生、福州工艺局与工艺研究所负责人。想必，这旧照片后面，还有郭沫若与福州工艺美术的故事待追记。

2024 年

弘一法师的闽地情

杨国栋

一

弘一法师是我国现代著名的高僧，也是我国早期研究和介绍西洋艺术的先驱者，在美术、音乐、话剧、书法、金石、文学等方面都有很高的成就，是一位多才多艺的艺术家。他中年出家后大部分时间居住在福建，对福建的佛教和文化艺术产生了深远的影响。

弘一法师俗名李叔同，曾留学于日本东京美术学校。31岁时学成回国，在天津、上海、南京、杭州等地学校致力于艺术教育。1918年7月，李叔同在杭州虎跑寺出家为僧后，精修梵行，博览群经，有多种佛学论著。

史籍记载，弘一法师第一次来福建是1928年11月。他原在浙江温州庆福寺，继而到上海，再到厦门。他在叙述自己那次来福建的缘由时说：尤惜阴居士是我旧时很要好的朋友。一天下午，李叔同去上海看尤居士，居士说要到暹罗（泰国）去。李叔同听了觉得很喜欢，便想一道去。第二天早晨，天还没大亮，李叔同就赶到轮船码头，和尤居士一起启程。当时从上海到暹罗，途中要经过厦门，没想到这就成了李叔同来厦门的缘由。12月初，到了厦门，承陈敬贤居士的招待。后来陈居士还介绍李叔同到南普陀寺居住。不久，弘一法师离开了厦门。他很早就心仪福州，久仰鼓山。春夏之交的福州风光旖旎，山川秀美，一条浩瀚的闽江穿越闽北闽中。如果站在闽江下游的鼓山附近远眺，还能一睹波澜壮阔、船舰竞发的辽阔无垠的大海。

弘一法师曾到福州西湖公园参观游览。当他读到了北宋末年和南宋初年几度来闽主政的、大名鼎鼎的诗人辛弃疾在这里留下的两首诗词，特别敬佩先贤超常的古诗功力。他还在此瞻仰了大名鼎鼎的民族英雄林则徐的石雕塑像，并焚香祷告。

弘一法师在福州鼓山涌泉寺居住了较长时间。他在藏经阁发现孤本《华严疏论纂要》和其他善本经论的经版，这使他喜出望外激动无比。当即请人印刷，并将一部分赠与日本相关寺院。鉴于鼓山经版虽享誉异域，而我国仍湮没无闻的现状，弘一法师感慨地说道：览彼所雕《法华》《楞严》《永嘉集》等楷字方册，精妙绝伦。以书法言，亦足媲美唐宋，而雕工之巧，可称神技。虽版角少有腐阙者，亦复何伤，弥益古趣耳。又复检彼巨铁，有清初刊《华严经》及《华严疏论纂要》、憨山《梦游集》等，而《华严疏论纂要》为近代所希见者。日本《大正新修大藏经》里也没有收入。这部佛学要典能够重新印刷传布，实在应当归功于弘一法师李叔同。他对福州鼓山涌泉寺藏经阁所藏佛教经论的评价，很快就被媒体报道而获得广泛传播，从而引起了许多佛学研究者的高度重视。

在鼓山涌泉寺藏经阁，弘一法师对这里珍藏的佛典经版颇为赞叹。览彼所雕《法华》《楞严》《永嘉集》等楷字方册，赞叹精妙绝伦。在鼓山，弘一法师还请人用这些雕版翻印《华严疏论纂要》，部分经文赠给日本各大禅院。

弘一法师得知鼓山涌泉寺有三宝：陶塔、雕版、血经。其中的两宝都在藏经阁。这让他异常兴奋。当时他上鼓山因还有别的更重要的工作要做，一时不能分身。等到藏经阁藏有明、清以来的佛教经典 2 万多册，还有来自印度和缅甸的贝叶经及 9 部 657 册血经，都被弘一法师一一整理完毕后，他又对鼓山珍藏的著作、佛像与书法类雕版共 11375 块一一进行归类。著名的有《佛说观无量寿佛经》《仁王护国般若波罗蜜多经》《佛顶尊胜陀罗尼经》《五灯会元》与《建州弘释录》等，弘一法师一丝不苟地整理，有序而不乱。其中清朝康熙年间的雕版达 140 多种，几乎全是精椠之本。《华严疏论纂要》为孤本雕版，共 2425 块。因历代藏经中对清代的佛典收藏相对薄弱，这些清代的藏经版便具有了十分重要的历史文化价值。

鼓山涌泉寺自唐代开基以来，诸多高僧对禅籍的刊布颇为重视，明清两代的雕版印经达到鼎盛。日本佛教学者常盘大定曾对这里的藏经、藏版做了一个多月的调查，称誉涌泉寺为"中国的第一法窟"。弘一法师自然而然地成为深受人民赞誉的大师。

鼓山摩崖石刻，是鼓山最重要的名胜景点。史料记载：鼓山摩崖石刻始刻于北宋年间，南宋至清朝末年延续不断，到了弘一法师进入鼓山的年代，依然有着行家先后在鼓山进行摩崖石刻。

自宋代以来，不少仕宦、游客在鼓山的灵源洞、白云洞、达摩洞十八景、石磴路旁、舍利窟、鼓岭、鳝溪、磨溪等处摩崖刻字。鼓山风景区内原有摩崖石刻 712 段，现存 653 段，佚失 59 段。鼓山摩崖石刻共计 300 多处，遍及全山，其中 200 多处集中在灵源洞一带。灵源洞四周悬崖峭壁，刻满了自宋以来的历代题咏，汇集了篆、隶、行、草、楷各体书法。鼓山摩崖石刻年代跨度大，从北宋年间绵延至当代，是中国书法艺术灿烂的瑰宝，具有重要的历史、文化、艺术、科学价值。弘一法师对摩崖石刻充满着极其浓厚的兴趣，他像着了魔似的，反复将鼓山的摩崖石刻看了个遍，同时笔记、心记、脑记。

2001 年 6 月 25 日，鼓山摩崖石刻作为北宋至现代时期保护完好的历史文物，被国务院公布为第五批全国重点文物保护单位。

二

1929 年 10 月，秋高气爽的美好日子，弘一法师再次来到风景秀美的海滨花园城市厦门，走进了让他心心念念的闽南佛学院。作为一名精通佛学和各类文学艺术的学者与教育家，弘一法师曾经书奉闽南佛学院同学诸君。

这次入闽，弘一法师还曾经到过闽南的小雪峰寺过春节。当时，小雪峰寺是由转逢和尚当住持，太虚法师也去那里度岁。两位佛学大师相谈甚欢。佛学自然是他们交流心得的主要说辞，然而佛学之外的其他文化艺术门类，同样成为他们言说不尽的话题。接下来，也就有了佛界文化艺术史上的一件大事成为美谈。那就是由太虚法师作词、弘一法师作曲的《三宝歌》，流传于全国佛界。后来这首词曲朗朗上口的流行歌曲，成为当时"泉州慈儿院"儿童们早晚礼佛时必唱的赞歌。

在月台佛学研究社，弘一法师除了上课教授数次中国古代的书法知识和流派分布外，更多的时间用到了帮助寺僧学员学习和研究佛学要义上面。弘一法师在这里还帮助寺里整理了一批古版的藏经，编成目录。弘一法师在泉州承天寺居住到人间最美四月天，因闽南夏天气候相当炎热，弘一法师便又带着简便的行囊回到了浙江温州。

三

弘一法师第三次来福建是1932年10月，居住到1942年9月逝世为止。其间除了应邀前往青岛湛山寺讲授律学5个月之外，其余时间均流连于闽中和闽南地区，大约有10年之久。

这次入闽，弘一法师依然先到厦门，住在山边岩（万寿岩）和妙释寺，次年5月转至泉州开元寺，11月走进晋江草庵。1935年春暖花开的明媚季节，弘一法师迈开他稳健的步伐，又走入了名满天下的泉州开元寺，住在温陵养老院；不久至惠安崇武，安居净峰寺等。1936年春天，弘一法师再度走进厦门南普陀。一段时间后，他觉得美丽的鼓浪屿在初夏时光特别怡情养性，便又移居鼓浪屿日光岩下居住，枕着大海起伏的波涛，直到寒冬，觉得潮湿，才回到南普陀居住。其后，由于山东青岛的湛山寺院住持邀请，弘一法师前往青岛传教佛学数月，于次年9月间回到厦门万寿岩。1938年1月，他再次来到泉州开元寺和承天寺研究佛学精要；随后赴厦门鼓浪屿，再度聆听大海涛声，从各种佛学经书中领略深意。

厦门与漳州相邻，弘一法师心仪漳州南山寺久矣，便于人间最美四月天受邀走进南山寺，旋即移居漳州东乡瑞竹岩；其后又到历史悠久的同安县梵天寺、晋江安海水心亭、泉州光明寺和开元寺。在他的晚年，主要居住在开元寺温陵养老院。1942年9月4日，弘一法师圆寂于养老院晚晴室，享年63岁。

长亭外，古道边，芳草碧连天。

晚风拂柳笛声残，夕阳山外山。

天之涯，地之角，知交半零落。

一壶浊酒尽余欢，今宵别梦寒……

　　上面这首《送别》的诗歌，在中华大地上可谓家喻户晓，谱曲后进行传唱，几乎成为民国时代最有受众的经典遗响之一。而这首歌词正是弘一法师在福建的晚年岁月中创作的，从中可以领略到苍凉之气和别离之情在古道夕阳中弥漫散开，至今依然深深打动着读者。

2024 年

山水行吟

雨 中 鼓 山

郭 风

只见一朵朵的云，一阵一阵的雾，

就在眼前，就在我的四周。

——它们，

云，或是雾？像一只一只不成形的白鹤；

像一只一只不成形的纸船，像我的孙儿刚刚在

　　托儿所学会折成的白色纸船；

或则，有如燕子，有如炊烟，有如衣裙的白纱。

在古松的树干间，在古樟的树枝之间，

在涂着朱丹红的山径两边的短墙间，在"石鼓

　　名山"亭的屋檐间，在山门的石柱间，

飞来飞去，环绕着又环绕着，

会合了，又飘散了；凝聚了，又各自撒开。

　　而雨，

从这雾或是云中降落下来，

——只闻其声，不见其影……

1964 年

鼓　山

蔡其矫

人的道路和车辆的道路
在山下分开，
在共同的目标会合。
当我走到
幽深的园林一般的山麓，
不费思索便做了选择。
也许在这里，
旧的胜过新的。
那载着凉亭的古老石桥，
那淙淙的流水声，
那笼盖在高大树木下的
一层层宽阔的石磴，
立即把我的心引向和平。
无限风光
就要从这里一级一级地上升。

阴沉的天气，
偶尔还有雨滴，
这是登山的绝好时辰。
空气是多么清新，
春天是多么欢腾。
在自然中

心得到又一次解放，
几乎达到忘我之境。
周围只有深山传来采樵人的语声
以及无穷的寂静。
但是这些树，这些梯级，
这些让我休息的路亭，
凡是值得一看的
都出自人们劳动的双手。
因此到处都使我想到人，
要是没有人
自然是多么空虚、多么寂寞。

远古的群龙
在这里化成一株株苍松。
当我走到那石道上，
我感到它们好像要飞上天，
那绿色的爪子，那舞动的须，
已攀住天上的云雾，
但它斑鳞的躯干却植根土中，
不愿意离开大地——
它们也留恋人间，
像你我一样。

苍松也会死亡，
字迹也会泯灭，
只有岩石、山脉，
这旧的和新的道路，
还要很久很久留下痕迹。
也有人

把思想铭刻在石头上，
企图不朽；
时代已有极大变迁，
石上的语言却和先前一样，
那过时的教训，
在今天看来是特别愚蠢。

攀上一座短松岗，
在没有路的地方有一堆岩石，
春天在这上面，
使智慧黯然失色。
光明和美丽
照耀在山巅。
宏大而庄严的寺庙，
台阶、花草，
殿堂、塑像，
这里曾经是古人的文化宫和公园吗？
这里曾经是人们谈情说爱的地方吗？
它们又将仍旧为现在和未来的人
做同样的服务吗？
一切旧的和新的宗教，
都像波浪一样此起彼伏，
也都转瞬即逝，
唯有对自由和爱情的渴望，
历万代而不衰。

看不见的空气，
每一分钟都在创造生命。
看得见的云雾，

每一分钟都在走向消失。
无形的事物，
常常比有形的东西更宝贵。
兴盛的会趋于衰亡，
不被注意的却日渐强大。
山谷的风
在无望的痛苦里，
一次又一次地在枝叶间彷徨；
我听见它用悄悄的耳语
向我述说古老的故事。
一个幻想
燃烧着、锻炼着，
在我心里。

雪一般的山梨花，
在铺石的山道旁高悬着。
火一般的杜鹃花，在沟的那一边隐藏着。
我愿意用花的清香
拭去你心头的忧伤。
我愿意用山花的艳色
点染你郁悒的目光。
我愿意用歌声
问候你……
但是山花已被遗忘在泉旁，
歌也在囚禁中。

1964 年 7 月

铿锵的伟岸

潘　秋

哪有一座山，能像你
在我心中竟如此的显赫
铿锵的伟岸，挺拔起
座座争"峰"竞"巅"的山峦

几度登临你
匆匆岁月般的山巅
听大雄宝殿中
木鱼声悠颤悠颤
谁能听懂
无鱼可餐的饥荒年代
声声衷肠如雷贯耳
哀鸣如歌如诉

伤心最是慈悲处
你的阿弥陀佛的"放生池"
饥不择食的我
怎能轻易放过生命线
性本善幼小的我
不信你人造的慈悲
展开碎瓦的薄翼
飞溅你人为的慈悲为怀

几度远离你

浪迹天涯千里万里

任生活的浪潮

把我托上幻想的峰巅

还是摔入幻灭的谷底

你隐隐约约的鼓声

总是追踪我疏远的倾听

总是鼓舞我遥远的脚步

几度困惑扑向你

"涌泉"喷射激情

冲击得我如痴如醉

"喝水岩"能站立的水

滋润我

心灰意冷的渴望

再度攀登你

几经曲折的我

不坐轻松的缆车

宁可一步一个脚印地

宁可一亭一亭不停地

穿越古老的"欲罢不能"

穿越"仙猿守峡"

穿越"达摩面壁"

母亲的山啊

沿着你响亮的指引

我终于穿越了

还得不断穿越的

蜿蜒"十八洞"的迷津

1998 年

磨溪的寂静

伊　路

树叶与树叶的间隙是怎样安排出来
有秘语如针往来
寂静的血脉
织得多深严啊
鸟鸣却要动一动　要拐个弯

鸟鸣是寂静的小刀
有的从高处掉了下来
裂进我的脑壳里

有一道溪泉固执着要和我说话
我绕着岩壁过去
看着它跃动　弄出声音

它对我说着荒凉　黑夜　岁岁年年
导路的村妇告诉我
古时有三十几座磨坊沿溪而建
又告诉我山洪暴发时
湍流狂奔　水烟如雾
似有万兽嘶吼

她的叙述使千山万谷的风呼呼响动

我感到寂静从四面八方爬起
有一叶黄叶仙舟似的悠悠飘下来
仿佛划着无始无终的长水
我听见生命催我出山

2003 年

游鳝溪断想

沈用大

何年天破？
何日山崩？
只见紫烟青雾，
缭绕着一壑风景。

山路崎岖曲折，
走进太古的幽静；
有二三浣纱村女，
抑是葛天氏遗民？

一线飞流悬挂，
碧绿的深潭倍觉纯清，
珠滚碎玉，涓涓不绝，
溪水随山势穿行。

巨岩怪石，
忽如牛羊犬马成群；
好一幅熙熙攘攘百兽图，
相聚伏首长饮。

有一对艳丽男女，
依偎着并坐树荫；

他们那长久不动的姿态，
好像是化石一尊。

是他们陶醉山色
在自然中体味爱情；
还是嫌城市拘束太多
特意来郊外坦率相亲？

与其任他们变为化石，
何如让化石恢复生命！
但愿山野淳朴之风，
吹遍了大小城镇！

作于 20 世纪 90 年代

携友登鼓山

卓斌青

古道躺在鼓山怀里，
躺在《福州府志》里边。
重重叠叠行人的脚印，
都在摩崖石刻上展现。

我和你同来登山，
一同浏览历史的云烟。

太阳晒热的花草气味，
仿佛有一种温柔的呼唤。
那是缥缈着不知所在的声音，
轻轻地在耳际萦绕飞旋。

你我同在古松下，
不知是否听见！

踩着一片片落叶，
梦着一个个春天。
登上一级级石阶，
翻着一页页纪年。

一阵山风拂过，

拂过沧海桑田。

在彼此相对的凝视里，
连接起千古一脉的源泉。
参悟了风霜雨雪的人生，
解读那峭壁上刻着的"缘"。

没有了时间，
没有了空间。

2002 年 9 月 17 日

后　记

　　在广大读者的关心下，由福州闽都文化研究会和福州市鼓山风景名胜区管理委员会联手选编的《作家笔下的鼓山》一书出版发行。该书收录现当代作家诗人描写鼓山的48篇白话诗文。由于收录20世纪创作的作品较少，也倍加珍贵，所以在编辑中基本保持原貌。

　　因为我们掌握资料不够，视野有限，加之时间仓促，疏漏在所难免，期待读者批评指正，以便再版时补阙。

编　者

2024 年 9 月